Berthe Obermanns

Gleich unter der Haut

Berthe Obermanns

GLEICH UNTER DER HAUT

Roman

Osburg Verlag

Erste Auflage 2022
Osburg Verlag Hamburg 2022
www.osburgverlag.de

Lektorat: Ulrich Steinmetzger, Halle
Umschlaggestaltung: Judith Hilgenstöhler, Hamburg
Satz: Hans-Jürgen Paasch, Oeste
Druck und Bindung: CPI books GmbH, Leck
Printed in Germany
ISBN 978-3-95510-291-3

»Ich fragte mich, was ich ihr sagen sollte: Ich hatte nicht mal die richtigen Worte gefunden, um mich selbst zu trösten.«

Simone de Beauvoir, Die Unzertrennlichen

1

»Niklas, Niklas, Niklas!«

Immer wieder ruft sie, wie jeden Morgen. Durch die Ritzen des Rollladens scheint Licht ins Zimmer und zeichnet helle Linien auf ihren Körper. Sie reagiert nicht auf mich, bewegt nur ihre Hände durch die Luft. Gleitend, tänzelnd, wie Blätter im Wind. Es sieht aus, als würde sie malen. Ganz konzentriert ist sie.

»Komm, jetzt aber aufstehen!«

Sie fragt, wer ich sei.

»Niklas, Oma, ich bin Niklas«, antworte ich mit einer leisen Resignation. Es ist egal, was ich sage, sie vergisst es ohnehin.

Ich schiebe den Rollstuhl zur Seite, die Sessel ebenfalls, hebe die Decke vom Boden auf. Seit sie versucht, nachts aufzustehen, muss ich eine Barrikade vor ihr Bett bauen. Eingesperrt sieht sie aus, wie sie dort liegt, klein und zerbrechlich zwischen all den Möbelstücken, in dem viel zu großen Bett.

Ich fahre sie ins Badezimmer, helfe ihr auf, zwischendurch sackt sie zusammen. Mit einem Arm halte ich sie, mit dem anderen ziehe ich die Windel aus. Sie schämt sich schon lange nicht mehr. Nachdem ich sie auf die Toilette gesetzt habe, stelle ich ihr eine Schüssel mit Wasser auf den Schoß und drücke ihr die Zahnbürste in die Hand.

»So, Oma, Zähne putzen!«

Wahrscheinlich vergisst sie es.

Im Flur lehne mich an die kühle Wand und schließe die Augen. Die äußere Welt ist ganz still, nur in meinem Kopf ist es laut und unruhig, ich sehe die Bilder vor mir, spüre die Hektik wieder und den Schmerz im Knie.

Geräusche aus dem Badezimmer holen mich aus meinen Erinnerungen zurück. Oma hat die Zahnbürste in die Schüssel geworfen, alles ist nass. Ich wische das Wasser auf, putze ihren Po ab. Es stinkt nach Scheiße, nach ihr und nach diesem verfickten Leben.

Beim Frühstück erzählt sie, dass sie gerade von einem Ausflug zurückgekommen sei. Das Essen klebt an ihren Zähnen, ihr Mund voller kleiner weißer Stückchen, die Lippen rot von der Marmelade.

»Oma, ich muss gleich nochmal weg, um Nora vom Bahnhof abzuholen.«

Sie fragt nach Noras Eltern, wie es ihnen gehe. Ohne darauf zu antworten, drücke ich ihr die Regionalzeitung in die Hand. Sie nimmt sie entgegen, faltet sie auf und versteckt ihr Gesicht dahinter. Von außen betrachtet wirkt es, als könnte sie die Buchstaben entziffern. Sie kann es nicht, schon seit Jahren nicht mehr, sie tut nur so – um ein anderes Bild von sich zu haben vielleicht, um nicht wahrhaben zu müssen, dass sie längst nicht mehr lesen kann, längst nicht mehr versteht, um zumindest in ihrer Vorstellung noch Teil der Welt um sie herum zu sein.

Ich auch, will ich rufen, ich will auch anders sein, ein anderer Mensch, ein anderes Leben führen. Ich will tanzen und Freunde haben und Sex. Und nachts in Kneipen sitzen. Und dass das alles anders gekommen wäre.

Oma beginnt zu husten, ich nehme meine Jacke von der Garderobe. Alles sieht hier noch aus wie früher. Ich hatte immer meinen Platz auf der Eckbank. Da sitze ich auch heute wieder, jeden Tag. Wie sich Gewohnheiten festsetzen. Vielleicht ist die Ödnis das größte Problem.

Davonrennen. Am liebsten würde ich einfach losrennen – so schnell und so weit ich kann. Aber ich renne nicht, nie renne ich. Ich bleibe, wo ich bin; wo sie ist.

Am Bahnsteig ist es eisig kalt. Seit Tagen hängen die Wolken so tief und grau über der Stadt, dass sich das Licht kaum noch verändert, die Nächte viel zu hell sind und die Eintönigkeit jeden Moment bestimmt. November. Jetzt ist es schon fast ein Jahr her.

Unter der Anzeigetafel herrscht Gedränge: Ein Kind friemelt Fruchtgummi aus einer Papiertüte, ein Mann mit dickem Wollmantel leuchtet den Inhalt eines Müllbehälters aus. Seine Haare genauso farblos wie seine Kleidung. Zwei junge Frauen umarmen sich.

Endlich fährt der Zug ein und mit einem Mal bin ich aufgeregt, weil ich sie so lange nicht gesehen und Angst davor habe, dass sich Trauer potenzieren kann. In meinem Kopf tauchen gemalte Potenzzeichen auf. Fürs Studium sollte ich auch mehr machen.

»Hey«, ruft es von hinten. Noras Stimme klingt vertraut und gibt mir sofort ein Gefühl von Geborgenheit. Ich drehe mich um und bin erleichtert, dass sie aussieht wie immer. Sie lächelt mich an mit ihren traurigen Augen.

»Herzlichen Glückwunsch«, flüstere ich ihr ins Ohr, nehme sie in den Arm. An ihrem Rücken zwei Dellen, fast schon Löcher unter den Rippenbögen. Ich erschrecke ein bisschen: »Schön, dass du da bist!«

»Ja, finde ich auch«, sagt Nora.

Langsam gehen wir durch die Innenstadt. Nur wenige Menschen sind unterwegs, der Nebel hält sich hartnäckig in der Luft fest. Auf der Rheinbrücke bleiben wir stehen, schweigend, ohne uns anzuschauen. Ich lege meinen Arm um ihre Hüfte, ihr Kopf berührt leicht meine Schulter. Die Umgebung ist im Grau verschwunden, aber wir blicken trotzdem unentwegt auf den See, denn wir wissen, dass er da ist. Seine Geräusche legen sich tröstend über unsere Ohren: ein leichtes Rauschen, über uns die Schreie der Möwen, das Plätschern der Wellen, wenn ein Schiff einfährt.

Schon beim Aufschließen der Haustür dringen Omas Rufe durch den Flur. Wir gehen zu ihr, begrüßen sie, Nora gibt ihr einen Kuss auf die Wange.

»Wer sind Sie denn?«, fragt Oma.

»Oma, das ist doch Nora«, sage ich.

Sie schaut nur und nickt ganz leicht. Ein bisschen verlegen sieht sie aus in diesem Moment.

»Wie geht's dir denn?«, fragt Nora.

Oma reagiert nicht, schaut uns nicht einmal an, greift nur schweigend nach einem Taschentuch, das vor ihr auf dem Tisch liegt, faltet es auseinander, legt es wieder zusammen. Immer wieder. Seite an Seite, die Ecken übereinander, immer hin und her, bis sie nur noch ein kleines Stück zerfleddertes Papier in den Händen hält.

»Jetzt zieht sie sich zurück. Wenn sie ihre Taschentücher faltet, verschwindet sie immer ein bisschen«, sage ich.

Leise stehen wir auf und gehen in das frühere Schlafzimmer von Oma und Opa.

»Schläfst du jetzt immer hier?«, fragt Nora.

»Ja, keine Ahnung. Als Omas neues Bett geliefert wurde, hatte ich keinen Nerv, alles umzuräumen. Deshalb steht es jetzt in Opas Arbeitszimmer, da war genug Platz. So geht's ja auch. Und das neue Bett ist gut, da kann man alles verstellen.«

Nora geht durchs Zimmer, betrachtet die Bilder an den Wänden, sagt: »Alles noch wie früher.«

Ja, alles noch wie früher. Nur mit mir in dem riesigen Ehebett aus dunklem Holz, in dem miefigen Raum. Das pastellfarbene Bild an der Wand, der gekreuzigte Jesus, die gelblichen Gardinen vor dem Fenster. Alles noch wie früher.

Nora setzt sich aufs Bett und erzählt, dass sie überlege, sich von Britta zu trennen, weil sie sich nicht so fest binden könne im Moment.

Ob sie dann wieder herkommen werde, frage ich, obwohl ich ahne, dass sie mir nicht antworten wird. Ihr Schweigen gibt mir recht, und sofort tut es mir leid, dass ich schon wieder davon angefangen habe. So oft haben wir darüber gesprochen, die immergleichen Worte gesagt, die immergleichen Fragen gestellt, die immergleichen Antworten gegeben. Es führt zu nichts.

Für einen Moment schweige auch ich, bevor ich Noras Geburtstagsgeschenk aus dem Schrank hole – ein Arm einer Schaufensterpuppe, den ich vor einem Geschäft gefunden habe. Da lag er ganz traurig in einem großen Karton. »Zu verschenken« stand darauf, lieblos hingeschrieben mit schwarzem Filzstift. Nur der Arm lag in der Kiste. Ich wusste sofort, dass ich ihn Nora schenken und sie ihn mögen würde. Erst später habe ich bemerkt, dass die Hand falsch herum auf dem Arm sitzt. Vermutlich wurde er deshalb entsorgt. Ich habe ihn angemalt für

Nora, ganz bunt ist er jetzt – bunt wie die Fahrradhelme, die wir als Kinder hatten oder wie Mamas Sommerkleider.

»Hier, für dich«, sage ich, »ich dachte, dass du ihn irgendwo festmachen und Schals oder Schmuck dranhängen könntest.«

Nora nimmt den Arm entgegen, lächelt. »Schön, Niklas, der ist toll, danke! Oder ich lege ihn auf mich beim Schlafen, vielleicht fühlt es sich dann nach Umarmung an.«

Ich setze mich zu ihr aufs Bett, wir lassen unsere Oberkörper nach hinten fallen, schauen in die Sterne und erfinden Sternbilder, die es nur bei uns gibt, nicht am Himmel. Hasen, Vögel, Berge erkennen wir an der Zimmerdecke. Nora hat mir die Leuchtklebesterne geschenkt, vor einigen Monaten. Als Erinnerung an früher. Schweigend liegen wir nun da, nebeneinander, und während wir immer weiter an die Decke schauen, wobei mehr und mehr Bilder vor unseren Augen auftauchen, träume ich mich weit weg: an andere Orte, in fremde Welten, irgendwohin, wo es besser ist. Oder irgendwohin, wo es nur noch das Nichts gibt.

Am Abend frage ich Nora, ob sie heute auf Oma aufpassen könne. »Ich muss mal raus.«

»Ja klar, kein Problem.«

Eigentlich müsste ich mich jetzt freuen. Es ist ewig her, dass ich auf einer Party war oder überhaupt unter Menschen. Ich hole mein Fahrrad aus dem Schuppen. Der Garten wildert vor sich hin. Nur vereinzelt blühen noch ein paar Pflanzen, vermutlich Unkraut. Der Rasen ist lang, der Apfelbaum kahl. Es sieht traurig aus, wie er dort steht.

Schon vor dem Eingang der Bar höre ich die Musik, spüre die Bässe. Ich öffne die Tür und schaue mich um. Alles voller Menschen. Ich könnte mich unter sie mischen, mich unterhalten. Aber was sollte ich sagen? Es ist, als hätte ich vergessen, wie man spricht. Oder sprach. Früher. Vorher. Allein stehe ich in der Ecke, aus Verlegenheit hole ich mir ein Bier und trinke es viel zu schnell. Es ist unangenehm, wenn Einsamkeit sichtbar wird. Die Bässe bohren sich in meinen Bauch, eine stinkende Hitze liegt in der Luft.

Ich gehe in den Innenhof, um eine zu rauchen. Überall kleine Gruppen, einige Pärchen, zwei Typen schreien sich an. Nervös ziehe ich an meiner Zigarette, um beschäftigt auszusehen, schaue von links nach rechts, tue so, als würde ich jemanden suchen oder auf jemanden warten. Wenn man wartet, ist das Alleinsein in Ordnung, denke ich für einen Moment – aber nein, ist es nicht, nichts ist in Ordnung, gar nichts. All diese Menschen führen ein komplett anderes Leben als ich, ich passe nicht mehr hierher. Wie der Arm mit der Hand, die falsch herum darauf sitzt. Deplatziert. Ein Fremdkörper. Es passt nicht mehr.

Hastig drücke ich meine Kippe aus und gehe. Mein Fahrrad schiebe ich. Manchmal tut das Laufen gut. Die Stadt liegt ruhig im Nebel und sieht aus wie ein Stillleben auf Papier. Es wird immer kühler, ein kurzer Windhauch lässt mich frösteln. Die Luft riecht nach Veränderung, noch ein bisschen nach Herbstlaub, aber auch schon nach dem kommenden Winter. Es sind die Übergänge, die mir schwerfallen, diese Momente, in denen die Luft einen anderen Geruch annimmt – wegen der Erinnerungen, die jede Jahreszeit in sich trägt und die mich sentimental werden lassen. In meinem Kopf tauchen Bilder auf von Herbstspaziergängen mit Mama und Papa. Ich sehe vor mir, wie Nora und ich als Kinder in Laubberge gesprungen sind und danach – wieder zu Hause – kleine Figuren aus

Kastanien gebastelt haben. Es fühlt sich so nah an: die Erinnerungen, der Unfall, die Kindheit, in der alles noch so unbeschwert war. Der einzige Verlust der Tod des Hamsters, irgendwann später ein gebrochener Arm, und dann war wieder heile Welt.

Immer weiter laufe ich durch die Stadt und schaue in meine Kindheit zurück. Niemand ist unterwegs, niemand kommt mir entgegen. Ich höre, wie in der Ferne ein paar Autos über den Asphalt fahren, ansonsten ist es vollkommen still.

Doch dann, in die Stille hinein, Schritte von hinten. Sie kommen immer näher, ich drehe mich um. Ein stämmiger Mann mit verkniffenem Gesicht rennt auf mich zu, wechselt auf die andere Straßenseite, als er mich bemerkt. Eine Frau ihm hinterher. Sie macht große, hüpfende Schritte, bewegt sich wie eine Raubkatze. Ihre Haare sind ein bisschen verfilzt und zu einem lockeren Zopf zusammengebunden, ihre Beine lang und dünn, die helle Haut sieht aus wie Pergament. Sie ist schneller als der Mann, schafft es, ihn einzuholen. Dann greift sie nach seiner Jacke, wirft sich auf ihn und ruft: »Fick dich, du Arsch!«

Das alles im Schein einer Straßenlaterne, das Licht fällt kegelförmig auf den Gehweg. Wie eine gut ausgeleuchtete Filmszene spielt sich das alles ab. Und ich schaue zu.

Der Mann richtet sich auf, brüllt etwas Unverständliches. Sie hängt noch immer an seinem Körper, versucht, ihn wieder zu Boden zu drücken, doch es gelingt ihr nicht. Er ist größer und kräftiger, dreht sich um, holt aus und schlägt ihr mitten ins Gesicht. Sofort fällt sie nach hinten, fängt sich mit den Händen ab. Blut tropft von ihrer Nase. Für einen Moment bleibt der Typ vor ihr stehen, dann dreht er sich um, ruft »Doofe Schlampe!« und läuft davon.

Obwohl die Frau nicht aussieht, als brauche sie Hilfe, bleibe ich stehen und schaue sie an.

Nach einer Weile rappelt sie sich hoch. Etwas muss aus ihrer Tasche gefallen sein, denn sie hockt sich auf den Boden und sammelt Dinge auf. Als sie wieder aufrecht steht, schaut sie mich an, ganz unvermittelt. Da ist ein Funkeln in ihren Augen, von dem ich nicht weiß, ob es mir Angst macht.

»Was willst du?«, schreit sie mich an. Ihre Stimme ist laut, überschlägt sich fast.

»Nichts, sorry, ich bin hier nur entlanggelaufen.«

»Und jetzt, jetzt willst du mich ficken, oder was?«

»Nein, Quatsch, ich stehe nur hier und wollte fragen, ob du Hilfe brauchst«, sage ich unsicher. Sie kommt auf mich zu, das Blut läuft von ihrer Nase, in einem feinen Strich, sie wischt es nicht weg, lässt es einfach in ihren Mund laufen und sagt: »Nein, alles gut.« In ihrem linken Auge ein kleiner, gelber Punkt. Ihre Augen blau oder grün oder grau. Von allem etwas. Und sie verändern ihre Farbe, je nachdem, wie der Mond sein Licht auf sie wirft.

»Hast du 'ne Kippe?«, fragt sie dann.

Sie macht mich nervös. Ich krame die Zigarettenschachtel aus meiner Hosentasche, halte sie ihr hin. Dabei berühren sich unsere Arme für einen Moment. Nur kurz, nur aus Versehen, dennoch bemerke ich es sofort, auch durch mehrere Schichten Kleidung hindurch. Ihre Hände zittern, als sie sich eine Zigarette anzündet. Kleine, helle Hände mit viel zu großen Knöcheln und kurzen Fingernägeln, die von blutigen Ringen umgeben sind. Wahrscheinlich knibbelt sie die Haut neben den Nägeln ab, bis es blutet. Die Fingerkuppen sehen aus wie kleine Hügellandschaften. An manchen Stellen ist die oberste Hautschicht abgezogen.

»Geht's dir gut?«, frage ich. Sie antwortet nicht, raucht einfach weiter. Eine Weile bleiben wir schweigend voreinander stehen. Es ist hell, obwohl es Nacht ist und der Nebel sich längst wie eine Kuppel über die Stadt gelegt hat – hell wegen des Monds, der heute ungewöhnlich groß und klar am Himmel hängt, sein Licht beinahe gleißend.

»Ich muss gehen, mir ist kalt«, sagt die Frau. »Und danke für die Kippe!« Ihre Stimme jetzt zart. Laut und gleichzeitig sanft. Ein paar Blätter fliegen an uns vorbei, ein kurzer Windhauch, bevor alles wieder ruhig ist.

»Gerne!«, sage ich und möchte noch mehr sagen, weiter mit ihr reden, doch es ist, als versteckten sich die Worte vor mir. Die Frau dreht sich um und geht davon. Ich schaue ihr nach, bis sie hinter der nächsten Straßenecke verschwunden ist, dann blicke ich zum Himmel. Der Mond ist riesig und gelb und umgeben von einem unsymmetrischen Feld aus Dunst. Erst als er nicht mehr zu sehen ist hinter den Wolken, gehe ich nach Hause.

Ich kann nur kurz geschlafen haben, schrecke hoch, das Bettlaken ist nass von meinem Schweiß und klebt an meinem Körper. Nora liegt nicht mehr neben mir. Von den Händen dieser Frau habe ich geträumt. In meinem Traum war ich draußen, wollte irgendwohin und sah aus den Augenwinkeln den Mond am Himmel. Er war riesig, bestand aus mehreren Teilen und hing ganz nah über mir wie ein Mobile mit viel zu langen Schnüren. Ich hatte Angst, er könnte auf mich fallen, mich erschlagen, blickte unentwegt nach oben, und erst nach einer Weile erkannte ich, dass es nicht der Mond war, der über mir schwebte, sondern die Hände dieser Frau, diese schönen Hände mit den blutigen Fingerkuppen. In meinem Traum griffen sie nach mir, versuchten, mich zu fangen. Ich wollte vor ihnen weglaufen, spürte aber mein Bein nicht mehr – wie nach dem Unfall. Sie kamen immer näher, diese Hände, waren schon knapp über mir.

Mein Mund ist trocken, meine Kehle wie verklebt. Ich gehe in die Küche, um ein Glas Wasser zu trinken, habe keine Ahnung, wie spät es ist. Draußen ist es noch dunkel. Die Nächte geben mir Halt, weil dann alles still ist und ruhig und es sich anfühlt, als hätte die Welt für einen Moment aufgehört, sich zu drehen. Alles auf Pause.

Im Wohnzimmer brennt Licht. Nora sitzt im Schneidersitz auf dem alten Perserteppich, eine Kiste mit Fotos vor sich, ein Stapel Bilder links, einer rechts neben ihr.

»Hab ich dich geweckt?«, fragt sie, als sie mich bemerkt.

»Nein, gar nicht, alles gut, ich hab schlecht geträumt. Und du? Warum schläfst du nicht?«

Sie schaut mich nur kurz an, dann blickt sie wieder auf die Bilder.

»Weiß nicht, ich bin aufgewacht und konnte dann nicht mehr einschlafen.«

Ich setze mich zu ihr.

»Niklas?«

»Hmm?«

»Machst du mir eine Tasse Milch mit Honig? Wie Mama früher?«

»Na klar«, antworte ich und gehe in die Küche.

Dann trinken wir Milch, sitzen nebeneinander auf dem Boden und sehen uns Fotos an, lassen die Essenzen des Lebens vor unseren Augen ablaufen. Zimmerdecken in tristem Grau, Weihnachtsbäume mit flackernden Kerzen, Sonnenuntergänge, orange, lila, rot und mit grauen Ausläufern, Sommerkleider in leuchtenden Farben, Nora weinend, Oma und Opa in schwarz-weiß, Babyfotos von uns beiden.

»Ich hab sie nicht mehr angeschaut seit damals ...«, sage ich.

Nora reagiert nicht, blättert die Bilder durch, als suche sie etwas.

»Schau mal, das war der erste Urlaub, an den ich mich erinnern kann«, sagt sie dann und hält mir ein Foto hin, auf dem wir gemeinsam in Frankreich sind. Nora auf Mamas Arm, ich daneben. Papa macht das Foto. Mama trägt eines der bunten, langen Sommerkleider. Mit Blumen drauf. Nora ist vielleicht vier oder fünf und schaut ein bisschen unzufrieden in die Kamera.

»Warum schaust du da so? Weißt du das noch?«

»Nein, keine Ahnung ... Wenn sie noch da wären, könnten wir sie fragen. Sie wüssten es vielleicht noch.«

»Mama!«, ruft es von draußen. Für einen kurzen Moment schließe ich die Augen. Bitte, schlaf einfach weiter! Und wieder ruft sie. Ich stehe auf, lasse Nora hier sitzen zwischen ihren Fotos, mit der Tasse Milch in der Hand, und gehe zu Oma.

Sie versucht, den Rollstuhl wegzuschieben, die Decke liegt schon auf dem Boden hinter ihrem Bett.

»Was ist denn?«, frage ich und decke sie wieder zu.

»Wer sind Sie? Hören Sie, ich muss jetzt gehen. Aber man lässt mich hier nicht raus. Ich muss doch zur Reinigung.«

Ängstlich sieht sie aus.

»Oma, ich bin's doch, Niklas. Es ist mitten in der Nacht, du musst jetzt schlafen.«

»Nein!«, schreit sie energisch. »Meine Mutter soll kommen.«

»Oma, schlaf jetzt!«, brülle ich sie an.

Sie redet immer weiter, erzählt von der Reinigung und ihren Eltern, dass man ihrem ältesten Bruder die Stiefel bringen müsse, weil er die doch brauche für den Dienst. Er sei Offizier und es sei wichtig.

Ich höre nicht mehr zu, wende meinen Blick von ihr ab, betrachte die paar Staubflocken, die über den Boden huschen. Alles so staubig hier. Nichts als Staub, viel zu dunkle Möbel und diese vergilbten Gardinen. Und Oma dazwischen.

Nochmal brülle ich: »Schlafen, Oma!« Dann gehe ich aus dem Zimmer und schließe die Tür hinter mir.

Nora sitzt noch immer regungslos im Wohnzimmer. Ich kenne das: wenn es sich anfühlt, als könnte man den Körper nicht mehr bewegen, wenn alles wie gelähmt ist oder wie eingefroren.

»Und? Was macht sie?«, fragt Nora.

»Will nach Hause … Manchmal wird mir das alles zu viel.«

»Ja«, sagt sie und fängt – ganz plötzlich und unerwartet – zu weinen an. Ihre Augen voller Tränen, ihre Nase rot, und mit einem Mal wird sie wieder zu dem kleinen Mädchen, das geweint hat, weil es mit dem Fahrrad hingefallen ist.

Bei der Beerdigung haben wir beide nicht geweint, keine einzige Träne. Die Trauergäste standen um uns herum. Wie Insekten sahen sie aus in ihrer schwarzen Kleidung mit den großen dunklen Sonnenbrillen. Fassungslos standen sie am Rand, jeder für sich allein. Die Wintersonne brannte auf fahle Gesichter. Dann Händeschütteln: »Mein Beileid.« »Es tut mir ja so leid!« Dann Kaffee und Kuchen. Und wir blieben zurück. Zu zweit zwar, aber doch einsamer als je zuvor.

Nora rennt ins Badezimmer, ich gehe ihr nach. Sie hockt über der Toilettenschüssel, von nebenan höre ich Omas

Rufe. Nora kotzt, ich halte ihr die Haare zusammen, streiche ihr über den Rücken, spüre die einzelnen Wirbel wie Stacheln eines Drachens aus ihrem Körper treten. Akkurat und präzise sind die Knochen angeordnet, einer nach dem anderen.

Irgendwann hört sie auf, sich zu übergeben, legt ihre Stirn auf die Toilettenschüssel. Sie hat nur Galle ausgekotzt, vermutlich hat sie nichts gegessen am Abend. Ich stehe auf, halte einen Waschlappen unters kalte Wasser und wische ihr damit übers Gesicht. Sie sieht erschöpft aus, ihre Lippen sind noch voller Spucke. Nach einer Weile schläft sie in meinem Arm ein. Und Oma ruft immer weiter.

Beim Frühstück erzähle ich Nora von meinem Traum und von der letzten Nacht. Am liebsten würde ich immer weiter über diese Frau sprechen, erzählen, wie irreal das Ganze wirkte, aber Nora unterbricht mich: »Was ist am schlimmsten für dich?«

Ständig möchte sie über damals reden, über Mama und Papa. Sie möchte erzählen, ich möchte schweigen, um zu vergessen. Auch jetzt sage ich nichts, kein einziges Wort. In der Stille ist vieles leichter.

Nora hält einen Moment inne, dann fragt sie leise: »Wollen wir noch zum Friedhof?«

»Ich nicht. Du kannst, wenn du magst.«

»Nein, allein gehe ich auch nicht.«

Ein Gärtner kümmert sich um das Grab, ich war nur bei der Beerdigung dort, danach nie mehr. Es ist mir suspekt, ich möchte mich nicht fragen, wie sie wohl aussehen jetzt, unter der Erde, was mittlerweile aus ihren Körpern geworden ist. Und ich mag keine Friedhöfe, möchte die Menschen nicht sehen, die ihre Trauer zur Schau stellen, indem sie Blumen abstellen auf den Gräbern, eines neben dem anderen, mit den Zeichen und Zahlen, als sei das alles, was vom Leben bleibt. Zahl, Strich, Zahl. Von bis. Und dann Ende.

Ich sage Nora, dass ich nicht begraben werden möchte, wenn ich tot bin, dass ich nicht so eingezwängt daliegen möchte zwischen anderen Toten. So viele Tote und diese hässlichen Grabsteine, Engel, Friedhofslichter und verwelkende Blumen.

»Ja«, sagt Nora, »wenn schon, dann diese Waldfriedhöfe, da gibt es dann nur den Baum und dich.« Ich weiß, dass sie sich das ausgemalt hatte für Mama und Papa. Sie wollte es eigentlich so, hat es aber nicht geschafft, sich darum zu kümmern.

In drei Stunden fährt ihr Zug. Ich wünschte, sie würde bleiben, spreche es aber nicht aus, frage sie nur, ob sie noch etwas essen wolle vor der Fahrt. Sie schüttelt den Kopf, und dann sitzen wir einfach so auf der Eckbank, schweigend aneinandergelehnt. Oma schläft im Rollstuhl. Irgendwann springt Nora auf. Ich helfe ihr beim Packen. Wir reden nicht dabei.

Heute nehmen wir den Bus, weil Nora Angst hat, ihren Zug zu verpassen. Mein Geschenk trägt sie vor ihrem Körper. Erst jetzt fällt mir auf, dass der Oberarm dünner ist als der Unterarm.

Auch während der Fahrt sprechen wir nicht miteinander. Es fühlt sich nicht gut an, zu schweigen, aber ich finde die passenden Worte nicht und will nichts Belangloses sagen. Vermutlich geht es Nora ähnlich, denn immer, wenn ich sie anschaue, wendet sie ihren Blick von mir ab. Auch ich sehe sie nicht mehr an, beide schauen wir nach draußen. Die Umgebung, die Bäume und Häuser, die Menschen und Autos ziehen in langen Schlieren an uns vorbei.

Vor dem Bahnhofsgebäude bleibt Nora stehen.

»Ich kaufe mir noch schnell eine Zeitschrift für die Fahrt, okay?«

Ich nicke und bin erleichtert, dass sie wieder mit mir spricht und das Schweigen endet. Sie geht in die kleine Buchhandlung, ich hole uns beiden einen Kaffee beim Bäcker.

Am Gleis treffen wir uns wieder, der Zug steht schon da. »Wir haben noch zehn Minuten«, sage ich und reiche ihr den Pappbecher.

Sie umarmt mich, hält ihr Geschenk noch immer vor ihrem Körper, der Ellbogen drückt sich in meinen Bauch.

»Kannst du bitte jetzt schon gehen?«, fragt sie, ganz nah an meinem Ohr.

»Okay«, antworte ich, löse mich aus der Umarmung, schaue sie an. »Tschüss Nora, es war schön.«

Dann drehe ich mich um und gehe.

»Ich vermisse dich jetzt schon!«, ruft Nora mir hinterher. Ich sie auch. Ich vermisse sie auch schon jetzt; und diese Frau von letzter Nacht, von der ich noch nicht einmal den Namen kenne. Ich hätte sie danach fragen sollen.

Mist, schon kurz vor eins. Jeden Montag um diese Zeit kommt der Arzt bei uns vorbei, um Oma zu untersuchen. Ich beeile mich, nach Hause zu kommen, den letzten Teil des Weges renne ich. Schon beim Einbiegen in unsere Straße sehe ich ihn vor der Tür stehen, die Hand an der Klingel.

»Hallo Holger, tut mir leid, ich habe Nora noch zum Bahnhof gebracht.«

»Kein Problem, ich bin eben erst angekommen. Wie geht's Nora denn?«

»Gut«, nuschle ich, dann gehe ich vor ihm her ins Haus und durch den Flur. Er war ein Freund meiner Eltern, trotzdem kenne ich ihn kaum.

»Guten Tag, Frau Maier.« Holger setzt sich neben Oma auf einen Stuhl, macht ein paar Untersuchungen, misst ihren Blutdruck, ihren Puls, schaut sich die Stelle am Rücken an, die ihr immer mal wieder wehtut.

»Nein, das ist nichts Schlimmes. Wenn sie den ganzen Tag im Rollstuhl sitzt, drücken ihre Rippen nach unten, sie wiegt ja auch kaum noch was.«

Ja, sie wiegt kaum noch was, aber wenn sie steht und ich sie halten muss, wenn sie gar nicht mehr mitmacht, ihre Beine sie nicht mehr tragen können, fühlt es sich an, als wiege sie hundert Kilo und keine fünfzig.

Holger verabschiedet sich von Oma, ich bringe ihn zur Tür. Bevor er geht, fragt er mich, ob mir der Therapeut helfe.

»Ich gehe da nicht mehr hin.«

Er schaut mich an, als erwarte er eine Erklärung.

»Es hat mir nicht geholfen, bringt ja auch alles nichts.« Ich kann Holgers Gesichtsausdruck nicht deuten. Vielleicht ärgert er sich, dass seine Bemühungen umsonst waren, vielleicht kränken ihn meine Worte.

»Ich hab's ja gleich gesagt«, schiebe ich hinterher.

Ich wollte zu keinem Therapeuten, habe Holger nicht danach gefragt, nicht darum gebeten, er kam von sich aus mit der Telefonnummer, als er nach ihrem Tod zum ersten Mal bei uns war. Einfach so, drückte mir die Nummer in die Hand und sagte, dass ich dort anrufen solle.

Wie sie alle meinen, zu wissen, was man braucht, was man zu tun, zu sagen, zu denken hat und was gut für einen ist. Wie sie sich in fremde Leben einmischen, ohne danach gefragt worden zu sein. Da waren Holger, der mir diesen Zettel in die Hand drückte, Margit, unsere Tante, die ständig anrief nach dem Unfall, um uns Ratschläge zu geben, eine Nachbarin, die uns Essen brachte. Tagelang. Immer wieder sehe ich sie vor mir, wie sie mit dieser riesigen Auflaufform in der Tür stand. Und wie sie dabei so mitleidig schaute, so traurig. Beinahe so, als sei ihr das alles passiert und nicht uns. Am nächsten Tag brachte sie Kartoffeln mit Gulasch, dann noch irgendetwas mit einer weißen, dicklichen Sauce. Das stand dann da und vergammelte.

Ich esse kein Fleisch mehr, seit ich im Fernsehen gesehen habe, wie sich die Schweine in ihren viel zu kleinen Käfigen gegenseitig auffressen. Sie knabbern sich die Füße an und die Schwänze ab, aus Verzweiflung oder aus Angst. Oder aus Langeweile. Was sollen sie auch sonst tun.

Eine Frau aus der Kirche kommt auch heute noch manchmal, setzt sich zu Oma und singt Kirchenlieder, erzählt mir etwas von Jesus und Gott und der Bibel und sagt: »Bis zum nächsten Mal«, bevor sie geht. Vielleicht kommt sie, um ein besseres Gefühl zu haben, vielleicht will sie mir den richtigen Weg weisen. Vielleicht hat der Pfarrer ihr auch erzählt, dass ich ihn angeschrien habe, als er hier war, um die Beerdigung mit uns zu planen. Wir wollten, dass es schön wird. Dann saßen wir da, ich noch im Rollstuhl, Nora auf ihrem Platz auf der Eckbank und dieser Pfarrer.

»Mein Beileid«, sagte er. Wie sie das immer alle sagen. Immer diese zwei Worte. Dann sprach er weiter – von Hoffnung, Liebe und der Kraft des Gebets. Ich bemühte mich, seine Worte zu ignorieren, doch es gelang mir nicht. Er redete und redete, und mit jedem seiner Sätze wurde ich wütender. Ich wollte nicht hören, dass ihr Tod Gottes Plan gewesen sei, sie die Erlösung im Himmel fänden und jetzt vielleicht auf uns herunterblickten. Das wollte ich nicht hören, ich wollte hören, dass sie jetzt einfach weg sind und dass das scheiße ist. Niemand hat es ausgesprochen. Immer nur: »Vielleicht geht es ihnen jetzt besser. Sie schauen von oben zu, sind immer noch bei euch.« Und: »Sie leben in euren Erinnerungen weiter.«

»Fick dich!«, habe ich deshalb gebrüllt, als dieser Pfarrer da war. Er schaute konsterniert, Nora auch. Dann ist er gegangen, und mir tat es leid.

Bei der Beerdigung hat er irgendetwas erzählt, ein paar Verwandte und die beste Freundin meiner Mama haben Reden gehalten. Immer das Gleiche, wie sehr sie fehlen werden und dass sie jetzt an einem besseren Ort seien. Und ich wollte nur weg. Ich will es noch immer.

2

Es regnet in Strömen. Ich setze meine Kapuze auf, senke den Kopf. Zumindest nimmt der Regen der Luft den Geruch. Heute nicht mehr Kindheit und Erinnerung, sondern nur noch graues Nass. Der Himmel ist eine einzige helle Wolke. Kaum jemand kommt mir entgegen, nur ab und zu fährt ein Auto vorbei.

Im Supermarkt packe ich Dinge in meinen Einkaufskorb und gehe zur Kasse. Und da, vor mir in der Schlange, eine Frau, die aussieht wie sie – wie die Frau, der ich in der Nacht begegnet bin und deren Namen ich nicht kenne. Ich bleibe stehen, wie erstarrt, blende alles um mich herum aus: die Stimmen der Menschen, das Quietschen von Schuhen auf dem nassen Boden, die Regentropfen, die rhythmisch aufs Dach des Supermarktes fallen, den älteren Mann, der mich aus Versehen anrempelt.

Das alles hat keine Bedeutung mehr, die Welt um mich herum dreht sich weiter, und ich stehe hier, unbeteiligt, meinen Blick auf diese Frau gerichtet. Nur sie schaue ich an, sonst niemanden. Vielleicht ist sie es gar nicht, vielleicht täusche ich mich, ich sehe sie nur von hinten. Aber sie könnte es sein, trägt dieselbe blaue Jacke – zu dünn für die Jahreszeit, das war mir in der Nacht schon aufgefallen. Auf dem Kassenband neben ihr liegen drei Äpfel, akkurat nebeneinander, sonst nichts.

Ich stelle mich hinter sie, packe meinen Einkaufskorb aus, ohne dabei meinen Blick von ihr abzuwenden. Ob ich sie ansprechen oder mich sonst irgendwie bemerkbar machen soll? Sie geht ein paar Schritte weiter nach vorn, nachdem der Mann vor ihr den Kassenbereich verlassen hat. Dann bezahlt sie und steckt die Äpfel in ihre Jackentaschen. Dabei dreht sie sich zur Seite. Ja, sie ist es.

»Hey!«, rufe ich.

Sie schaut mich irritiert an, beinahe so, als hätten wir uns noch nie gesehen, hält für einen Moment inne. Doch noch bevor ich sie ansprechen kann, geht sie los in Richtung Ausgang.

»Warte mal!«, rufe ich, aber sie reagiert nicht, ist schon an der Tür.

Ich lasse die Dinge aus meinem Einkaufskorb auf dem Band liegen, sage »Sorry« zur Kassiererin, die mich verdutzt anschaut, dann gehe ich der Frau nach. Ohne Schirm oder Kapuze läuft sie durch den Regen, macht große Schritte. Nachdem ich sie eingeholt habe, berühre ich sie leicht an der Schulter. Augenblicklich dreht sie sich um und starrt mich an.

»Hey, erinnerst du dich nicht?« Meine Stimme zittert, es ist mir unangenehm.

»Nein, wer bist du denn?«

Ich weiß nicht, was ich darauf antworten soll. Sie scheint mich wirklich nicht zu erkennen. Der Regen läuft mir in die Augen, ich muss blinzeln.

»Äh, wir haben uns getroffen. In der Nacht. Vor ein paar Tagen.«

Links neben ihrer Nase, nah beim Auge, ist noch eine blaue Stelle zu sehen. Die Haare hängen ihr strähnig und nass vom Regen ins Gesicht.

»Ich kenne dich nicht, okay?« Ihre Stimme klingt hohl, ganz anders als bei unserer ersten Begegnung. Auch ihre Augen wirken verändert. Sie sind heller als in meiner Erinnerung, aber genauso schön. Am liebsten würde ich die Frau immer weiter anschauen, mir die Form ihres Gesichts einprägen, die Farbe ihrer Haare und ihrer Lippen, doch sie erwidert meinen Blick nicht, dreht sich um und geht weiter.

»Wie heißt du?«, rufe ich ihr nach. Es fühlt sich wichtig an.

»Jona. Vielleicht.«

Ich freue mich, dass ich zumindest ihren Namen kenne. Vielleicht. Ob sie mich wirklich nicht erkannt hat? Oder ob sie nur nicht mit mir reden wollte? Und warum habe ich schon jetzt das Bedürfnis, sie wiederzusehen, obwohl ich sie kaum kenne? All diese Fragen krallen sich in meinem Kopf fest, immerzu denke ich darüber nach, den ganzen Tag, bis in den Abend hinein, bis ich losgehe, um mich mit Max zu treffen. Wir haben uns ewig nicht gesehen, er ist nur kurz in der Stadt. Als er angerufen hat, dachte ich, dass es gut sei – mal rauskommen, Freunde von früher sehen, Bier trinken – und habe deshalb die Nachbarin gefragt, ob sie nach Oma schauen könne.

Wir sind in einer dieser Kneipen verabredet, wie sie jetzt alle aussehen. Mit wahllos zusammengewürfelten Second-Hand Polstermöbeln, Retrotapeten, Kerzenleuchtern aus Weinflaschen, an denen das Wachs heruntertropft, dämmrig müdem Licht. Max ist schon da. Wir begrüßen uns mit einer angedeuteten Umarmung, setzen uns, sofort kommt die Kellnerin an den Tisch. Ihr Gang betont lässig, in ihrem Blick eine aufgesetzte Langeweile. Sie trägt einen riesigen Dutt mitten auf dem Kopf. Es sieht aus, als säße ein Hamster auf ihr.

Ich erzähle Max von Oma, dann von der Frau.

»Ach komm, die hatte keinen Bock auf dich, vergiss sie einfach, das hat doch keinen Sinn«, sagt er nur kurz, beiläufig, als sei es nicht wichtig. Dann redet er über sein Studium, den tollen Nebenjob und das Praktikum, das er in den Semesterferien machen werde. New York, wow! Wie sie alle ihre Leben planen.

Er erzählt immer weiter, lässt keine Pausen zwischen den Sätzen. Nun geht es um seine neue Freundin, dass sie die Frau fürs Leben sein könnte. Und dann werden sie heiraten, ein Haus bauen, jahrelang, mit viel Glas und ein bisschen Beton wahrscheinlich, so wie es alle tun. Dann noch Kinder, und dann hat man es geschafft. Dann kann man warten auf den Tod. Denke ich, aber sage ich nicht. Es kotzt mich an. Und ich langweile mich so sehr, dass ich es kaum ertrage.

Irgendwann kommt Tobias dazu, er ist Max' Freund, ich kenne ihn kaum, habe ihn nur vor Jahren einmal auf einer Party gesehen. Ein bisschen erleichtert bin ich, dass er da ist. Die beiden reden über ihre Studiengänge, ihre Freundinnen, über Proteine, Partys, Belanglosigkeiten. Tobias erzählt, wie er seine Freundin im letzten Skiurlaub kennengelernt habe, erzählt von Sonnenschein, viel Schnee, guter Laune, Alkohol. Aus Bergisch Gladbach komme sie. Es hört sich an wie die Rückseite einer Postkarte. Ich sehe die Vorderseite vor mir: Berge, hellblauer Himmel, glitzernder Schnee. Schöne Tage im Klischee. Das perfekte Leben. Dazu meines im Kontrast.

Erstaunlich, wie sie so lange über Nebensächliches reden können, über Nichtigkeiten, und es schaffen, dass es dennoch wichtig klingt. Ich höre ein bisschen zu, bestelle mir noch einen Gin Tonic, trinke zu schnell, knibble das Wachs von der Flasche auf unserem Tisch, rauche zu viel, dann wird mir übel. Ich verabschiede mich, Max sagt, dass er sich gefreut habe, mich wiederzusehen und dass wir das wiederholen sollten, unbedingt. Jaja. Tschüss.

Vor der Kneipe setze ich mich auf den Bordstein und kotze auf die Straße. Davonrennen. Ich könnte einfach losrennen und dann immer weiter weg, bis es ganz still ist, bis nichts mehr da ist. Oma nicht, dieses trostlose Haus nicht, ich selbst nicht. Aber ich renne nicht, nichts tue ich, gehe nur irgendwann nach Hause.

Am Morgen wirkt Oma schwächer als sonst, ich schaffe es kaum, sie in den Rollstuhl zu heben. Immer wieder sackt sie zusammen, stellt ihre Füße nicht richtig auf den Boden. Nachdem ich sie auf die Toilette gehievt habe, wird mir schwindelig, weshalb ich mich vor sie knie und meinen Kopf auf ihre Beine lege. Sie fährt mit der Hand durch meine Haare. Vielleicht ist es ein Reflex, vielleicht möchte sie wissen, was da auf ihrem Schoß liegt, vielleicht erkennt sie mich auch.

Heute bin ich so erschöpft, dass ich alles andere ausblende, sogar die Tatsache, dass ich nicht mal ansatzweise einen Plan für mein Leben habe und manchmal gar nicht weiß, ob ich es überhaupt weiterführen möchte, dieses Leben. Hätte man mich nach dem Unfall gefragt, hätte ich »Nein, danke« gesagt; jetzt wahrscheinlich auch noch. Aber keiner kommt, um zu fragen. Sie fragen alle nur, wie es mir gehe. Und sie alle erwarten keine ehrliche Antwort. Eigentlich wollen sie »Gut« hören. Oder zumindest etwas wie: »Es geht so«, »Ich komme zurecht« oder »Es muss halt«.

Muss, ja, scheiße!

Auch die Nachbarin am Telefon fragt als Erstes, wie es mir gehe.

»Passt schon«, antworte ich. Und dann fängt sie an zu erzählen. Wir telefonieren über eine Stunde. Sie redet und redet, ich sage jaja, immer wieder. Von ihren Kindern erzählt sie und wie schwer es damals mit ihrem Vater gewesen sei, als er im Sterben gelegen habe. Ich will ihr nicht mehr zuhören, sage, dass ich noch einkaufen müsse.

»Ach so, dann will ich Sie nicht weiter stören«, sagt Frau Heier und redet dennoch immerzu, lässt keine Pausen zwischen ihren Worten, spricht immer weiter. Es wird mir zu viel, interessiert mich nicht, deshalb lege ich auf. Einfach so, ohne mich zu verabschieden.

Im Supermarkt halte ich Ausschau nach der Kassiererin vom letzten Mal. Zum Glück ist sie nicht da.

Vor mir schlendert ein Vater mit seinem Sohn durch die Gänge. Der Junge trägt diese blinkenden Schuhe. Mehrfarbig sogar. Jeder Schritt eine Farbe. Als Kind wollte ich sie unbedingt, habe gebettelt, jedes Jahr vor Weihnachten und meinem Geburtstag. Ich habe sie nicht bekommen, auch keinen Gameboy. Dafür hat Mama Jäckchen und Schals für unsere Kuscheltiere und Noras Puppe gestrickt. Alles selbstgemacht. Und wir hatten ein Puppenhaus, auch selbstgebaut, sogar die Möbel. Das gibt es noch, es steht bei Oma auf dem Speicher. Nora und ich haben es nicht geschafft, Mamas und Papas Wohnung auszuräumen, wir konnten da nicht mehr sein. Unsere Tanten und Onkel haben sich um alles gekümmert, uns nur die Dinge gebracht, die wir unbedingt haben wollten. Nora wollte das Puppenhaus, das war das Erste, was ihr eingefallen ist. Wahrscheinlich ist die Wohnung mittlerweile wieder vermietet, wahrscheinlich leben jetzt andere Menschen dort. Die Vorstellung ist seltsam. Es fühlt sich noch nach Zuhause an, ich kenne jede Ecke, jede einzelne Stelle, an der die Tapete dreckig ist oder ein Nagel aus den Dielen schaut. Ich kenne das alles noch so gut: die Fenster, die bunten Türen – meine grün, Noras gelb –, den Keller, in dem wir früher immer so große Angst hatten. Es ist noch unser Zuhause, aber wir können nicht zurück.

»Ich fühle mich entwurzelt«, habe ich diesem Therapeuten damals gesagt, woraufhin er mich anschaute durch die runde Brille auf seinem runden Gesicht und meinte, ich solle einen Baum zeichnen – mit Wurzeln, mit meinen Eltern als Wurzeln. Ich dachte, es sei ein Scherz, sagte zu ihm: »Na klar, ich setze mich jetzt hin und zeichne einen Baum wie in der Grundschule.« Und als er mich dann so entgeistert ansah mit gesenktem Blick, die Brille rutschte nach unten, er schob sie mit dem Zeigefinger wieder hoch, merkte ich, dass es kein Scherz war, dass er das ernst meinte, und bin gegangen.

Vor mir blinkt es noch immer, der Junge hüpft von einem Bein aufs andere, zappelt herum, der Vater zieht ihn hinter sich her.

Ich kaufe hauptsächlich Dinge, die Oma mag und die sie gut essen kann. Und immer wieder schaue ich mich um. Nach ihr. Nach Jona, vielleicht. Sie ist nicht da.

Beim Rausgehen komme ich an einem Obdachlosen vorbei, der hier mit seinem Hund sitzt. Sein Gesicht ist zerfurcht, das Haar grau und fettig. Ich frage mich, ob er alt ist oder ihn nur sein Leben so wirken lässt, und bleibe neben ihm stehen. Die Leute drängen an mir vorbei, ich stehe ihnen im Weg.

»Entschuldigen Sie?«, frage ich.

Desinteressiert schaut er auf, grummelt: »Hmm?«

»Entschuldigen Sie, haben Sie hier zufällig eine junge Frau gesehen?«

Er lacht laut auf, sagt: »Ja, viele. Und jetzt lass mich in Ruhe!«

Mir wird bewusst, dass er nicht mit mir reden möchte, dass ich weitergehen sollte, ich hasse es, mich aufzudrängen. Doch ich muss sie wiedersehen, unbedingt, es ist wie eine Notwendigkeit, weshalb ich stehen bleibe und sage: »Ja, sorry. Eine junge Frau mit blonden Haaren, die so ein bisschen durcheinander zusammengebunden sind, ein bisschen verfilzt sehen sie aus. Sie ist relativ klein und dünn, trägt eine blaue Jacke, in der sie eigentlich frieren müsste ...«

Er fixiert mich mit seinem Blick, runzelt die Stirn. Dann fragt er: »Holst du mir 'n Bier?«

Ohne zu antworten, gehe ich in den Supermarkt zurück, kaufe drei Dosen Pils, überlege noch kurz, ob ich ihm vom Bäcker einen Tee oder etwas zu essen mitbringen sollte, aber lasse es sein, um nicht bevormundend zu wirken.

Ob ich mich setzen könne, frage ich und halte ihm eine Dose hin. Er zieht die Augenbrauen zusammen, nickt. Unter ihm ein Schlafsack, ein paar Dinge hat er darin verstaut, irgendetwas bohrt sich in meinen Oberschenkel. Der Hund schaut auf, als irritiere ich ihn, kurz darauf legt er seinen Kopf wieder ab und schließt die Augen.

Wir öffnen unsere Bierdosen, der Mann trinkt ein paar Schlucke und sagt dann – ohne dass ich nochmal fragen muss: »Ja, die läuft hier oft vorbei, wohnt wahrscheinlich irgendwo in der Nähe. Manchmal geht sie in den Supermarkt, meistens läuft sie nur vorbei, ziemlich schnell immer, als hätte sie es eilig.«

»Danke! Kann ich hier kurz sitzen bleiben? Ich muss sie wiedersehen.«

Er schaut auf das dritte Pils, das ich vor mir abgestellt habe. Ich gebe es ihm, dann nickt er. Ob er noch etwas haben wolle, etwas zu essen oder einen heißen Tee, frage ich. Er schüttelt den Kopf.

»Aber frieren Sie denn nicht?«

Wieder Kopfschütteln.

Wir schweigen uns an.

Irgendwann sagt er: »Man richtet es sich halt so ein.«

»Ja«, antworte ich. Ja, man richtet es sich halt so ein im eigenen Leben.

So sitzen wir da, nebeneinander auf diesem dreckigen Schlafsack. Er tut nichts, trinkt nur sein Bier und streichelt ab und zu über den Kopf des Hundes. Die Leute gehen vorbei und schauen uns nicht an. Als hätte er meine Gedanken erraten, sagt er – in sich gekehrt, leise, resigniert oder traurig, ich kann es nicht deuten: »Das ist das Schlimmste: nicht gesehen zu werden.«

Sie kommt nicht. Ich muss wieder zu Oma, war sowieso schon zu lange weg. Hastig stehe ich auf und verabschiede mich.

»Ich bin Sid.«

»Freut mich, Sid, ich bin Niklas«, sage ich. Und: »Tschüss, bis morgen.«

Dabei schaue ich ihm in die Augen.

Mittlerweile kommt es mir vor, als würden wir uns kennen. Den dritten Tag sitze ich nun schon hier bei ihm auf seinem Schlafsack. Immer, wenn Oma Mittagsschlaf macht. Wir hocken nebeneinander, reden kaum. Gestern fragte er mich nur, warum ich dieses Mädchen unbedingt wiedersehen wolle.

»Ich weiß nicht so richtig«, antwortete ich, »wir haben uns nur kurz getroffen, es wirkte so unwirklich, aber irgendwie nah – und ich hatte das Gefühl, dass sie mich versteht und ich sie. Das habe ich sonst selten.«

Sid nickte, sah nicht überzeugt aus, aber kommentierte meine Erklärung nicht, wofür ich ihm dankbar war.

Der Hund träumt vor sich hin und bewegt seine Beine im Schlaf, als würde er rennen.

»Wie lange bist du schon hier?«, frage ich. Viele Menschen um uns herum, gehen in den Supermarkt, kommen heraus, die Hektik macht mich nervös.

»Weiß nicht …«, antwortet Sid und erzählt, dass er immer mal wieder den Ort wechsle, dann packe er alles zusammen und gehe in eine andere Stadt. »Ich mag die Freiheit.«

Und genau in dem Moment, in dem er diese Worte ausspricht, kommt sie von links angelaufen mit ihren hüpfenden Schritten. Obwohl ich nur deshalb hier bin, seit Tagen auf diesen Augenblick warte, überrascht es mich, dass sie plötzlich da ist. Ein bisschen wie ein Reh sieht sie aus – ihre Beine lang und dünn, dazu riesige, klobige Schuhe, die aussehen, als seien sie ein paar Nummern zu groß. Wieder die blaue Jacke. Ich springe auf, schaue sie an, dann kurz zu Sid, der sich über die Abwechselung zu freuen scheint. Sogar der Hund hebt den Kopf.

Ich kann meine Beine nicht stillhalten. Ob sie mich erkennen wird?

Sie hüpft in meine Richtung, bleibt vor mir stehen, sagt: »Hallo! Du schon wieder.«

Ich bin erleichtert – weil sie mich erkannt hat und ihre Stimme wieder so klingt wie in der Nacht. Hell und leicht, ein bisschen tänzelnd, da ist eine Melodie, wenn sie spricht.

»Ich hab hier auf dich gewartet.«

»Ach echt? Warum?«

»Weiß nicht, ich wollte dich wiedersehen.«

»Das ist ein bisschen gruselig«, sagt sie und lacht. Dann erzählt sie, dass sie es eilig habe, weitermüsse, ob ich heute Abend mit ihr feiern gehen wolle, sie wolle tanzen und da sei eine Party.

»Ja«, antworte ich, »ja!« – und zum ersten Mal seit dem Unfall ist dieses Ja auf die Frage, ob ich mich mit anderen Menschen treffen möchte, rausgehen, unter Leuten sein, ernst gemeint.

»Okay, komm einfach dazu, ich bin so ab elf dort«, sagt sie, nennt noch den Namen des Clubs und geht weiter, ohne sich umzudrehen.

»Super!«, ruft Sid mir zu, ich verabschiede mich von ihm, streichle den Hund noch kurz und sage: »Bis bald, Sid, mach's gut.«

Die Luft riecht wieder nach Veränderung. Dieses Mal riecht sie gut.

Am Abend mache ich Oma ein Wurstbrot und setze mich zu ihr. Sie sagt, sie habe keinen Hunger und gerade eben schon gegessen. Das stimmt nicht, deshalb drücke ich ihr eine halbe Scheibe Brot in die Hand. Wenn sie abends nichts isst, wacht sie nachts manchmal auf vor Hunger. Ich habe ein schlechtes Gewissen, weil ich sie alleinlassen werde, aber möchte die Nachbarin nicht mehr fragen, mir nicht aus Dankbarkeit ihre Monologe am Telefon anhören müssen. Und hierbleiben kann ich auch nicht. Es ist, als hätte die Begegnung mit dieser Frau etwas in mir ausgelöst, etwas losgetreten, was sich nicht aufhalten lässt.

Nach dem Essen bringe ich Oma ins Bett. Sie ist unruhig, erzählt viel – von ihren Brüdern und dass morgen Badetag sei. Dann fragt sie, ob ich die Hühner gefüttert habe. »Jaja, mach dir keine Sorgen, Oma. Schlaf gut.«

Sie faltet ihr Taschentuch, breitet es aus, hält es vors Gesicht, schaut hindurch, dann dreht sie es um und zerreißt es in zwei Hälften. Ganz vertieft ist sie, konzentriert, bemerkt gar nicht, dass ich noch da bin. Leise stehe ich auf, mache das Licht aus und schließe die Tür.

Um halb elf gehe ich los. Die Stadt sieht aus wie ein trauriger Betonklumpen. Graue Fassaden mit müden Augen hinter Glas und Fernbedienungen in den Händen. Irgendwann verlasse ich das Wohngebiet. Keine beleuchteten Wohnungen mehr, nur noch Lagerhallen, Brachflächen, eine flackernde McDonald's-Reklame über den Dächern. Ein paar Jugendliche und Studenten kommen mit ihren Fahrrädern an mir vorbei. Alle in Gruppen, viele schon betrunken, das Fahren fällt ihnen schwer.

Der Club liegt einsam hinter einer riesigen Halle. Ein kleines, unscheinbares Gebäude, zum Glück ohne Türsteher. Hoffentlich wird sie da sein. Es ist kurz nach elf.

Ich öffne die schwere Metalltür, neben mir stellen zwei Betrunkene ihre Fahrräder ab. Die Frau an der Kasse drückt mir lieblos und zu fest einen Stempel auf den Handrücken, nachdem ich bezahlt habe. Eine Mischung aus Aufregung, Vorfreude und Angst überkommt mich, ich weiß nicht, ob es sich gut anfühlt. Zumindest lebendiger als in der letzten Zeit.

Voll ist es hier, laut und stickig. Die Bässe sind hart. Ich schaue in die Menge, suche nach ihr. Wie ein Gemälde sieht es aus: die tanzenden Menschen, die bunten Lichter an der Decke. Dazu die Musik. Ich stelle mich an die Bar, um einen Gin Tonic zu bestellen, als es plötzlich »Hi!« ruft. Sie ist es, steht direkt neben mir.

»Hallo!«, sage ich und spüre, dass ich rot werde.

Sie strahlt mich an. »Schön, dass du da bist!«

Ihre Pupillen riesig, ihr Mund ein bisschen verzogen. Sie reißt die Augen auf, sieht seltsam aus dabei und ein bisschen unheimlich. Ohne etwas zu sagen, drückt sie mir eine Pille in die Hand.

»Was ist das?«

»Nimm's einfach, das macht glücklich.«

Ich möchte, dass sie mich mag, möchte mich unbeschwert fühlen und im Hier sein, im Jetzt, deshalb nehme ich die Tablette in den Mund, schlucke sie herunter und schaue dabei in die riesigen Augen dieser Frau, immer weiter, bis sie sich umdreht, meine Hand nimmt und mich hinter sich her auf die Tanzfläche zieht.

Eine Melodie mischt sich zu den Bässen, wir tanzen, sie dreht sich vor mir im Kreis, ich spüre, wie auch ich meine Augen aufreiße, ohne etwas dagegen tun zu können. Meine Beine bewegen sich, als gehörten sie nicht zu mir, wir wirbeln umeinander herum. Sie lacht immer lauter. Alles ist gut und schön und ich bin ganz in diesem Moment. Wir tanzen immer weiter, ich habe keinen Durst mehr, keinen Hunger, keine Trauer mehr in mir, tanze einfach. Mit ihr.

Irgendwann nimmt sie meine Hand, wir laufen durch den Club, sie immer vor mir her. Zwischendurch dreht sie sich um und schaut mich an. Dabei lacht sie und sieht gleichzeitig ernst aus. Ihre Finger sind lang und kalt. Ich spüre einen großen Ring, berühre ihn. Dann gehen wir nach draußen, eine Treppe aus Metall hoch, die hinter dem Gebäude aufs Dach führt. Außer uns ist niemand hier. Es ist grau und kalt, und würde nicht der Mond sein Licht auf uns werfen, ließe sich nichts erkennen, auch nicht das kleine Stück See in der Ferne. Es sieht aus, als hinge er direkt über uns, der Mond, als sei er am Himmel festgebunden – wie in meinem Traum.

»Sag mal, heißt du eigentlich wirklich Jona?«, frage ich, schaue sie an dabei, und immer, wenn ich blinzle, fürchte ich mich davor, dass sie nur eine Illusion sein könnte. Doch wenn ich die Augen wieder öffne, steht sie noch neben mir und ich bin nur noch in diesem Moment, nur noch bei ihr.

»Wie heißt du denn?«, fragt sie.

»Niklas, ich heiße Niklas. Und du?«

»Ich weiß nicht … ja, vielleicht Jona. Aber ich habe mich noch nicht entschieden. Vielleicht auch Mia oder Freya. Oder Leo.«

»Das sind schöne Namen«, sage ich und meine es wirklich so. Dann frage ich sie nach dem Namen, der in ihrem Ausweis steht.

»Ist doch egal. Wie würdest du denn heißen wollen, wenn du es dir aussuchen könntest?«

»Ich weiß nicht, Niklas finde ich eigentlich gut«, antworte ich, weil mir nichts Besseres einfällt und ich mir diese Frage noch nie gestellt habe.

Ohne etwas zu erwidern, geht sie nach vorn an den Rand des Dachs. Dort läuft sie immer hin und her, wie auf einer Linie, setzt einen Fuß direkt vor den anderen. Ich gehe ihr entgegen, habe Angst, dass sie springen könnte – weil sie so furchtlos wirkt oder so, als hätte sie nichts zu verlieren.

Vielleicht kennt sie auch diese Momente, in denen man auf einer Brücke steht, hinunterschaut und sich vorstellt zu springen; diesen Gedanken, dass von einer Sekunde auf die andere alles vorbei sein könnte. Einfach springen, damit es endlich aufhört. Einfach springen und dann Ende.

Ich gehe mit ihr mit, nur etwa einen Meter von ihr entfernt, traue mich nicht, näher an sie heranzutreten.

»Du springst jetzt aber nicht, oder?«, rufe ich ein bisschen zu laut.

»Warum, wärst du dann traurig?«, fragt sie und lacht.

Ja, wäre ich, weil sie sich vertraut anfühlt und so, als könnte sie die Bilder, die sich an meinem Gehirn festkrallen und immer wieder nach vorne treten, obwohl ich sie nicht sehen möchte, aus mir herausziehen. Das sage ich nicht, sondern: »Komm doch bitte da weg.«

Sie dreht sich zu mir, schaut mich an. Ihre Fersen ragen schon über den Rand hinaus. Sie müsste sich nur fallen lassen, einen einzigen, winzig kleinen Schritt nach hinten machen. Ich sehe schon das Bild vor mir, das Bild des Sprungs, eines leeren Dachs. Aber nein, sie macht ihn nicht, diesen Schritt, sondern hüpft mir entgegen. Dann legt sie sich hin, und ich lege mich neben sie. Wir rauchen und schweigen. Zwischendurch berühren sich unsere Hände. Immer nur kurz, doch ich möchte mir einprägen, wie sich ihre Haut anfühlt, möchte jeden einzelnen Augenblick mit ihr fest in meinem Gedächtnis einspeichern, denn vielleicht wird aus dieser Nacht irgendwann die Erinnerung an den Moment werden, in dem ich mich in sie verliebt habe – in ihre Augen, ihre Worte, ihre Haut.

Nach einer Weile flüstere ich ihr »Lou« ins Ohr.

Sie dreht ihren Kopf zu mir, ihr Gesicht ist ganz nah. »Wie, Lou?«

»Lou, das passt zu dir.«

Sie nickt, ganz leicht nur, und schaut dem Mond dabei zu, wie er langsam hinter einer Wolke verschwindet. Ich habe kein Zeitgefühl mehr, es könnten Sekunden sein oder Stunden. Vermutlich liegt es an den Drogen. Oder an ihr.

»Was denkst du?«, frage ich nach einer Weile, weil sie so versunken und abwesend wirkt.

»Ich denke über den Namen nach. Ich muss den Namen denken«, antwortet sie leise, bevor sie aufsteht, noch einmal zum Himmel blickt und sagt: »Ich wohne in der Straße vom Supermarkt, du kannst mich ja mal besuchen kommen, wenn du magst. Und vielleicht überlege ich mir auch noch einen anderen Namen für dich.«

Es überrumpelt mich, dass sie so plötzlich gehen möchte. Hastig setze ich mich auf, frage nach ihrer Adresse.

»Brauchst du nicht, wir finden uns schon.«

Und dann geht sie, ohne mir die Möglichkeit zu geben, noch etwas zu erwidern, verschwindet einfach. Als sei sie gesprungen.

Zu Hause schaue ich kurz nach Oma, die ruhig schläft, die Decke bis übers Kinn gezogen, dann lege ich mich auch hin. Doch trotz meiner Müdigkeit kann ich lange nicht einschlafen – vor Euphorie oder wegen meines schnellen Herzschlags. Es pocht in meiner Brust, gleich unter der Haut. Mein Kopf ist voller Gedanken, voller Melodien, fast kommt es mir vor, als stünde ich noch immer auf der Tanzfläche, als wirbele Lou noch immer um mich herum. Ich hatte mir vorgenommen, sie zu fragen, was in der Nacht unserer ersten Begegnung vorgefallen ist und warum sie bei unserem Wiedersehen im Supermarkt so getan hat, als würde sie mich nicht kennen. All das wollte ich sie fragen. Geschwiegen habe ich, weil mir der Moment unpassend erschien und weil es schön war, nur im Hier zu sein, im Jetzt, an nichts anderes denken zu müssen.

Omas Rufe wecken mich. Vor dem Fenster die Geräusche der Straße, ich im abgedunkelten Zimmer. Mein Herz schlägt immer noch zu schnell. Ich habe von diesem Dach geträumt und von Lou, wie sie dort stand. Plötzlich ließ sie sich fallen, ihre Hände konnten noch Halt finden. Ich stand weiter weg, sah nur ihre blutigen Fingerkuppen, traute mich nicht, zu ihr zu gehen, weshalb ich mich auf den Bauch legte und langsam an den Rand des Dachs kroch. Ich griff nach ihren Händen, zog daran und bemerkte dann, dass es nur ihre Hände waren – ihre Hände ohne Körper. Lou war einfach weg. Als hätte die Welt sie verschluckt. Es fühlte sich an wie damals.

Lou

denkt sie, denkt den Namen in Großbuchstaben. In Gedanken malt sie ihn, schaut sich das Bild in ihrem Kopf an und überlegt, ob er schön aussieht, dieser Name als Bild. Vor allem aber staunt sie: über den letzten Abend und über ihr Sprechen. In der Nacht ging es plötzlich wieder. Sie hatte es sich abgewöhnt, verlernt vielleicht oder aufgehört damit, um sich besser abschirmen zu können von den Menschen. Mit ihm ging es wieder, das Sprechen, denn Niklas fühlte sich nah an und so, als könnte er ihr helfen, als sei etwas in ihm, was auch in ihr ist, als sei da eine Verbindung. Vielleicht waren es auch nur seine Augen – diese traurigen Augen, wie sie nur einsame Menschen haben.

Sie setzt sich auf den Boden ihres Balkons, spürt die Kälte an ihrem Körper, spürt, wie sie von ihr Besitz ergreift, nach innen wandert, und schaut hinunter auf die Menschen, die durch die Straßen laufen wie herumwuselnde Insekten. Sie ekeln sie an, wie sie alle so beschäftigt aussehen. So beschäftigt mit ihrem eigenen Leben und mit sich selbst. Und dann auch noch vorgeben, dabei glücklich zu sein: bei dem Hetzen und Ackern und wenn sie Häuser kaufen, Kinder kriegen und abends wie die Bekloppten ins Fitnessstudio rennen, um sich selbst zu optimieren. Aber das müssen sie ja auch, beschäftigt aussehen. Um so zu tun, als ginge es ihnen nicht nur darum, ihre Schwänze in irgendwelche Körper zu stecken oder irgendwelche Schwänze in ihre Körper gesteckt zu bekommen. Je nachdem.

Sie lässt sich nach hinten fallen und stößt mit dem Kopf gegen die Wand. Wenn es wehtut, kann sie es besser ertragen: den Hass und den Ekel und die anderen Menschen. Vor allem aber sich selbst. Sie spürt die Wunde am Kopf, tastet danach, hat Blut an ihrer Hand.

3

Irgendwo hier müsste sie wohnen. Vielleicht werden wir uns ja wirklich finden. Vielleicht geht das ja, vielleicht wird sie da sein. Langsam laufe ich die Straße entlang. Trist ist es hier, die Häuser alle grau oder in einem kränklichen Weiß, alle gleich hoch. An den Balkonen riesige Satellitenschüsseln, fein säuberlich nebeneinander angeordnet. Die Gegend hat nichts von der Altstadt mit ihren Fachwerkhäuschen, den verschlungenen Gässchen und dem Glitzern des Sees im Hintergrund.

Nach einer Weile erscheint es mir sinnlos, ich komme mir unbeholfen und naiv vor, möchte schon umdrehen und nach Hause gehen, als etwas neben mir auf den Boden fällt. Direkt neben mir. Ein Bergkristall, durchsichtig und glatt. Ich blicke nach oben, und da ist sie, schaut von einem grauen Balkon zu mir herunter.

»Hi!«, rufe ich.

»Hi!«, ruft sie. Und: »Komm einfach hoch, ich mach dir auf.«

Den Kristall stecke ich in meine Hosentasche und gehe zur Tür. Viele Klingeln. Teilweise sind die Schilder mehrfach überklebt, Namen entfernt, andere hinzugefügt, mit Filzstift und Kugelschreiber. Jedes Schild ein Leben. Und irgendwann: ausradiert, entfernt. Als hätte es sie nie gegeben, all diese Leben. Ob an unserer Wohnung, an Mamas und Papas Wohnung, jetzt auch ein neues Schild hängt? Und was aus unserem wohl geworden ist? »Familie Jansen« stand da früher.

Es summt an der Tür, ich drücke mich dagegen. Das Treppenhaus wirkt genauso kalt und trostlos wie das Haus und diese Straße. Ich laufe zu schnell, nehme zwei Stufen auf einmal, bin schon bald außer Atem.

Nachdem ich an drei Stockwerken mit verschlossenen Türen vorbei bin, endlich eine offene Tür. Eine offene Tür, aber ohne Lou. Kein Namensschild daneben.

Vorsichtig klopfe ich an. Nichts.

»Hallo?«, rufe ich.

»Hallo«, höre ich sie sagen, »komm doch rein.«

Eine Katze läuft mir entgegen, schlängelt sich um meine Beine und verschwindet wieder. In dem kleinen Flur steht eine riesige Pflanze, die den Weg versperrt, ich drücke mich an ihr vorbei und komme in einen großen Raum. Ein helles Wohnzimmer mit einer kleinen roten Küchenzeile, an der hinteren Wand ein gelbes Sofa. Lou sitzt darauf, die Beine an den Körper gezogen, schaut mich an. Im Hintergrund läuft Leonard Cohen. Mein Blick wandert über die Wände. Alles voller Bilder, kleine Zeichnungen, das meiste kann ich aus der Ferne nicht erkennen. Ohne etwas zu sagen, steht Lou auf und holt eine Flasche Wein aus dem Kühlschrank. Ich mag es, dass sie nichts Überflüssiges sagt, über jedes einzelne Wort nachzudenken scheint, bevor sie es ausspricht, dennoch ist mir unser Schweigen unangenehm in diesem Moment. Beinahe wirkt es, als beachte sie mich gar nicht.

Ich weiß nicht, was ich sagen soll, stehe einfach nur da, mitten in ihrem Wohnzimmer, sehe ihr dabei zu, wie sie uns beiden ein Glas Wein einschenkt, auf mich zukommt und mir eins davon hinhält. Ihre Bewegungen sind ruhig und zart, fast schon elegant. Wie eine Tänzerin sieht sie aus. Ihre Füße berühren den Boden immer nur kurz, ganz leicht nur, trotzdem hat sie einen sicheren Gang, was mir gefällt.

»Danke«, sage ich. Und: »Leonard Cohen mag ich.«

»Gut. Und ich mag den Namen. Gerne möchte ich Lou sein«, antwortet sie, als sei damit alles gesagt. Dann setzt sie sich wieder und schaut vor sich hin.

Ich habe meine Jacke noch an, hier ist nichts zum Aufhängen, kein Kleiderständer oder Haken an der Wand, die Wohnung ohnehin kaum eingerichtet. Nur das Sofa steht im Zimmer, auf dem Boden stapeln sich Bücher, daneben ein paar Notizhefte, Malblöcke, Stifte. Rechts die Tür zum Balkon, links führt ein schmaler Gang in einen weiteren Teil der Wohnung. Mir wird warm, ich ziehe meine Jacke aus, halte sie unbeholfen in der Hand und setze mich zu Lou aufs Sofa.

»Sag mal«, frage ich, »was war denn da los in dieser Nacht? Hat der Typ dir irgendwas getan?«

Für einen Moment kommt es mir vor, als hätte sie meine Worte nicht gehört, weil sie lange nichts sagt, nur schweigend neben mir sitzt, mich nicht einmal anschaut, doch dann antwortet sie: »Nein, er wollte es, aber das wollen sie ja alle.«

Ohne dass ich nachfragen oder etwas erwidern kann, spricht sie weiter: »Wir könnten rausgehen, irgendwo was essen.«

Ich nicke, Lou drückt mir die Flasche Wein in die Hand und geht vor mir her.

Im Treppenhaus hält sie sich am Geländer fest und hüpft mehrere Stufen auf einmal hinunter. Das habe ich auch getan, früher als Kind. Ich gehe ihr nach. In ihrem Nacken ein tätowierter Katzenkopf. Schwarze Umrisse, ein bisschen geometrisch, darin verschwommene Farbkleckse. Ihre Haare mit einem grünen Band zusammengebunden, ein paar Strähnen hängen aus dem Zopf, es sieht aus, als würden sie die Katze streicheln.

»Ist das im Nacken deine Katze?«, frage ich.

»Wie, meine Katze?«

»Na die von oben, die aus deiner Wohnung.«

»Ach so«, sagt Lou und lacht, dreht sich zu mir um. »Das ist nicht meine, die wohnt nur bei mir, wenn sie mag.«

Sie ist so anders, wirkt so frei. Gleichzeitig ist da etwas in ihren Augen, das mir Angst macht oder mich traurig werden lässt, etwas, das ich nicht deuten kann.

Die Luft ist heute wärmer als in den letzten Tagen, der Nebel nur in der Ferne zu erkennen, die Berge sehen aus, als seien sie aus milchigem Glas. Wir laufen vorbei an kastenförmigen Gebäuden, die in der Abenddämmerung ihre Farben gegen ein einheitliches Grau eingetauscht haben.

»Und du, wohnt bei dir auch jemand?«, fragt Lou.

Ich erzähle ihr von Oma. Sie nickt. Sagt nicht das, was alle sagen. Nicht, wie schwer das doch sicher und wie schlimm diese Krankheit sei, wie ich das überhaupt alles schaffe. Sie sagt nichts davon, sondern nur: »Krass, fast hundert Jahre mit einem einzigen Leben, das wäre mir zu viel.« Dann, nach einer kurzen Pause, fragt sie: »Warum?«

»Wie, warum?«

»Warum musst du dich um sie kümmern?«

Ich erzähle ihr nicht von dem Unfall, von ihrem Tod, weil ich diese mitleidigen Blicke nicht mehr ertrage. Das

»Du Armer«, die »Ohs« und »Ojes«, das alles ertrage ich nicht mehr, es hilft nicht, macht es nur schlimmer. Dass meine Eltern nicht da seien, sage ich und dass ich die Pflege deshalb übernommen habe.

»Magst du sie, deine Oma?«

Ich erzähle ihr, dass sie ein anderer Mensch sei mittlerweile, nicht mehr wirklich meine Oma, und dass mich die Situation überfordere, aber dass ich sie möge, ja.

Lou sagt: »Und dann wird man plötzlich ein anderer Mensch.« Sie sagt es ganz leise und so, als sei es besonders wichtig.

Langsam geht sie neben mir her und knibbelt dabei unentwegt an ihren Händen herum. Mit der linken Hand zieht sie ein Stück Haut von ihrem rechten Zeigefinger ab, bis es blutet. Sie wischt es nicht weg, sondern schaut den Blutstropfen dabei zu, wie sie zu Boden fallen.

Wir holen uns zwei vegetarische Döner und setzen uns damit in den Park. Alle anderen Bänke sind leer. Nur vereinzelt laufen Menschen mit ihren Hunden vorbei, ein paar wenige Jogger. Ich schaue Lou an, während sie isst. Ihr Atem hält sich in der Luft fest. Es sieht aus, als würden Schafe aus ihrem Mund hüpfen. Sie nimmt nur kleine Bissen, fischt Tomatenscheiben und Gurken einzeln mit den Fingern aus dem Brot, wirkt vollkommen versunken. So vieles möchte ich sie fragen, ihr so vieles erzählen, aber es fühlt sich an, als würde ich sie beim Essen stören.

Erst als sie die Alufolie um den Rest ihres Döners wickelt, frage ich sie, wie sie Weihnachten feiern werde.

»Ich bin allein. Weihnachten mag ich sowieso nicht, aber es gibt auch niemanden, den ich besuchen könnte.«

»Wie meinst du das?«

»Ich bin im Heim aufgewachsen. An der Nordsee. Da ist einfach niemand, ich bin ganz allein.«

Es rührt mich, wie sie im Schneidersitz auf dieser Bank sitzt, das alles so beiläufig erzählt – auf eine Art, die mitleidige Blicke gar nicht erst zulässt. Sie bewegt ihre Hände, wenn sie spricht, schaut mir ganz tief in die Augen dabei, und sobald sie einen Satz beendet hat, richtet sie ihren Blick weg von mir, sieht zu Boden, legt ihre Hände ab. Alles, was sie tut, tut sie ganz: erzählen, schweigen, essen.

Nun erzähle ich ihr doch von dem Unfall, von ihrem Tod, weil es sich anfühlt, als ginge das bei ihr. Und weil ich ihr alles sagen möchte. Ich möchte, dass sie alles von mir weiß und ich alles von ihr.

Dass Mama und Papa plötzlich weg waren, von einer Sekunde auf die andere, sage ich und beschreibe ihr die Bilder, die ich nicht aus dem Kopf bekomme: den roten Kombi, das bläuliche Licht der Sirenen, das viele Blut, die verbogenen Metallteile. Lou schaut mich an, nicht mitleidig, nicht traurig, nur ehrlich und ein bisschen ernst.

»Sind deine Eltern auch gestorben?«, frage ich.

»Hmm«, macht sie und nickt ganz leicht.

Vielleicht ist es das. Vielleicht wirkt sie deshalb so vertraut, vielleicht fühlt auch sie sich entwurzelt, vielleicht ist das die Verbindung, die ich spüre.

Dann schweigen wir beide, ohne dass es unangenehm ist. Zwischendurch schaue ich sie von der Seite aus an, betrachte ihre langen Wimpern, das Muttermal auf der linken Wange, die Form ihrer Augenbrauen, die Farbe ihrer Haare. Das alles möchte ich mir einprägen, es festhalten, einspeichern, kartografieren.

Sie reagiert nicht auf meine Blicke, beinahe kommt es mir vor, als sei sie in Gedanken nicht hier bei mir, sondern irgendwo anders. Ob sie auch Bilder in ihrem Kopf hat, die sie nicht ausblenden kann?

»Ich muss zu meiner Oma«, sage ich nach einer Weile und frage sie nach ihrer Handynummer.

Sie reagiert nicht, scheint zu überlegen.

»Oder deinen Namen, damit ich bei dir klingeln kann. Also, falls das okay ist?«

Immer noch schweigt sie, lehnt ihren Oberkörper nach vorn, hebt ein Stöckchen vom Boden auf und stochert damit in der Erde herum. Dann setzt sie sich wieder auf, holt einen Stift aus ihrer Tasche, nimmt meinen Arm und schiebt – ein bisschen grob – meine Jacke hoch, bevor sie ihre Nummer auf meine Haut schreibt. Die Zahlen sehen aus wie einzelne kleine Gemälde, bestehend aus großen, langen Bögen, geschwungenen Linien.

»Danke«, sage ich. »Dann rufe ich dich an.«

Wir verabschieden uns mit einer vorsichtigen Umarmung. Ganz leicht nur, ich spüre ihren Körper kaum an meinem. Nachdem ich schon »Tschüss« gesagt habe, drehe ich mich noch einmal um. Sie sitzt noch immer auf der Bank, noch immer im Schneidersitz, und sieht dabei aus wie eine Statue.

Zu Hause ist es vollkommen still. Ich freue mich über die Ruhe, darüber, dass Oma wohl keine Angst hatte ohne mich, ziehe meine Jacke aus, gehe Richtung Wohnzimmer. Schon vom Flur aus höre ich ein leises Wimmern.

Oma liegt auf dem Boden, ihr Körper schief, wie verformt. Der umgekippte Rollstuhl hängt noch halb auf ihr drauf. Ich bleibe in der Tür stehen wie ein Tier in Schockstarre, kann mich nicht bewegen, weiß nicht, was ich tun soll. Jetzt tu endlich was, sage ich zu mir. Dann rufe ich: »Oma!« Immer wieder: »Oma, bitte!«

Sie sagt nichts, wimmert nur, ohne Tränen. Endlich schaffe ich es, zu ihr zu gehen. Ich hebe den Rollstuhl auf, berühre Omas Körper, versuche, sie aufzusetzen, hochzuheben, aber sie wirkt noch schwerer als sonst.

110 oder 112 – fuck, warum weiß ich das nicht? Irgendeine Nummer wähle ich, werde verbunden, alles wie im Film. Ich sehe mich von außen, höre meine Worte, aber kann sie nicht steuern. Immer wieder »Oma«, sage ich, »aus dem Rollstuhl gefallen.« Und die Adresse.

»Okay, wir kommen.«

Und dann: Stille. Eine Stille, die bedrohlich wirkt.

Im Krankenwagen reagiert sie kaum noch. Der Sanitäter trägt etwas in seine Unterlagen ein, macht ein paar Untersuchungen. In meinem Innern ist es seltsam ruhig, mein Kopf fühlt sich an wie betäubt.

Erst als Oma ins Krankenhaus geschoben wird, nehme ich die Geräusche der äußeren Welt wieder wahr: das Heulen der Sirenen, die Schritte, die Stimmen der Menschen, die in Bademänteln vor dem Gebäude stehen und rauchen. Ich laufe den Sanitätern hinterher. Niemand spricht mit mir, ich weiß nicht, was ich tun soll.

Im Krankenhaus, vor einem Untersuchungsraum, eine Stimme, an mich gerichtet: »Sie müssen hier warten.«

»Aber …«, sage ich noch, bevor die Tür geschlossen wird. Um mich herum eine große Zahl Menschen, die behandelt werden möchten, sich aufregen, einige humpeln, drücken ihre Hände gegen den Bauch. Ich setze mich, warte, möchte Nora anrufen, doch der Empfang ist zu schlecht.

Ein Patient beschwert sich bei einer Krankenschwester über die langen Wartezeiten. Sie versucht, ihn zu beruhigen, dann brüllt er sie an. Beleidigungen, zwischendurch das Stöhnen von anderen Patienten, das Klackern der Schuhe von überfordertem Personal, das Piepsen der

Geräte. Das alles vermischt sich zu einem einzigen, viel zu lauten Geräusch, ein Brummen in meinem Kopf. Ich halte mir die Ohren zu und bemühe mich, an etwas anderes zu denken. An Lou oder Nora. Es gelingt mir nicht. Scheiße, ich hätte Oma nicht allein lassen dürfen, habe Angst, dass sie sterben könnte, dass sie vielleicht schon tot ist, jetzt tot in diesem Untersuchungsraum liegt und mir niemand Bescheid gibt, dass sie mich vergessen. In meiner Vorstellung sehe ich mich immer weiter hier sitzen, stundenlang, bis irgendwann eine Bahre mit einem Tuch über Oma aus dem Zimmer geschoben wird. Und während ich mir vorstelle, sie könnte schon tot sein, kommt ein Gefühl von Erleichterung in mir auf und der Gedanke, dass es gut wäre – für sie und für mich. Hau ab, schreie ich in meinen Kopf. Aber mein Denken reagiert nicht auf meine Rufe, hat sich längst selbstständig gemacht. Es lässt sich nicht stoppen, krallt sich an meinem Hirn fest. Ich muss es loswerden, einfangen, halte die Ungewissheit nicht aus und das alles, deshalb klopfe ich an die Tür des Untersuchungsraums, immer wieder, schäme mich für die Penetranz meines Klopfens und dafür, mich nicht unter Kontrolle zu haben.

Ein Pfleger steckt den Kopf durch die nur einen Spalt breit geöffnete Tür, beruhigt mich, sagt mir, dass Oma außer Lebensgefahr sei, aber operiert werden müsse, dass die Ärztin gleich noch mit mir sprechen werde. Ich setze mich wieder, warte – und weiß nicht, ob ich erleichtert bin oder nicht.

»Herr Jansen?«

Ich schrecke hoch, kann nicht einordnen, woher die Stimme kommt, schaue mich um. Eine sehr jung aussehende Ärztin läuft auf mich zu.

»Sind Sie Herr Jansen?«

Ich nicke.

Nachdem wir uns begrüßt haben, geht sie vor mir her in ein kleines kahles Zimmer. Nur ein Tisch steht darin und eine Liege an der Wand. Die Ärztin lächelt mich kurz an und murmelt: »Tut mir leid, dass Sie warten mussten.« Dann schließt sie die Tür, setzt sich und starrt dabei auf ihre Unterlagen.

Ohne den Blick zu heben, fängt sie an: »Also. Ihre Großmutter hat bei dem Sturz einen Oberschenkelhalsbruch erlitten und eine leichte Gehirnerschütterung. Den Bruch müssen wir operieren, schon morgen früh. Ich muss Sie über die Risiken aufklären.«

Sie redet immer weiter, ohne Pause, als hätte sie den Text auswendig gelernt. Ihr Blick ist auf die Papiere auf ihrem Schreibtisch gerichtet, nur zwischendurch schaut sie mich an. Sie sieht müde aus.

In solchen Situationen, wenn alles so absurd und unwirklich wirkt, weiß ich nicht, was ich tun, wohin ich schauen soll, wie ich zu reagieren habe. Hilflos lasse ich meinen Blick wandern.

Die Ärztin redet und redet, ich schweife ab, denke an Lou, an Oma, wie sie da lag, frage mich, was wohl aus dem Mann geworden ist, der die Krankenschwester beleidigt hat, und ob sie das belastet oder sie es bereits gewohnt ist.

»Herr Jansen, hören Sie mich?«

»Hmm?«, mache ich.

»Sind Sie damit einverstanden?«

Ich nicke, obwohl ich nicht weiß, worum es geht.

»Okay, dann notiere ich das. Welche Medikamente nimmt Ihre Großmutter?«

»Das habe ich den Sanitätern schon gesagt«, antworte ich.

»Nochmal bitte!«, weist sie mich an. Sie scheint es eilig zu haben, und es tut mir leid, dass ich nicht bei der Sache bin.

Schnell zähle ich die Medikamente auf und frage, ob ich Oma sehen könne. Die Ärztin schüttelt den Kopf, antwortet, dass Ruhe jetzt wichtig sei, man mir Bescheid geben werde nach der OP.

»Okay, danke.«

Wir stehen gleichzeitig auf, sie geht vor mir her durch die Tür, der weiße Kittel schwingt um ihre Beine.

»Frau Dr. ...«, nuschle ich. Ihren Namen habe ich vergessen.

»Hmm?«

»Ich wollte nur noch sagen, dass sie vieles nicht mehr mitbekommt. Und sie hat oft Angst. Dann hilft es ihr, wenn sie ein Taschentuch bekommt – zum Falten. Manchmal auch, wenn der Fernseher läuft. Aber eher etwas zum Falten, sie muss dann etwas in den Händen halten.«

Die Ärztin nickt versöhnlich, aber wenig interessiert.

Als sich die Schiebetür des Krankenhauses öffnet, spüre ich die Kälte hereinziehen. Die Hektik, die das Gebäude vorhin noch umgeben hat, ist verschwunden, ganz ruhig ist es jetzt. Niemand ist unterwegs, nur eine weiße Katze huscht auf der gegenüberliegenden Straßenseite durch die Dunkelheit, ein paar Vögel sitzen schlafend auf einer Stromleitung über den Dächern.

Ich setze mich auf den Bordstein und rufe Nora an. Bitte geh ans Telefon. Ich brauche jemanden, der mir sagt, was ich tun soll. Nora ist immer lange wach, schläft auch schlecht, ich weiß das. Es ist schon fast Mitternacht. Sie nimmt nicht ab. Nochmal rufe ich an, kurz darauf wieder, dann schreibe ich ihr eine Nachricht: »Ruf mich bitte zurück, Nora. Oma ist im Krankenhaus.«

Eine Weile bleibe ich noch sitzen, auf mein Handy starrend, bewegungslos vor Kälte. Aber nichts, sie meldet sich nicht.

Zu Hause ist alles noch sichtbar: Der Rollstuhl steht leer in der Ecke, die Tasse Tee, die Oma nicht ausgetrunken hat, traurig auf dem Tisch. Ich hebe ein Taschentuch auf, das zerknüllt auf dem Boden liegt, möchte es in den Mülleimer werfen, aber schaffe es nicht. Es gelingt mir noch nicht einmal, meinen Blick davon abzuwenden. Vor Erschöpfung lege ich mich auf den Boden, rolle mich zusammen, das Taschentuch halte ich fest in der Hand.

Eine Melodie reißt mich aus dem Schlaf. Mein Klingelton. Sofort bin ich hellwach. Mein rechter Arm ist eingeschlafen. Ich schlage ihn einmal fest auf den Boden, doch es hilft nicht. Mit der linken Hand gehe ich ans Telefon.

»Oh nein, was ist denn passiert?«, fragt Nora.

»Sie ist gestürzt, aus dem Rollstuhl gefallen.«

»Und jetzt?«

»Heute ist die OP. Komm bitte her, Nora, ich weiß nicht, was ich tun soll.«

»Was ist denn genau passiert?«

Alles erzähle ich ihr, auch von Lou, dass ich Oma allein gelassen habe und wie sehr ich mir das vorwerfe.

Nora sagt, sie könne erst am Wochenende kommen, weil sie noch ein Seminar habe Ende der Woche. Aber dass sie danach sofort den Zug nehmen und bis Weihnachten bleiben werde.

»Ja, okay. Ach Scheiße, was soll ich denn jetzt machen, Nora?«

»Auf den Anruf warten, Sachen für Oma richten: Schlafanzug, Fleecejacke, Unterwäsche, Socken, Zahnbürste. Was sie sonst noch braucht.«

»Ich habe Angst, dass sie sterben könnte«, sage ich leise. Dass ich gleichzeitig hoffe, sie könnte es nicht überleben, verschweige ich.

Wir verabschieden uns. Ich verspreche Nora, sie anzurufen, sobald ich etwas gehört habe.

Mein Arm ist noch immer taub. Mit der linken Hand klopfe ich dagegen, irgendwann schlage ich fester zu, immer weiter, obwohl die Taubheit schon längst verschwunden ist. Ich schlage dagegen, bis es wehtut.

Für einen Moment bleibe ich mit geschlossenen Augen liegen, bevor ich langsam in Omas Schlafzimmer gehe, um die Kleidung zusammenzusuchen, die sie brauchen könnte. Da ich keine Reisetasche finde, stopfe ich ihre Sachen in zwei Jutebeutel. Dann setze ich mich auf den Boden, lehne meinen Rücken an die kühle Wand und warte.

»Chirurgie, Zimmer 2.14«, hieß es am Telefon. Ich starre auf die großen Tafeln, Pfeile, Nummern im Eingangsbereich des Krankenhauses, bin überfordert damit. Zwei junge Krankenschwestern kommen mir kichernd entgegen. Ich frage sie nach dem Weg. Immer geradeaus, dann links die Treppe hoch.

Auf dem Gang stehen Betten mit Körpern, die aussehen, als sei schon längst kein Leben mehr in ihnen. Ich wende meinen Blick ab, starre auf den Boden, weil ich ihn nicht sehen möchte, den Tod.

Auch Mama und Papa habe ich nicht mehr gesehen nach dem Unfall. Nora war bei ihnen, sie wollte es so. Ich nicht. Nach meinem Krankenhausaufenthalt hätte ich mich noch von ihren Körpern verabschieden können, da waren sie schon zurechtgemacht, mit guter Kleidung und Make-up wieder halbwegs zusammengeflickt. »Nein«, habe ich gesagt, »auf keinen Fall« – ohne das leiseste Zögern. Wenn überhaupt, dann hätte ich sie ohne all das sehen wollen, nicht diese Illusion. Nein, wenn schon, dann so, wie sie waren: zertrümmert, mit ihren Wunden und Verletzungen, mit den Augen voller Panik. Aber nicht so hergerichtet. Nora hatte für Mama eines dieser Sommerkleider ausgesucht, das weiß ich noch. Und ich habe mich immerzu gefragt, warum man das überhaupt macht: den Tod dann noch so schön verpacken. Als ob es das leichter machen würde.

Vor Omas Zimmer bleibe ich stehen, klopfe, höre nichts. Für einen Moment schließe ich die Augen und lege meinen Kopf in den Nacken, erst dann öffne ich die Tür.

Oma wirkt noch kleiner und zerbrechlicher als sonst. Langsam gehe ich zu ihr, bemühe mich, leise zu sein, aber der Boden ist rutschig, meine Schuhe quietschen bei jedem Schritt. Omas Zimmernachbarin hebt den Kopf, schaut mich mit ausdruckslosen Augen an, dann dreht sie sich zur Seite.

Oma ist umgeben von Schläuchen, Infusionen, ein Gerät neben ihr piepst und zeichnet Linien auf einen Bildschirm. Vorsichtig nehme ich ihre Hand. Ihre Adern stehen dick und wulstig hervor, ihr Gesicht sieht eingefallen und fahl aus, noch mehr als sonst. Vermutlich liegt es an dem gleißenden Licht, es ist so grell hier, eklig hell und steril.

Ein kurzes Klopfen, sofort öffnet sich die Tür. Ein älterer Mann mit Hornbrille und lichtem Haar kommt ins Zimmer. Aufgedunsen sieht er aus. »Dr. med. Stakowsky«

steht auf einem Schild über seiner Brust auf dem weißen Kittel. Er streckt mir seine Hand entgegen, stellt sich als behandelnder Oberarzt vor. Es wirkt wie ein Automatismus.

»Na, Frau Maier, wie geht es uns denn jetzt?«, fragt er laut.

Oma schaut ihn nicht an, schweigt. Sofort wendet der Arzt sich wieder mir zu.

»Also ...«, fängt er an, »die OP ist gut verlaufen. Allerdings möchten wir sie noch eine Weile hierbehalten, um Komplikationen auszuschließen. Gerade bei geriatrischen Patienten ist das wichtig.«

»Und wie lange ...?«

Er unterbricht mich, weiß sofort, was ich fragen möchte.

»Am besten noch über Weihnachten.«

Ich nicke.

»Aber was ich noch ansprechen möchte: Haben Sie schon mal über ein Pflegeheim nachgedacht? Der Sturz war ja doch ein eindeutiges Zeichen. Das würde es leichter machen, es gibt ja auch gute Einrichtungen.« Er spricht die Worte aus, als seien sie eine Belanglosigkeit.

»Nein, das möchte ich nicht.«

Der Arzt schaut mich an, scheint ein bisschen verwundert über die schnelle Antwort.

»Ich möchte nicht, dass sie da Tag für Tag allein rumliegt und vor sich hinvegetiert. Und ruhiggestellt wird. Sie soll schon wieder nach Hause. Sie würde das ja auch nicht begreifen ...«

Als hätte er mich nicht verstanden, drückt er mir einen riesigen Stapel Unterlagen in die Hand: Prospekte von Pflegediensten, Heimen, etwas zur Beantragung von Pflegestufen. Dann wieder Händeschütteln, im Rausgehen nuschelt er noch etwas Unverständliches, sein Blick ist auf das Klemmbrett gerichtet. In Gedanken scheint er schon beim nächsten Patienten zu sein.

Eine Weile bleibe ich noch sitzen, neben Oma, versuche, mit ihr zu reden, erzähle ihr, dass Nora in ein paar Tagen zu Besuch kommen werde. Sie reagiert nicht, schließt die Augen. Leise gehe ich aus dem Zimmer.

Auf dem Weg nach draußen kommen mir Menschen mit Blumen und Pralinen entgegen, ein Kind hält einen Ballon mit der Aufschrift »Gute Besserung« in der Hand. So ein Ballon, wie er damals auch bei mir im Zimmer hing. Irgendjemand hatte ihn an meinem Bett festgebunden. Ich starrte ihn unentwegt an, als ich im Krankenhaus lag und wissen wollte, wie es Mama und Papa gehe. Zuerst hieß es, es sei alles in Ordnung. Tanten und Onkel, Freunde von früher, die Ärzte und Pfleger, alle haben sie mich angelogen. Nur Nora nicht. Sie meinte später, der behandelnde Arzt habe sie gebeten, nichts zu erzählen, um mich noch zu schonen. Und da sie mir keine heile Welt hätte vorspielen können, es ihr nicht gelungen wäre, ihre Trauer zu unterdrücken, mir die Unwahrheit zu sagen, sei sie mich nicht besuchen gekommen. Doch gerade deshalb wusste ich, dass etwas nicht stimmen konnte: weil Nora nicht da war. Auch an den anderen merkte ich es, wie sie neben meinem Bett standen, ganz mitgenommen, übermüdet, man sah ihnen die Trauer an. Und ich wusste, dass es nicht meinetwegen sein konnte. In den ersten Tagen war ich zu erschöpft, irgendwann habe ich geschrien, dass man mir sagen solle was los sei und dass ich meine Eltern sehen wolle, sofort. Immer weiter habe ich geschrien, weil ich es da schon wusste. An ihren Reaktionen merkte ich es, daran, wie sie schauten und durchs Zimmer huschten, schnell raus, um sich erst einmal besprechen zu können. Da wusste ich es und habe immerzu diesen doofen Ballon angestarrt. Es war wie eine Notwendigkeit, als müsse das Gehirn den Fokus auf eine bestimmte unwichtige Sache richten, auf einen kleinen Teil, damit sich der Schmerz aushalten lässt.

Vor dem Krankenhaus hole ich mein Handy aus der Tasche. Zwei verpasste Anrufe meiner Tante. Ich rufe Nora an.

»Hast du Margit von Oma erzählt?«

»Ja, ich dachte, das sei gut.«

»Ach, Scheiße«, schreie ich sie an, »lass das, ich möchte nicht, dass sie herkommt und sich wieder einmischt. Wir schaffen das schon. Oder ich. Es geht ihr soweit gut.«

Nora sagt nichts.

»Tut mir leid, kannst du Margit sagen, dass wir klarkommen? Und dass sie nicht kommen muss? Ich will nicht mit ihr reden. Mir ist das alles zu viel.«

»Okay, aber schreib ihr zumindest noch kurz, dass alles in Ordnung ist«, sagt Nora, fragt nach Oma und verabschiedet sich.

Ich setze mich auf den Boden, zünde mir eine Zigarette an und schreibe Margit eine SMS. »Alles okay. Du musst nicht kommen. Ich melde mich, wenn es etwas Neues gibt.« Ständig mischt sie sich ein, fällt mir bei jedem unserer Gespräche ins Wort und tritt auf meinen Sätzen herum. Schon damals meinte sie immer wieder, ich solle mir eine eigene Wohnung suchen oder ein WG-Zimmer, mich um mein Studium kümmern, neu anfangen. Bis heute möchte sie mich überreden, Omas Haus zu verkaufen, um von dem Geld ein Pflegeheim finanzieren zu können. Und dabei scheint es ihr völlig egal zu sein, dass Mama und Papa genau das nicht gewollt hätten. Immer wieder aufs Neue muss ich mich vor ihr rechtfertigen, ihr erklären, warum das keine Option für mich ist. Und immer wieder aufs Neue ignoriert sie, was ich sage, beharrt sie auf ihrer Meinung. Vielleicht stellt sie aber auch nur meine Worte infrage. Und vielleicht hat sie sogar recht, vielleicht geht es nicht nur um Mama und Papa, sondern auch um mich, denn wegen Oma gibt es zumindest einen Grund für mein Scheitern, dafür, dass ich das alles – mein Studium, meine Freundschaften, mein Leben – nicht auf die Reihe bekomme.

Scheiße, was soll ich denn jetzt machen? Meine Tage waren immer durchgetaktet, alles angepasst an Oma. Jeden Tag derselbe Ablauf. Und jetzt? Jetzt gibt es nichts mehr, was ich tun muss. Ich könnte lernen, das Haus aufräumen, mal wieder in eine Vorlesung gehen. Aber nein, ich möchte es nicht. Noch nicht einmal davonrennen möchte ich in diesem Moment. Ich möchte nur zu Lou.

In der Stadt hängen schon die ersten Lichter über den Straßen, ein paar Bäume sind bereits weihnachtlich geschmückt, aus einem Geschäft in der Innenstadt erklingt leise ein Weihnachtslied. Wenige Menschen sind unterwegs, aber die, denen ich begegne, sehen glücklich aus. Diese Vorweihnachtsfreude strahlt durch die ganze Stadt. Und ich komme mir dadurch noch einsamer vor, noch heimatloser, möchte noch dringender zu Lou.

Sid ist nicht da, auch der Hund nicht, nur der Schlafsack liegt an der gewohnten Stelle.

Vor Lous Haus bleibe ich stehen – auf der anderen Straßenseite, damit ich auf ihren Balkon schauen kann. Er ist leer, ich rufe sie an.

Sofort nimmt sie ab, und ihre Stimme klingt am Telefon genauso sanft wie bei unserer letzten Begegnung.

»Bist du da?«

»Ja.«

»Warte, ich komme runter.«

Es kommt mir vor wie eine Ewigkeit. Ich möchte sie sehen, jetzt sofort.

Endlich öffnet sich die Tür, Lou steht mit einer Weinflasche vor mir, umarmt mich und schlägt vor, uns in den Park zu setzen und die Menschen um uns herum zu beobachten. Auf dem Weg fängt es an zu schneien, die Schneeflocken landen auf Lous Haaren. Sie richtet ihren Blick nach oben. Schnee auf ihrem Gesicht, in ihren Augen.

Im Park setzen wir uns auf eine Bank. Die Sonne scheint, während es immer weiter schneit. Der Boden vor uns ist schon weiß eingefärbt, Lous Haare voller glitzernder Punkte. Geschmolzener Schnee läuft an ihrem Gesicht herunter. Wir schweigen noch immer, ohne dass es unangenehm ist.

Sie trinkt einen ersten Schluck, bevor sie mir die Flasche hinhält. Der Wein färbt ihre Lippen ein und setzt sich in den aufgesprungenen Stellen fest. Die rote Farbe passt nicht zu ihrem Gesicht, ohne den Wein sind ihre Lippen hell, wirken fast durchsichtig. Nun sind sie dunkel, rot, ein bisschen gefährlich sieht sie aus damit.

Ich erzähle ihr von Oma, von meiner Angst, dass sie sterben könnte. Ihr erzähle ich auch, dass da zugleich die Angst ist, sie könnte noch jahrelang weiterleben; die Angst davor, dass es noch ewig so weitergehen könnte. Ihr kann ich es erzählen, bei ihr kann ich ehrlich sein – weil sich ihre Blicke nicht verändern, wenn ich die Wahrheit sage, weil sie nicht so mitleidig schaut wie alle anderen. Sie nickt nur, legt ihre Hand auf meinen Unterarm und streicht sanft darüber.

»Am liebsten möchte ich im Schnee sterben. So soll es dann aussehen«, sagt sie wie aus dem Nichts. Einfach so, als sei es das Normalste der Welt. Dabei schüttet sie den restlichen Wein in den Schnee. Er färbt eine große Fläche rot ein. Immer größer wird sie, in der Mitte dunkelrot, an den Rändern rosa. Ich springe auf, laufe über den roten Schnee hin zum weißen und sage: »Aber ich möchte nicht, dass du stirbst.«

Nichts erwidert sie, betrachtet nur immer weiter die rote Fläche. Warum sie so sterben wolle und warum sie jetzt – in diesem Moment – an den Tod denke, frage ich. Das Rot breitet sich weiter aus, hat bereits den Schnee unter meinen Füßen erreicht. Lou lacht, fragt: »Magst du nicht wieder herkommen?«

Ich setze mich zu ihr, dabei berühren sich unsere Arme. Sie legt ihren Kopf auf meine Schulter und schaut den Menschen zu, die an uns vorbeigehen. Meine Fragen lässt sie unbeantwortet.

Es schneit und schneit. Ich stelle mir vor, wie sich immer mehr Schnee über uns häuft, wie wir immer weiter hier sitzen, nebeneinander, bis wir von einem Berg aus Schneeflocken umgeben sind. Das Bild tröstet mich. Mit Lou unter einer Decke aus Schnee.

Ein alter Mann mit einem Bart, der aussieht, als bestünde er aus Schamhaaren, läuft langsam an uns vorbei, eine junge Frau, die ein Kind hinter sich her schleift, ein Pärchen mit einem Stadtplan in den Händen.

»Weißt du«, sagt Lou, »wenn ich die Menschen beobachte, frage ich mich immer, ob mich jemand bemerkt. Ob sich jemand erinnert. Ich erinnere mich an eine ältere Frau, die irgendwann einmal neben mir auf einer Brücke stand, während wir beide auf den Fluss starrten und unsere Arme auf das vom Tag noch warme Geländer legten. Wir kannten uns nicht, schauten uns nur kurz an. Sie sagte, dass es nur um die Erinnerungen gehe im Leben. Denkst du das auch?«

»Ich weiß nicht …«, sage ich und frage sie, was sie denke.

»Ja, eigentlich schon … aber es müssen gute Erinnerungen sein. Wenn es am Ende keine Erinnerungen gibt oder nur schlechte, gab es kein Leben.«

Ich lege meinen Arm um sie, sie lehnt sich an mich.

Als wir unsere Hände und Füße nicht mehr spüren vor Kälte, stehen wir auf. Schweigend gehen wir durch die Stadt, nebeneinanderher, und würde nicht der Schnee bei jedem unserer Schritte unter unseren Füßen knirschen, wäre es vollkommen still. Erst kurz vor Lous Wohnung fangen wir wieder an zu reden. Sie erzählt, dass sie von Orten in der Ferne träume, davon, mit den Tieren zu leben. Sie redet viel, malt Bilder von sich und mir im Wald, auf schönen Plätzen, in anderen Städten, immer weit weg. Ich sehe das alles vor mir, aus ihren Sätzen entstehen farbige Gemälde in meinem Kopf.

Dass ich manchmal Angst habe, etwas zu verpassen und am Ende kein Leben gehabt zu haben, sage ich ihr und wundere mich im selben Moment darüber, dass ich ihr meine innersten Gedanken anvertraue, ohne es infrage zu stellen. Und das, obwohl ich sie kaum kenne.

»Mach dir keine Sorgen. Den Stillstand und den Schmerz braucht es manchmal. Als kurzes Atemholen, als Schatten … damit man danach das Licht wieder wahrnehmen kann.« Poetisch klingt es, wenn sie spricht. Ganz langsam, als überlege sie genau, was sie sagen möchte. Und ja, vielleicht ist es das. Vielleicht braucht es diese ganze Scheiße, das Ausharren, das Warten auf irgendetwas, damit es danach besser werden kann.

In ihrer Wohnung stellt Lou als Erstes Musik an. Schon wieder Leonard Cohen. Wir setzen uns auf ihr Sofa, rauchen, essen Käse, trinken Rotwein. Wie im Film, wie irgendeine schöne Szenerie, so pittoresk, mit dieser Musik. Ich sage es ihr und sie lacht.

»Ja, das mag ich. Wir sollten mal zusammen nach Paris fahren, uns schick kleiden und so tun, als seien wir sehr glücklich.«

Ob wir nicht auch wirklich glücklich sein könnten, frage ich, ob wir uns nicht eher das wünschen sollten. Sie hält einen Moment inne, scheint zu überlegen, dann antwortet sie, dass es viel leichter sei, nach außen hin glücklich zu wirken, als es tatsächlich zu sein, deshalb sollten wir damit anfangen.

Ich nicke und frage sie, was wir dann noch machen würden.

»Wir würden mit unserer noblen Kleidung in irgendeinem Supermarkt Baguette und viel guten Käse kaufen, das alles in so einen Korb packen, in so einen mit einer rot-weiß karierten Decke drin, weißt du? Du würdest den Korb tragen, ich würde mich bei dir einhaken, wir würden große Sonnenbrillen aufsetzen und viel rauchen. Aber ganz elegant natürlich. Dann würden wir uns an die Seine setzen, Chansons hören und dabei Käse essen. Und die Leute würden denken, dass wir sehr glücklich sind.«

Ich sehe uns von außen, sie und mich, wie wir in Paris sitzen, durch die Straßen laufen, uns küssen.

»Ja, das sollten wir tun«, sage ich und lehne meinen Kopf an ihre Schulter. Sie hat die Füße aufs Sofa gezogen und schaut vor sich hin. Ich wünschte, ich wüsste, was sie denkt in solchen Momenten.

Leonard Cohen singt »Chelsea Hotel«, Lou steht auf, bewegt ihre Hände langsam durch die Luft. Kreisende, schöne Bewegungen sind das, ganz sanft. Wie schön sie ist. Und wie nah und vertraut es sich mit ihr anfühlt, mit ihrem tanzenden Körper vor mir.

Nach einer Weile frage ich: »Möchtest du an Weihnachten zu mir kommen? Sonst wärst du doch allein, oder? Ich weiß, du magst Weihnachten nicht … aber trotzdem? Weil es zu zweit vielleicht schöner ist? Meine Schwester und ihre Freundin werden auch da sein.«

Mit einem Mal bleibt Lou stehen, bewegt sich nicht mehr, nur Leonard Cohen singt unbeirrt weiter.

Sie richtet ihren Blick nach unten, als suche sie nach der Katze. »Ich muss das überlegen, ja? Weihnachten ist schwierig für mich.«

Ich nicke, sage, dass ich mich freuen würde.

Ohne etwas darauf zu erwidern, setzt sie sich auf den Boden, zieht ihre Beine nah an den Körper und sagt, dass sie jetzt allein sein wolle.

Scheiße, war das jetzt doof? Zu früh?

»Hab ich was Falsches gesagt?«, frage ich.

»Nein«, antwortet sie leise, schlingt ihre Arme um ihre Beine und legt ihr Gesicht auf den Knien ab. Ihre Stimme heller als sonst, wie die eines Kindes.

»Kann ich was tun?«

Noch ein leises Nein.

Ich gehe, schließe die Tür hinter mir.

Vor dem Haus bleibe ich stehen. Die Straße liegt still im Laternenlicht. In meinem Kopf noch immer die Melodie. Ich sehe das Chelsea Hotel vor mir, sie und mich in dem ungemachten Bett – wie in dem Lied. Ob ich etwas falsch gemacht habe? Da ist eine Angst in mir. Ich habe Angst, sie zu verlieren.

Lou

sitzt auf dem Boden, den Kopf auf ihren Knien, und bereut es, Niklas weggeschickt zu haben. So gerne würde sie bei ihm sein an Weihnachten, seine Oma und seine Schwester kennenlernen. In ihrer Vorstellung fühlt es sich schön an, nach Zuhause und Geborgenheit.

Ein Bild in ihrem Kopf. Sie als Kind, wie sie – vor Beginn der Weihnachtsferien – von der Schule nach Hause gegangen ist, die Straße entlang, in die beleuchteten Wohnungen geschaut, all die Lichter und glücklichen Familien gesehen hat, das Lachen und die Vorfreude. Die Autos, Gartenzäune und Bäume hatten weiße Hauben bekommen, der Schnee funkelte in der Sonne. Für einen Moment blieb sie stehen, betrachtete die glücklichen Kinder hinter den Fenstern, diese heilen Welten. Bei ihr nichts davon. Bei ihr nur Angst. Immer nur diese verfickte Angst.

Und dann ging sie nicht nach Hause, obwohl sie es hätte tun müssen, machte stattdessen einen Schlenker über die Wiesen hinter dem Haus. Wunderschön waren sie, eine riesige weiße Fläche, weich und unberührt. Ihre Füße waren kalt, sie hatte die falschen Schuhe an, längst nasse Socken und sie wusste, sie musste nach Hause. Auch an den Händen fror sie, konnte es dennoch nicht lassen, andauernd in den Schnee zu greifen. Dann legte sie sich mitten hinein, häufte ihn über ihre Füße und Beine, wollte liegen bleiben, am liebsten für immer dort liegen bleiben, in einer Höhle aus Schnee. Und während sie so dalag, bewegungslos, hoffte sie, die Kälte würde es irgendwann schaffen, so tief in sie hineinzukriechen, dass ihr alles egal sein, sie keine Angst mehr haben, ihr nichts mehr wehtun würde.

Aber nein, es gelang ihr nicht, der Kälte, damals nicht, heute nicht. Und auch heute noch hat Lou Angst. Es ist eine andere, nicht die Angst von früher. Heute fürchtet sie sich nicht mehr vor der Stille, den leisen Worten, sondern davor, die Kontrolle über sich selbst zu verlieren und dadurch alles kaputtzumachen. Niklas würde es nicht verstehen. Und sie würde es ohnehin nicht erzählen können.

Sie spürt einen Schmerz im Bauch, legt sich auf die Seite, die Knie an den Körper gedrückt, und hofft, dass sie irgendwann verschwinden werden, die Erinnerungen. Vor allem aber hofft sie, sich nicht immer wieder verlaufen zu müssen in ihrem Körper – in diesem dunklen Geisterhaus mit den vielen Zimmern.

Es gibt Schlimmeres, als allein zu sein, das weiß sie, niemand weiß es besser als sie. Aber in diesem Moment, hinter der geschlossenen Tür, ohne Niklas, ist diese Wahrheit so weit weg wie nie zuvor.

4

Ich bin zu spät dran, habe verschlafen. Noras Zug müsste schon da sein. Der Bus fährt langsam und gemächlich durch die Innenstadt, eine Frau mit Kinderwagen steigt ein, der Busfahrer wartet geduldig. Es dauert mir zu lange, ich drücke mich an den anderen Fahrgästen vorbei, steige eine Station zu früh aus, renne zwischen hupenden Autos über die Straße. Am Bahnhofsvorplatz bleibe ich stehen. Der Zug fährt gerade ein.

Außer Atem schaue ich mich am Gleis nach Nora um. Weit hinten steigt sie aus einem der letzten Waggons. Sie zieht einen großen Koffer hinter sich her, was mich freut, weil es nach Bleiben aussieht.

Ich strecke meinen Arm nach oben und renne in Schlangenlinien durch die anderen Menschen auf sie zu. Als ich vor ihr stehe, bemerke ich ihre eingefallenen Wangen. Wir umarmen uns.

»Schön, dass du da bist.«

»Ja, finde ich auch«, sagt Nora und stöhnt vor sich hin.

Von der Bushaltestelle aus schaut sie in die Innenstadt. Die Weihnachtsbeleuchtung hängt schon über den Straßen.

»Schön mit den Lichtern«, flüstert sie mir zu und legt ihren Arm um meine Hüfte, ihren Kopf an meine Schulter. »Wie früher …«

Ich unterbreche sie, sage ein bisschen zu laut, dass ich genau das nicht hören wolle. Dann reiße ich mich zusammen, sage leiser: »Bitte heute nicht, ich kann das gerade nicht.«

Sie atmet hörbar aus und nimmt dabei ihren Kopf von meiner Schulter.

»Komisch, in diesem Haus zu sein, ohne Oma«, sagt Nora beim Öffnen der Tür.

»Ja, das denke ich auch schon die ganze Zeit. Wir waren hier nie ohne sie, oder?«

Ohne zu antworten, geht Nora vor mir her ins Wohnzimmer. Die Rollläden sind noch geschlossen, nur vom Flur scheint ein wenig Licht herein. Sie setzt sich an den Tisch, legt ihre Hände darauf. Ich ziehe die Rollläden hoch, das Licht blendet uns. Nora kneift die Augen zusammen.

»Alles okay?«, frage ich.

»Ja, nur müde …«

Ich mache uns Kaffee, wir reden kurz über Noras Seminar, sie sagt, dass sie nicht bei der Sache gewesen sei und sich schlecht konzentrieren könne in letzter Zeit. Als sie mich nach meinem Studium fragt, blocke ich ab. Zwischendurch habe ich ihr erzählt, dass ich noch regelmäßig lerne, in die wichtigsten Vorlesungen gehe und vorhabe, die Prüfungen mitzuschreiben.

Vermutlich weiß sie, dass das Gegenteil der Fall ist.

»Ist wirklich alles in Ordnung bei dir?« Sie sieht so traurig aus.

»Ja, eigentlich schon. Es kotzt mich nur an, dass ich diese Bilder nicht aus dem Kopf bekomme. Immer wieder erinnere ich mich an den Anruf. Im Zug musste ich die ganze Zeit daran denken. Wenn ich an der Uni bin oder bei Britta, wenn ich mich ablenke, dann geht es, aber sobald ich Zeit habe, ist alles wieder da.«

Immer wieder erzählt sie von diesem Moment im Bioladen. Es wäre unser erster Besuch bei ihr gewesen, das erste Mal nach Noras Umzug, dass wir wieder alle zusammengegessen hätten. Erst einen Monat zuvor hatte sie ihr Studium begonnen.

Und dann stand sie da, im Bioladen um die Ecke, Rote Bete, Ziegenkäse und Süßkartoffeln im Einkaufskorb für die Quiche, die sie für uns backen wollte, schon ein bisschen aufgeregt: die erste eigene Wohnung, das erste Essen für uns alle vom WG-Geschirr an dem kleinen Tisch in der Küche, das erste Mal die »eigene« Stadt zeigen.

Mama und Papa waren nie in Hamburg gewesen, kein einziges Mal. Mama hatte in der Woche vor dem Unfall alles Mögliche für Nora eingekauft: warme Kleidung, weil es in diesem Winter so kalt war, ihre Lieblingsschokolade, Bettwäsche mit grünen Blättern drauf, neue Winterstiefel, die sie umtauschen könnte zur Not. Und sie hatte Kuchen gebacken, Noras Lieblingskuchen. Damals war sie noch nicht so dünn und sah nicht so gequält aus beim Essen. Gedeckter Apfelkuchen mit Mandeln, oben eigentlich mit Gitter, dieses Mal mit Herz für Nora. Papa wollte ihr ein Buch mitbringen, das er ihr früher mal ausgeliehen hatte und das sie mochte. Ich weiß nicht mehr, welches. Ich wünschte, ich wüsste es noch. Er hat das Auto extra noch in die Werkstatt gebracht, Wintercheck, vor so langen Fahrten sei das wichtig, hat er immer gesagt.

Wir waren noch nicht einmal eine Stunde unterwegs, als wir die Durchsage im Radio hörten: »Achtung!

Falschfahrer auf der A 81 Singen Richtung Stuttgart!« Und dann passierte es.

Nora ging ans Telefon, ohne aufs Display zu schauen. Einfach so. Immer wieder erzählt sie, wie sie dort stand, mitten im Bioladen um die Ecke, und den Polizisten reden hörte. Und wie sie dann auf den Boden fiel, die Menschen um sich herum zwar noch sehen, aber nichts mehr hören konnte. Wie sie geschrien hat, immer weiter. Immer wieder erzählt sie von diesem Moment. Und immer wieder von den Dingen in ihrem Einkaufskorb. Ich sehe sie vor mir, die Rote Bete, die Süßkartoffeln, den Ziegenkäse. Wir essen das alles nicht mehr. Und ich habe mich, als ich im Krankenhaus lag, immerzu gefragt, was aus dem Kuchen geworden ist, ob er heil geblieben ist in seiner Kiste, auf den anderen Sachen, die wir Nora mitbringen wollten. Immer dieser verfickte Kuchen. Weinen konnte ich nicht.

Heute geht Nora nur ans Telefon, wenn sie die Nummer kennt, wenn sie sicher sein kann, dass alles gut ist. »Alles gut, alles gut«, hat der Notarzt damals zu ihr gesagt. Alles gut. Und dann hat sie nicht mehr geschrien, sondern gelacht – über diesen Satz oder wegen der Überforderung. Dann geweint. Margit hat sie in Hamburg abgeholt am Abend und zu uns gebracht. Zu mir und unseren toten Eltern. Sie waren sofort tot. Und ich habe nichts davon mitbekommen.

Nora legt sich auf die Eckbank. Ich lasse sie ausruhen, rauche eine Zigarette im Garten. Ob ich mich bei Lou melden könnte? Das frage ich mich seit Tagen, seit unserem letzten Treffen. Und ob sie sich freuen würde über meinen Anruf oder nicht.

»Krieg ich 'nen Zug?«, fragt Nora. Ich habe sie gar nicht kommen hören wegen all der Gedanken.

»Seit wann rauchst du denn?«

»Mach ich eigentlich nicht, aber gerade hab ich Lust.«

Ich gebe ihr meine angefangene Kippe, sie nimmt nicht nur einen, sondern mehrere Züge hintereinander, weshalb ich mir eine neue anstecke. Nora schaut in den Garten, in der Hand hält sie eine kleine Holzschachtel. »Das sind Pralinen aus so einer kleinen Konditorei bei uns um die Ecke. Britta hatte die Idee. Meinst du, Oma freut sich?«

Ich nicke. »Weißt du noch, wie sie eine Zeit lang nachts immer Schokolade essen wollte?«

Nora lacht ein bisschen. Dann schlägt sie vor, dass wir einen Tannenbaum im Topf kaufen und ihn nach Weihnachten hier im Garten einpflanzen könnten.

»Willst du wirklich einen Baum?«

»Ja, eigentlich schon … ich hätte es dieses Jahr gerne so ein bisschen wie früher.«

»Echt?«, frage ich.

Sie nickt ganz leicht, nimmt einen tiefen Zug und schaut dann dem Rauch dabei zu, wie er sich vor ihren Augen auflöst.

Ich nicht, ich möchte es nicht so haben wie früher, möchte die Erinnerungen nicht betrachten müssen – an Feiertagen sind sie präsenter als sonst. Es gab immer Fisch mit Kartoffelsalat an Heiligabend, am ersten Feiertag für Nora und mich Nudeln mit einer Gemüsesauce, die nur Mama machen konnte, für die anderen noch Braten dazu. Und einen Baum. Letztes Jahr gab es nichts davon. Wir konnten es nicht, haben uns Mühe gegeben, alles zu ignorieren: die Weihnachtsmärkte, Lebkuchen im Supermarkt, diesen Geruch von Spekulatius und Tannennadeln, der die ganze Stadt erfüllte, die kitschigen Lieder im Radio. Wir haben uns abgeschirmt von dieser weihnachtlichen Welt, um den Schmerz nicht zu verstärken.

Aus den Augenwinkeln sehe ich eine Träne an Noras Wange herunterlaufen. Sie wischt sie schnell weg, als wollte sie nicht, dass ich es bemerke.

»Okay, ja, das ist eine gute Idee mit dem Baum«, sage ich und lege meinen Arm um sie.

Eine Weile bleiben wir noch so stehen, nebeneinander, ihr Kopf an meiner Schulter, dann gehen wir los Richtung Krankenhaus. Wir müssen einen Umweg laufen, um nicht an unserer früheren Wohnung vorbeizukommen. Oft muss ich Umwege nehmen, bestimmte Buslinien meiden, ich habe mich daran gewöhnt. Nora auch. Wir reden nicht einmal darüber, tun beide so, als sei es das Normalste der Welt. Ich frage mich, ob sie genau das auch gerade denkt.

Das Krankenhaus ist schon von Weitem zu sehen. Ein riesiger, hässlicher Klotz mitten in der Stadt, die einzelnen Gebäudeteile ragen in die Luft und verschwinden weiter oben im Nebel.

Und dann sehe ich sie: Lou, wie sie vor dem Eingang auf dem Boden sitzt, ganz versunken. Ich ziehe Nora am Ärmel, um sie zum Anhalten zu bewegen.

»Das ist sie«, flüstere ich ihr zu.

Nora bleibt stehen, folgt meinem Blick und weiß sofort, wen ich meine. »Die Frau, die du getroffen hast?«

Ich nicke.

»Seid ihr hier verabredet?«

»Nein, gar nicht, sie hat mich weggeschickt, als ich das letzte Mal bei ihr war.«

»Und jetzt? Möchtest du mit ihr reden?«

»Ja, eigentlich schon.«

»Na dann«, sagt Nora und geht weiter.

Ich folge ihr, bin aufgeregt, weiß nicht, wie ich reagieren soll, was Lou von mir möchte und warum sie nicht einfach angerufen hat. Wie lange sie hier wohl schon sitzt – in der Kälte mit ihrer dünnen Jacke?

Sie starrt vor sich hin auf den Boden, bemerkt uns erst, als wir schon fast vor ihr stehen. Nur kurz schaut sie mich an, dann blickt sie zu Nora.

»Hallo, ich bin Nora, Niklas' Schwester.«

Lou steht auf, zieht ihre Unterlippe zwischen die Zähne, sagt kein Wort. Beinahe wirkt es, als überfordere es sie, dass ich nicht allein bin.

Schnell erkläre ich Nora den Weg zu Omas Zimmer, sie verabschiedet sich und verschwindet hinter der Schiebetür.

Lou schweigt noch immer. Ohne mich anzuschauen, knetet sie ihren linken Arm mit der rechten Hand, zappelt mit ihren Beinen herum.

»Hast du hier auf mich gewartet?«

Sie nickt, stammelt etwas vor sich hin. Eingeschüchtert sieht sie aus.

»Ja … ich wollte anrufen, aber wusste nicht … den Bergkristall, hast du den noch? Den brauche ich.«

Der Kristall, ja. Ich trage ihn in der Hosentasche mit mir herum, seit sie ihn neben mir auf den Boden geworfen hat, schaue ihn immer wieder an – und habe ihn einmal nachts in meiner Hand gehalten. Ich hatte gehofft, er sei ein Geschenk, ich könnte ihn behalten, um etwas von Lou bei mir zu tragen.

»Ja, klar«, sage ich, greife in meine Hosentasche und gebe ihn ihr. Dabei berühren sich unsere Hände für einen Moment. Ihre Fingerkuppen sind noch blutiger als sonst.

»Danke!« Ihre Stimme klingt kindlich. Schüchtern wirkt sie. Auch ihre Bewegungen sind verhaltener, vorsichtiger. Es ist, als hätte sie sich in den paar Tagen, an denen wir uns nicht gesehen haben, komplett verändert. Heute hat sie nichts mehr von einem Raubtier.

»Und jetzt?«, frage ich.

»Ich habe nachgedacht«, antwortet sie, den Blick nun nicht mehr zu Boden, sondern auf den hellen, funkelnden Stein in ihrer Hand gerichtet, »und ich würde gerne bei dir sein an Weihnachten. Wenn du das noch möchtest.«

»Ja«, sage ich, »ja, gerne!« Noch ein Ja. Immer wieder möchte ich es aussprechen.

Sie schaut mich an, lächelt ein bisschen und fragt, ob ich sie heute oder morgen Abend besuchen wolle.

Wieder sage ich ja. »Ja, morgen gerne. Nora ist vorhin erst angekommen und ich möchte sie nicht gleich wieder allein lassen. Aber morgen, ja? Wann?«

»Mir egal, ich warte auf dich.«

»Okay, ich freue mich!«

»Ich mich auch!«, ruft sie mir im Weggehen zu.

Friedlich sieht es aus, Nora auf der Kante neben Omas Bett, ihre Hand haltend. Sie schafft es immer, ihre Gesichtszüge unbekümmert wirken zu lassen, wenn sie bei Oma ist. »Um ihr ein gutes Gefühl zu geben«, hat sie früher einmal gesagt.

»Hallo Oma!«, rufe ich. Die Frau neben ihr nickt mir kurz zu, bevor sie ihren Blick wieder auf den Fernseher richtet. Es läuft irgendeine Quiz-Sendung, zwischendurch ruft Omas Zimmernachbarin die Lösungen in den Raum. Hermann Hesse, 1989, Die Toten Hosen.

Oma wirkt entspannter heute, sie erkennt mich nicht, begrüßt mich aber höflich und erzählt, dass die nette Dame ihr Pralinen mitgebracht habe, hält die geöffnete Verpackung noch in der Hand. Dann dreht sie die Schachtel um, so schnell, dass wir nicht mehr reagieren können. Die Pralinen fallen auf die Decke, Nora sammelt sie wieder ein und erzählt Oma dabei von Hamburg und der Oper. Dass sie in »Tosca« gewesen sei mit ihrer Freundin. Und dann, mit einem Mal, fängt Oma an zu singen. Ganz für sich, leise und sanft, zwischendurch verschwindet ihre Stimme.

»Ist das irgendein Stück? Eine Arie?«, flüstere ich Nora zu.

»Ja«, antwortet sie, »aus Tosca.«

Liedtexte hat Oma nicht vergessen. Manchmal singen wir Weihnachtslieder, einfach so, mitten im Jahr. Sie kennt jede Strophe. Ich frage mich, wie das sein kann; wie es sein kann, dass das Gehirn sich nur ein paar Lieder merkt und alles andere vergisst. Und manchmal, in bestimmten Momenten, wünschte ich, mein Kopf würde auch eine Auswahl treffen, aussortieren, einen festen Kokon um all die Gedanken und Erinnerungen spinnen, die ich nicht haben möchte, sie darin festzurren, ihnen jede Bewegungsmöglichkeit nehmen. Aber er tut es nicht, mein Kopf, so sehr ich mich auch bemühe, er vergisst nicht.

»Sie wirkte doch ganz fit eigentlich, oder?«, fragt Nora auf dem Weg nach draußen.

Ich antworte nicht. Bei Menschen, die Oma nicht regelmäßig sieht, gibt sie sich mehr Mühe, reißt sich eher zusammen. Da ist weniger Wut, weniger Verzweiflung, weniger Angst.

»Sie möchte mich wiedersehen.«

Nora schaut irritiert, fragt: »Oma?«

»Nein, Lou.« Nora hakt sich bei mir ein und sagt, dass sie sich freue. Dann, nach einer kurzen Pause: »Sie wirkte aber ein bisschen seltsam … klar, hübsch ist sie, aber so unsicher irgendwie, oder?«

»Nur heute«, sage ich, »heute wirkte sie unsicher, eigentlich ist sie ganz anders.«

Wir setzen uns ans Seeufer. Ein paar Passanten gehen hinter uns entlang, Menschen mit ihren Hunden, über uns kreisen Möwen. Nora schaut aufs Wasser, den Schwänen nach, die an uns vorbeischwimmen.

»Weißt du noch, wie mir diese Gans in den Fuß gebissen hat, als ich bei Mama auf dem Arm war? Und wie wir dann ganz schnell weggelaufen sind. Du an Mamas Hand, du kamst kaum hinterher, richtig mitgeschleift hat sie dich.«

»Ja«, antworte ich, und wir überlegen, wo das war, wissen es aber nicht mehr.

»Ich habe vor Kurzem einen Jungen mit diesen blinkenden Schuhen gesehen, wie ich sie früher immer haben wollte.«

Nora lacht, nickt, erzählt von Weihnachten, wie es früher war, von ihrem ersten Mal im Landschulheim in der fünften Klasse und wie sehr sie sich damals gewünscht habe, ich hätte mitkommen können. Wir reden, erinnern uns, schauen unserem früheren Leben zu, jeder zweite Satz ein »Weißt du noch«. Jetzt, in diesem Moment, fühlt es sich gut an. Weißt du noch …

»Und, was machen wir jetzt?«, fragt Nora am Abend.

Ich schlage vor, Essen zu bestellen. Seit Tagen habe ich schrecklichen Hunger. Außer einem Rest Hefezopf, dem Stück Käse bei Lou und ein paar Nüssen habe ich nichts gegessen seit Omas Sturz.

Nora nickt.

»Asiatisch?«, frage ich.

»Hmm …«, macht sie.

»Oder einfach Pizza?«

»Nein, Pizza nicht.«

Nachdem sie sämtliche Lieferdienste in ihrem Handy durchgeschaut hat, entscheidet sie sich doch für Asiatisch.

Rotes Gemüsecurry für Nora, gebratene Nudeln mit Tofu für mich.

Das Essen braucht ewig, Nora liegt mit einem Buch auf dem Sofa, ich sitze neben ihr, der Fernseher läuft, ich zappe durch die Sender, Noras Füße auf meinem Schoß.

Im Fernsehen müssen Menschen vor einer Jury singen, einen Sender weiter tanzen, auf dem nächsten kochen. Überall derselbe Mist.

»Komisch, dass da so ein Drang bei den Menschen ist, zu bewerten und sich selbst bewerten zu lassen«, sage ich und schalte aus.

Nora nickt nur kurz, nuschelt – ihr Blick noch immer in das Buch gerichtet –, das sei vielleicht wichtig oder gebe Halt. Ich sage, dass ich das abartig finde und frage Nora, was sie lese.

»Irgendeinen Krimi, ich kann mich so schlecht konzentrieren in letzter Zeit.« Sie knickt die oberste Ecke der Seite um und schlägt das Buch zu.

Wie früher sieht sie aus, ihr Gesicht hat sich kaum verändert. Immer noch diese großen Augen, die schmalen Lippen, ein paar Sommersprossen, die sogar den Winter überleben, und die dunklen, glatten Haare, die ich ihr früher einmal abgeschnitten habe. Danach haben wir beide Ärger bekommen. Aber Nora wollte kurze Haare haben, unbedingt, also sind wir zusammen in die Küche gegangen, als Mama und Papa vor dem Fernseher saßen, haben die große Schere mit dem roten Griff geholt und uns zurück in mein Zimmer geschlichen. Wie ein kleines Abenteuer war das, wir mussten leise sein, durften das Licht nicht anstellen. Dann habe ich ihre Haare abgeschnitten, nicht Strähne für Strähne, sondern alle auf einmal. Es ging schwer, ganz fest waren sie.

Nora scheint nicht zu bemerken, dass ich sie so intensiv anschaue, wirkt ganz in sich versunken.

»Weißt du, ich glaube, dass man etwas finden muss, wofür es sich zu leben lohnt. Und dass das kein anderer Mensch sein sollte, sondern etwas anderes, etwas, das aus einem selbst herauskommt.«

»Hmm …«, mache ich und frage sie, was das sei bei ihr.

»Ich weiß noch nicht, ich muss es finden. Da ist so eine Ahnung oder ein Gefühl davon – das sind, glaube ich, Texte, Worte, meine Kurzgeschichten. Ich bin mir nicht sicher. Etwas, worüber ich immer reden möchte, immer weiter. Etwas, das nicht langweilig wird.«

Ich nicke und sage ihr, dass ich diese eine Sache auch noch nicht gefunden habe, dass es nichts gebe bei mir.

Dann sagen wir lange nichts, irgendwann fragt Nora: »Meinst du, das mit Lou könnte etwas werden?«

Ich bin ihr dankbar, dass sie nachfragt, berühre ihre Füße ganz leicht, die dicken Wollsocken, die sie immer trägt, sogar im Sommer.

»Ich weiß nicht«, sage ich, »ich hoffe es. Sie fühlt sich so nah an … Ihre Eltern leben auch nicht mehr, vielleicht liegt es daran.«

Traurig sieht Nora jetzt aus. Ich lege meinen Kopf auf ihre Beine, drücke mich an sie. Die Knie stehen spitz hervor, erst jetzt bemerke ich, wie dünn ihre Oberschenkel sind.

Endlich klingelt es. Nora liegt noch immer auf dem Sofa, starrt an die Decke. In der Küche öffne ich die beiden Plastikverpackungen und schöpfe Noras Essen auf einen, meines auf einen zweiten Teller.

»Aber nicht so viel, nur ein bisschen Reis, ja?«, ruft sie mir zu.

»Ja«, murmle ich, nachdem ich schon das komplette Curry auf den Teller getan habe. Einen Teil davon löffle ich wieder zurück.

Nora sitzt am Tisch, die Beine seitlich neben sich auf die Eckbank gezogen.

»Guten Appetit!«, sage ich und: »Sieht lecker aus.«

»Hmm«, macht Nora und erzählt von ihrem Studium, ihren Mitbewohnern, einem Kinofilm, der Kurzgeschichte, die sie gerade schreibe. Sie redet, und ich esse. Viel zu schnell wegen des Hungers.

Als ich fertig bin, stochert sie noch immer in ihrem Curry herum, schiebt ein Stück Paprika von einer Seite des Tellers zur anderen, versucht, die Sauce von dem Gemüse abzubekommen. Dann sagt sie, dass sie satt sei. Der Teller noch fast voll.

»Scheiße Nora, du isst viel zu wenig.« Warum sage ich das? Ich wollte es nicht ansprechen, aber die Sorgen haben sich in mir angestaut und nun schaffe ich es nicht mehr, so zu tun, als sei alles in Ordnung.

Sie schaut mich mit zusammengepressten Lippen an, lässt die Gabel fallen, schreit: »Was geht dich das denn an!« Sie schreit, wie sie früher Mama und Papa angeschrien hat. Mit wütenden Augen und greller Stimme, ganz schrill, es tut in den Ohren weh.

»Ich mache mir Sorgen um dich«, sage ich leise, weil ich nicht möchte, dass es eskaliert.

»Musst du nicht.«

»Doch verdammt!« Jetzt schreie auch ich. Es wird mir zu viel. »Ich hab echt Angst um dich, ich will dich nicht verlieren.«

Sie sagt gar nichts mehr, starrt nur auf ihren Teller.

»Warum isst du denn nichts? Das ist doch auch nicht schön, so dünn.« Das hätte ich nicht sagen sollen. Ich höre die Worte aus meinem Mund kommen, bereue sie schon in dem Moment, aber kann sie nicht mehr stoppen.

Nora steht auf, geht Richtung Tür, dann bleibt sie stehen, dreht sich um, brüllt: »Scheiße Niklas, darum geht es doch nicht! Denkst du echt, dass es mir darum geht, schön zu sein? Echt jetzt? Du hast doch keine Ahnung!«

Ich gehe ein paar Schritte auf sie zu und frage leise: »Aber was denn dann? Was ist es denn dann?«

Sie schaut zu Boden, jetzt nicht mehr wütend, sondern traurig. Ein paar Tränen laufen über ihr Gesicht.

»Es fällt mir schwer, ich glaube, ich möchte einfach wieder ein Kind sein. Als Kind bei Mama und Papa und mit dir. So wie es früher war, weißt du? So geborgen und eng und in Mamas Arm.«

Ich drücke sie an mich und flüstere ihr zu, dass wir das hier schon irgendwie hinkriegen werden.

»Ja«, sagt Nora. Man kann ihre Tränen hören. In ihrer Kehle oder ihrem Mund. Wie ein Blubbern hört es sich an.

Später schläft sie in meinem Arm ein, und ich stelle mir vor, wir wären beide noch Kinder, erinnere mich daran, wie wir an den Wochenenden ganz früh am Morgen zu Mama und Papa ins Bett gekrochen sind, beide gleichzeitig. Und wie wir dann zu viert im Bett lagen, manchmal haben wir dort alle zusammen gefrühstückt. Mit diesem Bild vor Augen schlafe ich ein.

Nora ist vor mir aufgestanden. Mit einer Tasse Kaffee sitzt sie am Wohnzimmertisch, einen Ordner, ihren Laptop und ein paar Unterlagen vor sich ausgebreitet.

»Was möchtest du heute machen?«, frage ich.

»Ich wollte vielleicht an die Uni, in die Bib, bald sind ja Klausuren und ich muss noch etwas nachschauen, bräuchte ein paar Bücher. Danach würde ich gerne nochmal zu Oma und heute Abend einfach lesen und mit Britta telefonieren, wenn du bei Lou bist.«

»Okay«, sage ich. Und: »Zu Oma würde ich mitkommen.«

»Und an die Uni? Musst du nicht auch mal was lernen oder so?«

»Doch, eigentlich schon ...«, antworte ich und gehe in die Küche, um mir einen Kaffee zu holen und dem Gespräch aus dem Weg zu gehen. Ob ich ihr sagen kann, dass es keinen Sinn mehr hat, ich mein Leben nicht auf die Reihe bekomme, mir alles entgleitet? Nora schafft alles so gut, ihr Leben, ihr Studium, obwohl auch sie sich schlecht konzentrieren kann. Wie ehrgeizig sie ist, trotz allem. Daneben komme ich mir wie ein Versager vor. Ich setze mich zu ihr, sage nur: »Ich finde es toll, wie du das alles schaffst.«

»Mir hilft es, wenn ich mich ablenken kann.«

Wir brauchen lange, bis wir loskommen, Nora ist fast eine Stunde im Badezimmer, dann trödle ich herum. Ich habe keine Ahnung, ob heute irgendeine Vorlesung ist, fürchte mich davor, meine Dozenten oder Kommilitonen zu treffen, auf mein Scheitern angesprochen zu werden.

Der Bus ist voller Schulkinder. Nora und ich bekommen keinen Sitzplatz mehr, die vielen Schulranzen drücken gegen unsere Körper. Nach und nach steigen die Kinder aus, wahrscheinlich gibt es für sie gleich Mittagessen. Wie früher bei uns. Immer nach der Schule.

Langsam fährt der Bus den Berg hoch, die Strecke kommt mir fremd vor. Es ist ewig her, dass ich an der Uni war. Nach ihrem Tod, nach meiner Reha, als ich wieder laufen konnte, war ich noch zwei oder drei Mal dort, saß im Audimax, hörte zu und verstand nichts. Immer wieder dachte ich an den Unfall, an Mama und Papa, sah die Bilder vor mir. Es fühlte sich an, als hätten sich meine Gedanken selbstständig gemacht. Ich konnte sie nicht mehr steuern. Im Hintergrund redete die Professorin von Integralen und Potenzen, ein paar Worte drangen durch, die Zusammenhänge nicht. Zwischendurch schaute ich mich um, sah, wie sich meine Kommilitonen Notizen machten und hätte selbst noch nicht einmal gewusst, was ich aufschreiben sollte.

Nora schaut sich suchend um. Sie war schon mit mir hier, auch schon in der Bib, eigentlich müsste sie den Weg kennen.

»Da lang«, sage ich, zeige geradeaus, versuche, mein Gesicht in meiner Jacke zu verbergen, ziehe den Reißverschluss bis ganz nach oben, um möglichst nicht erkannt zu werden.

»Hi«, ruft es von hinten. Ob die Begrüßung mir gilt? Ich möchte nicht, dass Nora mich für einen Versager hält, enttäuscht von mir ist, deshalb tue ich so, als hätte ich nichts gehört, laufe schneller. Doch Nora bleibt stehen, dreht sich um. Nur sie schaue ich an, nicht nach hinten. »Hi Yeliz!«, ruft sie und strahlt.

Nur Yeliz. Zum Glück ist sie es. Eine Freundin von Nora, noch von früher, aus der Schule, sie war oft bei uns damals. Nora umarmt sie euphorisch, Yeliz ruft: »Hey, was für eine Überraschung! Was machst du denn hier?« Sie ist laut, jetzt haben uns sicher alle bemerkt. Ich schaue mich um wie ein Tier, das sich vor seinen Feinden schützen muss.

Nora erzählt von Omas Sturz und dass sie bis Weihnachten bleiben werde. Erst jetzt scheint Yeliz mich zu bemerken, auch mich umarmt sie, ruft: »Hi Niklas, dich habe ich ja auch ewig nicht mehr gesehen.«

Die beiden verabreden sich für heute Abend. Dann verabschieden wir uns, ich bemühe mich, möglichst leise und unauffällig zu sein.

Nora packt ihre Sachen in eines der Schließfächer, erzählt dabei, dass sie sich auf das Treffen mit Yeliz freue. Ich krame in meinem Portemonnaie nach dem Bibliotheksausweis. Zum Glück ist er nicht abgelaufen. Nora hockt noch immer vor dem Schließfach, packt ihren Rucksack wieder aus, holt den Laptop hervor, sucht etwas, räumt alles wieder zurück. Dann endlich schließt sie die Tür.

»Wie machen wir das jetzt? Wollen wir uns nachher hier irgendwo treffen? Oder bei Oma?«, frage ich.

»Weiß nicht, von mir aus kannst du auch direkt zu Lou, wenn du hier fertig bist. Ich kann auch allein ins Krankenhaus.«

»Okay. Danke, Nora! Dann sehen wir uns einfach später irgendwann?«

»Ja, genau. Viel Spaß mit Lou!«

»Danke, dir auch mit Yeliz«, sage ich und schaue ihr nach.

Als sie hinter der Tür zur Bibliothek verschwindet, gehe ich durch den wenig benutzten Seitenausgang nach draußen. Hastig zünde ich mir eine Zigarette an, dann laufe ich den Berg hinunter, durch die Fußgängerzone in die Altstadt. Ohne Umwege Richtung Lou. Alles um mich herum ist beleuchtet, die Buden des Weihnachtsmarktes haben längst geöffnet, es riecht nach Bratwurst, Lebkuchen und altem Frittierfett. Die Menschen tragen riesige Einkaufstaschen mit sich herum, ein paar Autos fahren die ersten aufs Dach geschnallten Weihnachtsbäume durch die Gegend.

Seit beinahe einer Stunde sitze ich nun schon vor Lous Tür und warte. Sie geht nicht ans Telefon. Die Luft wird immer kälter, um mich herum das Geräusch von im Wind wehenden Zweigen. Es dämmert, am Himmel haben sich riesige Wolkenberge gebildet. Sie leuchten in verschiedenen Farben – rötlich, gelb, rosa, violett –, bilden Türme, wandern ein Stück weiter, setzen sich neu zusammen. Schön sieht es aus, wie ein abstraktes Gemälde. Und da kommt sie, ich gehe ihr entgegen, zeige zum Himmel, zu den Farben, die sich immer mehr vermischen.

Sie blickt nach oben, hält einen Moment inne. »Ja, es sieht schön aus. Aber dann, irgendwann, merkst du, dass all das Schöne gar nicht wirklich existiert, sondern es nur ein paar Regenwolken sind, die sich sofort wieder auflösen.« In der Hand hält sie eine rote, vollgepackte Stofftasche.

»Hmm«, mache ich und frage sie, ob ich ihr die Tüte abnehmen soll. Sie schüttelt den Kopf.

Beim Öffnen der Wohnungstür kommt uns die Katze entgegen.

»Wie heißt sie eigentlich?«

Lou sagt, dass sie das auch nicht wisse.

»Mit Namen hast du es nicht so, oder?«

Sie ignoriert meine Frage und füllt Katzenfutter in eine Metallschüssel auf dem Boden. Sofort kommt die Katze angelaufen, frisst. Bei jedem Biss hört man ein Krachen. Dann schleckt sie sich übers Maul und geht nach links in den Teil der Wohnung, den ich noch nicht kenne.

»Und, was wollen wir jetzt machen?«, fragt Lou.

Ich sage, dass sie entscheiden könne, ziehe meine Jacke aus und lege sie auf den Boden neben das Sofa. Dabei schaue ich mir die Bilder und Zeichnungen an der Wand an. Viele einzelne DIN A4-Blätter, die Zeichnungen alle mit schwarzem Filzstift. Bäume, Häuser, Straßen, die im Nichts enden, ein paar schwarze Gestalten, teilweise sehen sie gruselig aus, die Bilder, ein bisschen kafkaesk.

»Hast du das gezeichnet?«, frage ich.

»Ja«, sagt Lou und dass sie gerne noch rausgehen würde, aber erst, wenn es dunkel sei.

Ich nicke.

»Du bist früh gekommen.«

»Ja, sorry.« Ich erzähle von Nora und warum ich nicht an der Uni bleiben konnte, dass ich mein Leben nicht im Griff habe und ewig nicht mehr in den Vorlesungen war. Ihr kann ich es erzählen. Nur ihr. Ich weiß nicht, warum. Dann schiebe ich hinterher, dass ich sie habe sehen wollen. Möglichst bald. Lou unterbricht mich kein einziges Mal, wendet noch nicht einmal ihren Blick von mir ab, tritt nicht auf meinen Worten herum wie alle anderen und bewertet mein Verhalten nicht. Sie lässt mich einfach sein. Ich sage Danke, und sie nickt nur. Nickt und lächelt dabei ein bisschen. Dann schweigt sie wieder.

»Was machst du eigentlich? Studierst du auch?«, frage ich nach einer Weile.

»Ich mache eigentlich gar nichts. Außer zeichnen.«

»Professionell?«

Sie lacht, sagt nein, setzt sich auf den Boden zwischen ihre Zeichenblöcke, neben die Bücherstapel, öffnet ein Notizbuch und blättert es durch. Von Weitem kann ich kaum etwas erkennen, nur ganz schemenhaft ein paar schwarze Zeichnungen.

Es wirkt, als wollte sie mich nicht hier haben, ich überlege schon, mich zu verabschieden, als sie fragt: »Was möchtest du denn machen? Also wenn du Mathe nicht weiter studieren möchtest, was dann?«

Ich antworte, dass ich keine Ahnung habe, keine Perspektive, den Weg nicht sehe – und dass das fast das Schlimmste sei. Dass ich aber auch kaum Zeit habe wegen Oma.

Sie nickt.

»Und du, was wünschst du dir vom Leben?«, frage ich.

»Weiß nicht. Tot sein vielleicht«, antwortet sie, und ihre Stimme wird mit jedem Wort leiser.

Warum sagt sie sowas? Warum geht es so oft um den Tod? Ich frage sie. Ohne zu antworten, steht sie auf und öffnet die Balkontür. Dann setzt sie sich wieder, senkt ihren Blick und fragt mich, ob ich uns Musik anstellen könne. Der CD-Player steht neben dem Sofa auf dem Boden, ich drücke auf Play, Leonard Cohen fängt an zu singen.

Lou zeichnet, beachtet mich gar nicht mehr. Ob sie das ernst meinte mit ihrem Tod? Oder nur dachte, dass es mich provozieren würde? Da ist eine seltsame Diskrepanz in mir. Obwohl ich fast nichts von ihr weiß, sie so viele meiner Fragen unbeantwortet lässt, kommt es mir vor, als sei sie mir vertraut. Und zumindest in meiner Fantasie ist sie es auch, in meiner Fantasie weiß ich schon fast alles über sie: dass sie sagt, das Schöne existiere nicht, aber trotzdem ständig danach sucht – nach den Sternen, den bunt leuchtenden Wolkenbergen, dem glitzernden Schnee. Ich weiß, sie mag den Winter lieber als den Sommer, und wären wir ein Paar, würde sie mir kleine Zettel schreiben und sie in ihren Büchern für mich verstecken. Sie würde mir vorlesen am Abend und ich würde Geschichten für sie erfinden. Wir würden irgendwann tatsächlich nach Paris fahren, ohne schicke Kleidung, doch den Käse würden wir trotzdem essen. Sie würde unentwegt auf den Fluss schauen und die entgegenkommenden Menschen beobachten. Ja, in meiner Vorstellung sind wir ein Paar, und ich hoffe, dass aus der Vorstellung Realität werden wird, freue mich darüber, dass da wieder etwas in mir ist, das ich mir wünsche, etwas, worauf sich das Warten lohnen wird, etwas, das sich gut anfühlt.

»Was zeichnest du denn?«, frage ich nach einer Weile. Sie sitzt noch immer auf dem Boden vor der geöffneten Balkontür. Die kalte Luft hat das ganze Zimmer erfasst.

»Alles Mögliche, Comics, was mir gerade einfällt. Aber ich schaffe es manchmal nicht, das zu zeichnen, was ich zeigen oder ausdrücken möchte, das ärgert mich dann. Weißt du, wie es sich anhört, wenn Kinderknochen zerbrochen werden?«

»Nein, woher denn?«

»Keine Ahnung, ich frage ja nur. Ich möchte zeichnen, wie sich das anhört.«

»Kann man Töne zeichnen?«

»Man kann zumindest so zeichnen, dass die Menschen, die die Zeichnung sehen, es hören können oder spüren. Das ist so ein bestimmtes Geräusch. Weil die Knochen noch so klein sind. Das klingt anders als bei Erwachsenen.« Sie macht eine Pause. Dann flüstert sie: »Glaube ich« – ohne sich umzudrehen dabei, ihr Blick bleibt auf die Zeichnung gerichtet, sie bewegt sich kaum, nur ihr rechter Arm schwingt leicht hin und her, mit dem linken hält sie das Notizbuch fest.

Als sie ins Badezimmer geht, stehe ich leise auf und schaue in das Heft, blättere es durch. Immer nur dieser schwarze Filzstift. Feine Linien, Umrisse, alles bloß Andeutungen. Kleine Kinder, die irgendwo sitzen, dann wieder große, schwarze Gestalten, Monster mit langen Armen und Beinen, ein Kind in einem Schrank. Und ein Pferd. Ein schwarzes Pferd. Zwischendurch ein paar Bäume, Blumen.

Ich höre, wie sie die Badezimmertür öffnet, blättere schnell zurück auf die Seite, auf der sie gerade gezeichnet hat, setze mich wieder aufs Sofa und frage mich, was mit ihr los ist, warum sie solche Dinge malt.

»Und warum Kinderknochen? Warum sowas?«

»Nur so, fiel mir gerade ein.«

»Das ist aber gruselig.«

»Nein, gar nicht«, sagt Lou lachend, »ist ja nicht real.« Dann klappt sie das Heft zu, schaut nach draußen, steht auf und fängt an, die rote Stofftasche auszupacken: Brokkoli, zwei Auberginen, eine Paprika, ein paar Tomaten und Mangold.

»Hast du Lust, mit mir zu kochen? Ich war extra noch einkaufen.«

Ich freue mich, dass sie mich doch hierhaben möchte, an mich gedacht, sich etwas für uns überlegt hat, nicke und gehe zu ihr. Sie drückt mir ein Messer in die Hand und ein kleines Frühstücksbrett, auf dem ein Dackel abgebildet ist. Wir schneiden das Gemüse in kleine Würfel, ich stehe direkt neben ihr, sie riecht ein bisschen zitronig, ganz frisch und nach Meer.

»Du riechst gut«, sage ich.

Sie lacht, antwortet: »Danke, du auch.«

Ich frage sie, wonach.

»Nach Kräutern ein bisschen. Nach den Bergen.«

Leonard Cohen singt »Suzanne«.

»So vielleicht«, sagt Lou.

»Wie, so?«

Sie dreht sich zu mir. »Was du vorhin meintest, mit dem Leben. Vielleicht wünsche ich mir, dass es sich so anfühlen wird irgendwann. Vielleicht würde ich auch an einem Fluss leben wollen oder am Meer, am liebsten in den Bergen. Irgendwo, wo kaum Menschen sind, ganz einsam müsste es sein. Und möglichst weit weg. Mit dem einen Menschen, mit diesem einen. Wie in dem Lied: dass man alles zusammen machen möchte, wegfahren, verreisen, vertrauen, sich berühren, dass das genug ist. Wenn man irgendwo ist, zwischen Menschen, und sich anschaut, über die Distanz, und wenn da dann etwas ist, wenn man sich anlächelt, durch den Raum hindurch, und dabei spürt, dass man für immer zusammen sein möchte. Dass es da so etwas wie eine abgetrennte Welt gibt, die nur dir und diesem anderen Menschen gehört. Vielleicht möchte ich das gerne haben.«

Sie erzählt es ganz langsam, mit vielen Pausen. Und es passt perfekt zur Musik, als würde sie ihre Sätze an die Melodie anpassen.

»Ja, das wäre schön«, sage ich.

Ihre Augen leuchten, nicht wütend funkelnd, sondern ganz friedlich. Heute grün, nur grün, keine anderen Farben. Sie steht direkt vor mir.

»Und was würdest du dann machen wollen, den ganzen Tag?«, frage ich.

»Zeichnen, viel lesen und darüber reden, über Bücher, Kunst und Musik. Und vielleicht hätten wir Kühe oder Pferde.«

Sie hat »wir« gesagt!

Lou legt das Gemüse auf ein Blech und schiebt es in den Ofen, bevor sie uns beiden ein Glas Wein einschenkt und vor mir her auf den Balkon geht. Wir trinken und rauchen, dabei stehen wir ganz nah beieinander. Sie schaut auf die Straße, sagt, dass sie immer den Menschen zuschaue, wie sie da unten rumwuseln, dass sie das gerne tue, aber die Menschen eklig finde. Ich verstehe nicht, wie sie das meint, frage aber nicht nach, weil es schön ist, wenn sie erzählt. Und weil es ein besonderer Moment ist – hier mit ihr auf diesem Balkon, in der Kälte. Ein bisschen riecht es nach Schnee.

»Wie lange bist du eigentlich schon in Konstanz?«

»Seit einem Jahr etwa«, sagt sie leise, dann geht sie hastig zurück in ihr Wohnzimmer und ruft mir zu, das Gemüse sei fertig.

Wir setzen uns nebeneinander auf den Boden, mit dem Sofa als Rückenlehne. Sie rutscht ganz nah an mich heran, zieht ihre Beine an den Körper, stellt ihren Teller auf den Knien ab und lehnt ihren Kopf an meine Schulter, während sie isst.

Das ist es, was ich möchte. Einfach hier mit ihr sein, ihr zuhören und mit ihr reden, ihre Zeichnungen und Gedanken anschauen, ihren Körper spüren. Das möchte ich. Nicht mehr davonrennen, sondern bleiben. Bei ihr. Ich spreche es nicht aus, nicht laut, aber es ist, als würde sie mich dennoch hören, als würde sie antworten, als würde sie sagen: Ja, das wünsche ich mir auch. Wir brauchen keine Worte, wir verstehen uns auch im Stillen.

Die Katze kommt zu uns, quetscht sich durch Lous Beine, immer hin und her. Lou streichelt sie – ganz sanft und liebevoll, ihre Hände mit den blutigen Stellen fahren durch das Fell. Wie schön das aussieht, diese hellen Hände in dem schwarzen Fell. Irgendwann bleibt die Katze stehen, ihre Augen gelb mit schmalen Strichen als Pupillen. Sie schaut mich an, als würde sie mich prüfen. Lou drückt mir ihren Teller in die Hand, legt sich auf die Seite. Die Katze kuschelt sich vor ihre angezogenen Beine, an ihren Bauch. Lou legt ihren Arm um sie.

Ich schaue sie an und frage: »Wollen wir jetzt noch weggehen?«

»Ja.«

Es schneit ganz leicht. Der Schnee glitzert im Licht der Straßenlaternen.

Lou schaut nach oben, sagt: »Schön.«

Ich nicke, lege meinen Arm um ihre Hüfte und frage: »Wo möchtest du denn hin?«

Sie antwortet, dass sie es nicht wisse, vielleicht irgendwo was trinken.

Wir laufen Richtung Innenstadt. Ohne uns abzusprechen. Es ist, als hätten wir denselben Weg, dasselbe Ziel.

Vor einer großen Kreuzung bleibt Lou plötzlich stehen, zeigt geradeaus in Richtung Altstadt und sagt: »Hier kann ich nicht lang.«

»Warum nicht?«

»Ich möchte einfach nicht da lang, lass uns bitte außenrum laufen.«

Sie muss auch Umwege nehmen, denke ich. Und dass ich den Grund dafür gerne wissen würde. Ich frage nicht weiter nach, beide sagen wir kein Wort. Und dann gehen wir nicht durch die Altstadt, sondern außen herum, die große Straße entlang. Es stört mich nicht, denn das Einzige, was zählt in diesem Augenblick, ist, dass wir den Asphalt unter unseren Füßen teilen. Gut fühlt sich das an, nach Zuhause und Geborgenheit, und immer, wenn ich ihr Gesicht von der Seite aus betrachte, ist es ein bisschen wie ankommen und wie bleiben wollen.

»Ich hole uns was zu trinken, ja?«, sagt Lou in der Kneipe und geht an die Bar. Ich bleibe weiter hinten stehen, weil sich zu viele Menschen vorbeidrängen. Voll ist es hier, aber meine Augen und Gedanken sind ohnehin nur bei Lou, alles andere blende ich aus. Irgendwann dreht sie sich um. Wir schauen uns an – durch den Raum hindurch. So, wie sie es vorhin beschrieben hat. Als gäbe es nur sie und mich, als sei da eine Verbindung, eine Linie von ihr zu mir. Nur wir beide. Immerzu möchte ich sie anschauen.

Sie kommt auf mich zu, drückt mir ein Glas in die Hand, erzählt etwas, das ich nicht verstehe, weil die Musik zu laut ist. Dann lacht sie und legt ihren Kopf an meine Schulter. Wir fangen an zu tanzen. Irgendeine Indie-Musik läuft hier, ich weiß nicht, wie ich mich dazu bewegen soll. Lou ist ganz im Rhythmus, scheint das Lied zu kennen.

Es wird immer voller, immer mehr Menschen sind um uns herum. Ich schaffe es nicht mehr, sie zu ignorieren, immer wieder öffnet sich die Tür, vermutlich wird auf dem Weihnachtsmarkt kein Glühwein mehr ausgeschenkt. Die Leute drängen sich an uns vorbei, drücken sich zwischen uns durch, eine große Gruppe quetscht sich durch zur Bar.

Und dann, mit einem Mal, ist Lou verschwunden. Um mich herum Bewegung, Gedränge und viel zu harte Bässe. Ich bleibe, wo ich bin, damit sie mich wiederfinden wird. Aber sie ist nicht mehr zu sehen, kommt mir nicht entgegen.

Ich spüre ein Brennen im Bauch, drücke mich durch die Menschen, vorbei an tanzenden Gruppen, knutschenden Pärchen, suche sie überall, schreie ihren Namen in die Damentoilette. Dann gehe ich raus, rufe sie an, sie geht nicht ans Telefon. Noch einmal suche ich die Kneipe nach ihr ab, frage an der Bar. Ich weiß nicht, wo ich noch suchen soll, laufe die Straße entlang. Vielleicht wollte sie nur kurz nach draußen? Aber auch hier ist sie nicht. Immer weiter suche ich nach ihr, renne hin und her, ohne Plan, sogar in den Hinterhöfen schaue ich nach. Meine Füße tun weh, das Rennen strengt mich an, ich kann meinen Schweiß riechen. In meinem Kopf ein Rauschen, wie unter einer Glaskuppel, meine Stirn heiß und schwer.

Es hat keinen Sinn mehr. Sie ist weg. Von einem Moment auf den anderen, wie Mama und Papa nach dem Unfall. Alles wie damals: das Dröhnen im Kopf, das

Gefühl, verlassen worden zu sein, niemanden mehr zu haben – von heute auf morgen, von jetzt auf gleich. Als sei ein Stück aus mir herausgeschnitten worden. Und das, obwohl ich Lou kaum kenne. Fuck, wo kann sie nur sein? Ob ihr etwas passiert ist?

Auf dem Heimweg rufe ich sie noch einige Male an, schreibe ihr eine SMS. Aber nichts, sie meldet sich nicht. Ich mache mir Sorgen, habe Angst, dass ihr etwas passiert sein könnte. Oder ob sie es einfach nicht schön fand mit mir?

Der Schnee wird zu Regen. Die Lichter der Autos spiegeln sich auf dem nassen Asphalt. Es sieht aus, als würden sie mich verfolgen.

5

Nach dem Aufwachen schaue ich als Erstes auf mein Handy. Nichts. Keine Nachricht, kein Anruf.

Nora dreht sich auf die Seite, strampelt mit den Beinen, macht Geräusche im Schlaf.

Erst vor wenigen Wochen erzählte sie mir, dass sie immer wieder von dem Unfall träume, ihn vor sich sehe: Mama, Papa und mich, die Lichter, das Quietschen der Reifen, die vor Panik aufgerissenen Augen, die Sirenen. Sie selbst stehe daneben in ihrem Traum, an die Leitplanke gedrückt, und komme sich hilflos vor, weil sie nicht in der Lage sei, uns zu helfen, wegzulaufen oder zumindest mit ihrem Mund Töne zu erzeugen.

Ich lege meine Hand auf ihren Bauch, bis sich ihr Atem beruhigt, spüre ihre Rippen.

Leise gehe ich aus dem Zimmer, setze mich auf die Bank im Garten, fahre mit den Händen über die Sitzfläche. Sie fühlt sich rau an, kratzig, stellenweise bemoost. Ewig saß ich nicht mehr hier. Ich tippe eine Nachricht an Lou, die ich sofort wieder lösche.

Es ist dunkel, obwohl die Sonne schon längst aufgegangen ist. Warum wird es denn nicht hell heute? Sogar der Kirchturm ist in der Dunkelheit verschwunden. Und ich sitze wieder nur hier und warte. So, wie ich sonst bei Oma sitze – Stunde um Stunde, Tag für Tag, immer weiter.

Später erzähle ich Nora von Lous plötzlichem Verschwinden, von unserem Abend.

»Hmm«, macht sie und sagt, dass mit Lou etwas nicht stimme.

»Ja, aber ich weiß nicht, was«, sage ich. Und dann: »Ach Scheiße, Nora, ich mache mir Sorgen, dass ihr etwas passiert sein könnte. Was soll ich denn jetzt machen?«

»Ich weiß nicht, abwarten? Ich würde einfach warten. Schreib ihr erstmal nicht, ja? Zumindest heute nicht, sonst wirkt das so anhänglich. Und wenn sie dich wiedersehen möchte, wird sie sich bestimmt melden. Da wird schon nichts passiert sein.«

Sie schaut vor sich hin durchs Wohnzimmer, dann steht sie auf und geht zum Fenster. »Wie grau hier alles ist im Winter.«

Ich nicke. »Wie war's eigentlich mit Yeliz?«

»Alles gut, schön war's«, sagt Nora und dass sie gerne Plätzchen backen würde wie früher mit Oma. »Weißt du noch, die mit Marmelade gefüllten und diese Nussmakronen, die mochtest du doch immer so gerne.«

»Ja, aber wirst du dann auch welche essen?«

Sie nickt, setzt sich wieder und verschränkt die Arme vor ihrer Brust.

»Mann, Nora, wir müssen doch darüber reden, hast du nicht mal darüber nachgedacht, eine Therapie zu machen? Kannst du dir nicht irgendwo einen Termin holen? Das wäre doch wichtig und ich kann mir nicht auch noch um dich Sorgen machen.« Es tut mir leid, dass ich schon wieder davon anfange. Ich bin gereizt.

Sie legt ihre Hände auf den Tisch, als würde sie sich auf einen Angriff vorbereiten. Ihre Lippen sind kaum noch zu erkennen, sie presst sie immer ganz fest zusammen, wenn sie wütend wird, bevor sie anfängt zu schreien. Ihre Augen funkeln, sie brüllt mich an: »Mann, Niklas, und … «

Dann hört sie auf, mitten im Satz, ich weiß nicht, warum. Mit einem Mal legt sich eine unerträgliche Stille über den Raum – diese beißende Stille nach einem Streit, die Nachwirkung der Worte, die mehr wehtut als das Gesagte selbst. Mir ist bewusst, was sie sagen wollte. Sie hätte recht damit gehabt.

»Ich möchte keine schlechte Stimmung. Bitte nicht, ja?«, sagt sie dann, leise zwar, aber ich sehe ihr an, dass sie sich zusammenreißen muss.

»Ich auch nicht«, antworte ich und setze mich ihr gegenüber an den Tisch. Auch ich lege meine Hände darauf, fahre mit ihnen über die Tischplatte, bis sich unsere Fingerspitzen berühren, ganz leicht nur.

»Ich weiß, dass es bei mir auch nicht läuft …«, flüstere ich ihr zu, »und dass es unfair ist, so zu tun, als sei es nur bei dir schwierig.«

Sie nickt.

Dann sagen wir lange nichts, sitzen uns nur still gegenüber.

»Und wenn wir uns beide Hilfe holen? Wenn wir uns das versprechen? Ich mache mir ja auch Sorgen um dich«, sagt Nora nach einer Weile, unsere Hände noch immer ganz nah beieinander.

Sie weiß es. Natürlich weiß sie es: dass ich nur noch versage und mit allem überfordert bin. Für einen Moment überlege ich, ihr von dem Therapeuten zu erzählen, den Holger mir organisiert hatte, und von den fünf Phasen der Trauer, von denen er immer wieder sprach. Das Ziel sei die letzte davon, die Akzeptanz, sagte er. Jaja, dachte ich nur, als ob dieses Geschwafel etwas ändern oder es leichter machen würde. Mir egal, in welcher Phase ich bin. Und warum überhaupt diese Aufteilung, dieses Kategorisieren immer? Ich sage Nora nicht, dass ich nie wieder eine Therapie machen werde, erzähle ihr auch nicht von meiner Hoffnung, dass es mit Lou, nur mit ihr, besser werden könnte. All das sage ich nicht. Stattdessen mache ich »Hmm« und nicke leicht.

Ohne etwas zu entgegnen, setzt Nora sich wieder an ihren Laptop. Sie schreibt schnell, ihre Finger rasen über die Tastatur. Das Klackern macht mich nervös.

»Magst du mitkommen zu Oma?«, frage ich.

Sie schüttelt den Kopf, steht auf und nuschelt vor sich hin, dass sie dieses alte Kochbuch mit den Plätzchenrezepten suchen wolle. Ich weiß sofort, welches sie meint, wie es aussieht. Ein altes, zerfleddertes Buch, aus dem sich die Seiten teilweise gelöst haben, mit vielen Flecken und in dieser alten Schrift. Als Kinder konnten Nora und ich die Buchstaben nicht zuordnen, Oma musste alles vorlesen.

In einem der Küchenschränke finden wir es. Es riecht nach früher, ein bisschen modrig, nach Oma und Opa. Beim Aufschlagen kriecht uns ein Wurm entgegen. »Ihhh!«, ruft Nora und dreht das Buch über der Spüle um. Einige Würmer und verpuppte Motten fallen heraus. »Doof, das müsste man wahrscheinlich wegwerfen.«

»Ja, aber machen wir nicht, oder?«

Sie schüttelt den Kopf.

»Wie hießen die Plätzchen denn?«

Wir erinnern uns an die Namen, blättern zu den Rezepten. Wespennester. Und Hildabrötchen.

Während Nora eine Einkaufsliste schreibt, schaue ich sie an und erinnere mich daran, wie sie als Kind auf diesem

Stuhl saß und die Sahneschüssel auslecken durfte, wenn Oma gebacken hatte. Es gibt noch Fotos davon: Nora mit glänzendem Gesicht in der Küche, die grünlichen Fliesen im Hintergrund.

»Nora?«, frage ich leise.

Sie nickt, ohne aufzuschauen, blättert weiter die Seiten durch.

»Ach Scheiße, ich weiß nicht wegen Lou, was ich da jetzt machen soll.«

»Mann Niklas, jetzt warte doch einfach.«

Auf dem Weg zum Krankenhaus bohren sich die Gedanken wie Würmer in meinen Kopf. Als würden sie durch meine Schädeldecke kriechen. Es brennt und sticht. Alles voller Fragen, zu viele auf einmal. Immerzu überlege ich, ob Lou etwas passiert sein oder ob sie jemanden getroffen haben könnte in dieser Kneipe, jemanden, den sie mehr mag als mich. Vielleicht wollte sie mich auch nur loswerden, weil sie es nicht schön fand mit mir? Ich denke an unsere erste Begegnung, an diesen Typen, dem sie nachgerannt ist, sehe ihre funkelnden Augen vor mir. Ob er der Grund für ihr Verschwinden gewesen sein könnte? Vielleicht war er ein Ex-Freund oder ein Stalker? Wo sie jetzt wohl ist? Und ob es ihr gut geht?

Meine Beine hängen wie Magnete am Boden, ich muss Kraft aufwenden, um sie anzuheben, stelle mir vor, wie Lous Hände mir dabei helfen, wie sie sich um meine Fußgelenke legen und meine Beine nach oben ziehen, bilde mir sogar ein, ihre Finger an meinen Knöcheln zu spüren.

Auf dem Flur zu Omas Zimmer schlägt mir dieser Kantinengeruch entgegen und vermischt sich mit dem Gestank abgestandener Luft. Die Krankenschwestern und Pfleger schieben Wägen mit Essenstabletts durch die Gänge.

Dr. Stakowsky läuft fast an mir vorbei, dann bleibt er stehen und sagt laut: »Ach, gut, dass ich Sie sehe.«

»Ja?«, murmle ich, obwohl ich nicht mit ihm reden möchte.

Er streckt mir seine Hand entgegen. Ganz verquollen sieht sie aus, weiß und schwammig, mit dunklen Haaren auf den Fingerrücken. Ein kurzes Händeschütteln, dann ziehe ich meine Hand weg. Er sagt, dass der Bruch gut verheile, er aber mit mir über Omas Medikamente sprechen wolle, dass man vielleicht auch etwas fürs Gedächtnis machen könne, ein Beruhigungsmittel dazu, damit sie insgesamt ausgeglichener werde. Seine Lippen sind dick und rot, beim Sprechen öffnen sie sich nur in der Mitte, die Ränder bleiben aneinander kleben. Wie ein Fisch sieht er aus. Ich ekle mich, dennoch gelingt es mir nicht, meinen Blick von seinem Mund abzuwenden.

»Ja, von mir aus«, erwidere ich, »solange es keine schlimmen Nebenwirkungen hat.«

Als ob es noch etwas bringt, ihr Gedächtnis zu unterstützen, denke ich, sage aber nichts mehr, weil ich möchte, dass es jetzt endet, dass er nicht weiterredet. Er nervt mich, dieser Arzt, mit seiner ruhigen, monotonen Stimme und diesem besonnenen Auftreten.

»Nein, natürlich nicht, Nebenwirkungen sind sehr selten. Wir werden dann sofort mit der neuen Medikation beginnen.«

»Okay. Aber Sie stellen sie nicht ruhig, ja? Das möchte ich nicht, wir kriegen das auch so gut hin zu Hause.«

»Nein, junger Mann, natürlich nicht«, nuschelt er im Weggehen. Ich schaue ihm nach, sein Kittel spannt um den Bauch, liegt ganz eng an, schwingt nicht.

»Hallo Oma«, rufe ich. Sie liegt mit geschlossenen Augen im Bett, die Decke bis übers Kinn gezogen.

»Pscht, sie schläft«, sagt ihre Zimmernachbarin, obwohl der Fernseher viel lauter ist als meine Stimme. »Ich habe sie zugedeckt, sie hat die Decke weggestrampelt im Schlaf.«

»Danke«, sage ich und: »Ja, das macht sie manchmal.«

Wir sprechen kurz über die Demenz.

»Ach, ach, ach, und da müssen Sie junger Mann sich ganz allein kümmern? Das ist ja schlimm«, sagt sie, stellt sich als Frau Kleinschmid vor und wendet sich wieder der Talkshow im Fernsehen zu.

Ich setze mich zu Oma ans Bett. Friedlich sieht sie aus, ihr Mund ist ein wenig geöffnet, sie schnarcht leise, ihr lichtes Haar hängt ihr strähnig ins Gesicht.

»Ich finde es ganz reizend, dass Sie sich so toll um Ihre Großmutter kümmern«, sagt Frau Kleinschmid. Erst jetzt fällt mir auf, dass sie noch nie Besuch hatte.

»Hmm«, mache ich und möchte nicht weiter mit ihr reden.

Dennoch frage ich: »Und Sie, müssen Sie noch lange bleiben?«

»Nein, ich darf nächste Woche gehen zum Glück.«

»Ah, das ist ja schön, dann sind Sie ja an Weihnachten zu Hause.«

Sie nickt, sieht ein bisschen niedergeschlagen aus dabei und richtet ihren Blick sofort wieder auf den Fernseher. Eine kitschige Musik ertönt, dann Werbung.

Es klopft, eine Krankenschwester bringt das Mittagessen.

»Guten Appetit«, rufe ich Frau Kleinschmid zu.

In dem Moment öffnet Oma die Augen, sie sind noch ganz verklebt, die Wimpern hängen aneinander fest. Fragend schaut sie mich an. Ich hebe den Plastikdeckel von ihrem Tablett, darunter Kartoffeln mit Karotten und einem Stück Fleisch. Neben dem Teller ein Schälchen mit weißem, matschigem Pudding. Ich füttere Oma, den Großteil des Essens spuckt sie aus.

»Magst du noch Nachtisch?«

Sie nickt. Der Pudding sieht aus wie Sperma, aber er scheint Oma zu schmecken. Gierig öffnet sie nach jedem Löffel wieder den Mund, auch wenn sie noch nicht geschluckt hat, die schleimige Masse noch an ihren Zähnen und ihrer Zunge klebt. Wie eine Schildkröte sieht sie aus mit ihren Lippen, die sich immer wieder öffnen und schließen, ganz schnell hintereinander. Nach dem Essen schläft sie sofort wieder ein, als hätte es sie angestrengt.

Ich streiche ihr über die Wange und verabschiede mich von Frau Kleinschmid.

Heute gehe ich nicht in den Supermarkt in Lous Straße – auch wenn ich sie sehen möchte. Aber nicht zufällig, ich möchte sie richtig treffen, wissen, ob sie auch bei mir sein möchte, ob sie sich melden wird, es soll nicht einfach so passieren.

In der Nähe des Krankenhauses ist einer dieser riesigen Supermärkte, die ich eigentlich nicht mag, weil sie mich überfordern: die große Auswahl, die langen Gänge, die vielen Menschen und die Kassiererinnen, die die Einkäufe so schnell übers Band ziehen, dass ich kaum hinterherkomme beim Einpacken.

Ich werfe die Zutaten für die Plätzchen in den Einkaufskorb und stelle mich an die Kasse. Vor mir eine lange Schlange. Es geht nur schleppend voran, ich werde immer ungeduldiger, überlege schon, einfach wieder zu gehen, als mein Handy in der Hosentasche vibriert. Eine SMS von

Lou: »Tut mir leid wegen letzter Nacht, ich musste schnell weg. Sehen wir uns heute Abend? Es war schön mit dir.« Ich lese sie immer wieder, bis ich drankomme. Der Kassierer, ein junger pickliger Mann, wahrscheinlich noch in der Ausbildung, schiebt die Einkäufe übers Band, als müsse er einen Rekord brechen. Ein paar Schweißperlen laufen ihm von seiner Stirn in die Augen, immer wieder blinzelt er. Schnell packe ich die Einkäufe in meinen Rucksack und gehe nach draußen.

Es regnet. Ich stelle mich unter einen Baum und schreibe Lou, dass sie mit uns Plätzchen backen könne, wenn sie Lust habe. Und dass es auch für mich schön gewesen sei mit ihr. Noch auf dem Heimweg kommt ihre Antwort: »Ja, gerne heute Abend Plätzchen backen. Wann und wo? Ich habe deine Adresse nicht.« Ich schreibe sie ihr, laufe ohne Schirm oder Kapuze durch den Regen. Dicke Tropfen prasseln auf mich herab, aber es stört mich nicht, die Vorfreude lässt mich alles um mich herum ausblenden: das Wasser, das von meinen Haaren in die Jacke läuft, das Grau, den Feierabendverkehr. Nur an Lou denke ich, an nichts und niemanden sonst.

Schon vom Flur aus höre ich Nora im Schlafzimmer telefonieren. Ich gehe in die Küche, packe die Zutaten für die Plätzchen aus, bin aufgeregt, schaue mich um. Hoffentlich wird Lou sich wohlfühlen. Alles so alt und miefig hier. Ich möchte, dass es ihr gefällt, fange an aufzuräumen, das Bad zu putzen.

»Lou kommt heute Abend auch, das ist okay, oder?«, rufe ich Nora zu, als ich Geräusche aus dem Flur höre.

»Ja klar. Hat sie sich gemeldet?«

»Ja. Gut, oder? Sie wollte sich heute mit mir treffen, und ich wollte ihr nicht absagen.«

»Ja, alles gut. Na, da bin ich ja mal gespannt«, sagt Nora und wischt Zahnpastareste aus dem Waschbecken. »Wann kommt sie denn?«

»So gegen acht. Das passt doch, oder?«

Nora nickt.

Es klingelt. Ganz pünktlich. Lou steht vor mir in einem gelben, viel zu großen Wollpullover, mit einer Flasche Wein in der Hand und strahlt mich an. Wir begrüßen uns mit einer langen Umarmung, ihre Wange an meiner.

»Schön, dass du da bist«, sage ich.

Ohne etwas zu erwidern, schaut sie sich um, betrachtet das Bild von Paula Modersohn-Becker an der Wand. Es zeigt ein kleines Mädchen in einem rosafarbenen Kleid, das die Arme mit einem fragenden Blick vor der Brust verschränkt hat. Lou starrt auf das Gemälde, schlägt ebenfalls die Arme übereinander, legt den Kopf schief – wie das Kind –, ahmt den Blick nach. Beinahe sieht sie aus wie das Mädchen. Warum sie das wohl macht?

Sie wirkt ganz versunken in sich selbst oder in dieses Bild. Eine Weile schaue ich sie an, doch dann macht es mich nervös, dass sie so beharrlich schweigt, mich gar nicht mehr beachtet, deshalb frage ich: »Lou?«

Erst jetzt nimmt sie ihre Arme herunter und schlägt vor, dass ich ihr den Garten zeige.

Ich nicke, nehme ihre Hand und gehe mit ihr nach draußen.

»Schön ist es hier«, sagt sie und lässt ihren Blick schweifen – über den kahlen Baum, das viele Unkraut, den viel zu langen Rasen.

»Echt?«, frage ich.

»Hmm«, macht sie.

»Sag mal, was war denn los gestern Nacht? Wo warst du denn plötzlich? Ich hab mir echt Sorgen gemacht, du hättest doch was sagen können.«

Sie geht ein paar Schritte weiter in den Garten, betrachtet das Gras unter ihren Füßen, bevor sie mit der Hand darüberfährt und mich nach einer Zigarette fragt. Wir stecken uns beide eine an, Lous Hände grünbraun gefärbt von der Erde und dem feuchten Gras, dann sagt sie, sie habe gehen müssen und keine Zeit mehr gehabt, mir Bescheid zu sagen. Ernst sieht sie aus.

»Aber warum musstest du denn plötzlich weg, mitten in der Nacht? Was war denn da?«, hake ich nach.

»Nichts Schlimmes, ich musste nur weg. Aber ich fand es wirklich schön.«

»Ja, ich auch.«

Sie schlingt ihre Arme um den Körper, die Ärmel des großen Pullovers über ihre Hände gezogen. »Mir ist kalt, können wir wieder rein?«

Nora ist dabei, das Mehl abzuwiegen, und begrüßt Lou, die sich wortlos an den Tisch setzt, die Beine übereinanderschlägt und immer wieder mit der linken Hand über ihr Knie fährt. Nora schaut mich fragend an, ich zucke mit den Schultern und hole die Butter aus dem Kühlschrank. Lou liest sich das aufgeschlagene Rezept durch, dann schlägt sie vor, dass sie die Eier trennen könne. Nachdem sie die Dotter sanft von einer Schalenhälfte in die andere hat gleiten lassen, hält sie inne, schaut Nora an und fragt: »Und du wohnst in Hamburg?«

Nora nickt, erzählt ein bisschen von Britta, ihrem Studium und der WG. Lou schaut ganz aufmerksam dabei, sie nimmt alles genau wahr, nicht nur das Bild an der Wand, sondern auch jeden einzelnen Satz, jedes Wort.

»Das hört sich schön an«, sagt sie dann.

Ich bereite die Bleche vor, stehe mit dem Rücken zu Nora und Lou, höre sie reden. Lou sagt wenig, scheint sich aber zu entspannen. Das Unsichere verschwindet allmählich, wir lachen alle drei, als Nora das Kakaopulver aus der Hand rutscht und den Boden braun einfärbt. Lou hilft mir beim Aufwischen, bückt sich zu mir, wir schauen uns an unter dem Tisch, sind uns ganz nah. Ihr Gesicht über den grünlichen Fliesen. Wenn Nora nicht wäre, würde ich sie nun küssen.

»Ich rufe jetzt mal Britta an«, sagt Nora, nachdem wir die Bleche in den Ofen geschoben haben, und verabschiedet sich. Lou und ich warten, bis die Plätzchen fertig sind, dann gehen wir ins Wohnzimmer.

Lou schaut sich um, läuft herum, vorbei an ein paar Fotos, vor einem bleibt sie stehen. Es zeigt Nora und mich, wie wir in die Kamera strahlen. Wir beide in Omas Garten, damals sah er noch gepflegt aus, der blühende Apfelbaum im Hintergrund. Ganz idyllisch. Lou sieht das Foto an, als wolle sie etwas darin erkennen, sagt aber nichts. Ich setze mich aufs Sofa, nach einer Weile kommt sie dazu.

»Ich finde es schön, dass wir an Weihnachten zusammen sein werden«, flüstere ich ihr ins Ohr. Ohne etwas darauf zu erwidern, legt sie ihren Kopf an meine Schulter, ich spüre ihre Haare an meinem Hals.

»Wie wünschst du es dir?«

»Weihnachten?«, fragt sie.

»Ja, was würdest du gerne machen, was hättest du gerne, damit es schön für dich ist?«

Sie schweigt für einen Moment, dann sagt sie, dass sie überlegen müsse.

»Wie war denn Weihnachten früher im Heim, wie habt ihr da gefeiert?«

»Gar nicht eigentlich.«

»Echt nicht?« Ich dachte, dass es auch in Kinderheimen Weihnachten gibt, vielleicht einen Baum, ein paar Geschenke. »Hast du denn niemanden mehr aus deiner Familie? Und was ist eigentlich passiert mit deinen Eltern? Kanntest du sie überhaupt? Wann bist du denn ins Heim gekommen?«

»Das sind zu viele Fragen auf einmal«, sagt Lou, nimmt ihren Kopf von meiner Schulter, steht auf, geht aus dem Zimmer und kommt nur wenige Sekunden später wieder, ihr Handy in der Hand. Sie drückt darauf herum, starrt auf das Display. Nie hat sie bisher etwas an ihrem Handy gemacht, ich sehe es zum ersten Mal. Es ist klein und grün, kein Smartphone, alt sieht es aus, das Display zerbrochen.

Nach einer Weile sagt sie leise: »So viele Fragen auf einmal überfordern mich.«

»Tut mir leid, das wollte ich nicht. Ich wüsste nur so gerne, was passiert ist. Ich spüre dich so nah, und gleichzeitig weiß ich fast nichts über dich.«

Noch immer steht sie mitten im Raum, noch immer schweigt sie. Und noch immer lässt es mich nicht los, noch immer möchte ich mehr über ihr Leben und ihre Vergangenheit erfahren, weshalb ich frage: »Erzählst du mir zumindest irgendetwas von früher?«

Sie legt ihr Handy auf den Tisch, kommt ein paar Schritte auf mich zu, setzt sich neben das Sofa auf den alten, bräunlich gemusterten Perserteppich und dreht ihren Kopf zur Seite.

»Nein, das geht nicht«, antwortet sie nach einer langen Pause mit leiser, brüchiger Stimme.

»Warum nicht?«

»Weil jede Geschichte ein Ende braucht. Und das gibt es noch nicht, es gibt alternative Enden in meinem Kopf, aber ich kann die Geschichte erst erzählen, wenn sie fertig ist.«

Ich sage ihr, dass ich keine Geschichte meine, sondern ihr Leben.

»Aber das Leben ist doch auch nicht mehr als eine Geschichte.«

Obwohl ich nicht einmal ansatzweise verstehe, was sie mir damit sagen möchte, und schon jetzt ahne, dass sie mir wieder nicht antworten wird, rede ich einfach weiter. »Und wenn du mir zumindest den Anfang erzählst?«

Sie vertröstet mich, sieht traurig aus, ihr Blick zu Boden gerichtet. Und dann, mit einem Mal, schaut sie auf, ihr Mund formt sich zu einem Lächeln, und auch ihr Gesichtsausdruck verändert sich, sogar ihre Augen strahlen jetzt wieder. »Wir sollten wirklich mal rausfahren, irgendwohin, wo es schön ist.«

»Ja, gerne. Vielleicht noch vor Weihnachten?«

Sie nickt.

Eine Weile bleiben wir schweigend sitzen, dann gehen wir in die Küche, um die Plätzchen zu probieren. Wir nehmen uns beide eines, ich beiße hinein, es kracht, die Nüsse sind grob, fest, der Teig weich und sanft. In meinem Kopf entstehen Bilder von früher, ich erinnere mich an die Plätzchenteller bei uns zu Hause, den ganzen Dezember über.

Wir verabreden uns für morgen Nachmittag, verabschieden uns mit einer Umarmung, dieses Mal länger, enger, vertrauter. Heute riecht sie mehr nach Orangen. Und ein bisschen nach Weihnachtsplätzchen.

6

Seit heute Morgen schneit es, der Schnee hat sich bereits wie eine Decke über die Stadt gelegt. Wir treffen uns im Park. Lou umarmt mich zur Begrüßung, schlingt ihre Arme um meine Brust und drückt ihr Gesicht an meinen Hals. Ich spüre ihren Atem auf meiner Haut, was mich erregt.

»Lass uns etwas in den Schnee schreiben«, schlägt sie vor – noch in der Umarmung, noch immer ganz nah an meinem Hals. Wir stellen uns auf die Rasenfläche in der Mitte des Parks, die schon komplett von Schnee bedeckt ist. Kein Grün ist mehr zu erkennen, nur noch Weiß. Lou geht ein paar Meter von mir weg, ich sehe ihren Schritten im Schnee nach.

»Aber nicht schauen!«, ruft sie mir zu.

Wir laufen Worte in den Schnee, indem wir winzig kleine Schritte machen und für jeden neuen Buchstaben ein Stück nach vorne springen, an die richtige Stelle. Ich bin vor ihr fertig, schaue sie an. Sie stampft kraftvoll mit den Füßen auf, bewegt sich hüpfend durch den Schnee, ganz konzentriert und versunken. Nur sie schaue ich an, nicht die Buchstaben, die sie schreibt.

»So, jetzt lese ich dein Wort und du meines«, sagt sie laut, als auch sie fertig geschrieben hat. Wir tauschen unsere Plätze.

»Nichts« steht da.

»Warum dieses Wort?«, frage ich und komme mir lächerlich und unkreativ vor, weil ich nur Lous Namen in den Schnee geschrieben habe.

»Nur so, fiel mir gerade ein.«

Ich glaube ihr nicht, frage nochmal nach.

Lou antwortet, dass dieses Wort nur das erste eines Satzes sei.

»Und was für ein Satz?«

Dass sie noch überlegen müsse, sagt sie, überlegen, ob der Satz richtig sei. Dass sie nichts Unnötiges sagen wolle. »Die meisten Menschen richten sich in ihrem Dasein ein. In dem, was sie kennen. Die Realitäten verändern sich, dann richten sie sich neu ein, es ist immer ein Einrichten. Man hört es auch an der Sprache. Wenn Menschen sich in ihrer Sprache eingerichtet haben, klingt alles gleich. Das möchte ich nicht. Zumindest in dieser Realität nicht. Wenn es eine Realität gäbe, in der weniger von allem da wäre, in der es nicht so sehr um das Gesagte ginge, nicht so sehr um all das Greifbare, sondern um alles andere, um das, was verschwiegen wird, was man für unaussprechlich hält, dann würde ich mich einrichten in meiner Sprache, weil es dann nicht mehr auf die Worte ankäme.«

Ich nicke, obwohl ich nicht weiß, was sie damit sagen möchte.

Sie steht vor der Schneefläche mit unseren Worten, betrachtet sie, sagt, es mache sie traurig, dass all das bald nicht mehr existent sein werde. »Wenn der Schnee tauen wird, werden auch unsere Worte verschwunden sein, einfach so, als seien sie nicht wichtig oder als hätte es sie nie gegeben.« Sie sagt es ganz leise, dann setzt sie sich auf die Parkbank, schaut vor sich hin, bewegt ihre Füße hin und her. Der Schnee darunter ist bald grau, nicht mehr weiß. Ich setze mich neben sie, so nah, dass sich unsere Körper berühren, und frage: »Was meinst du mit den verschiedenen Realitäten? Gibt es nicht nur eine?«

Sie schweigt, fährt sich mit den Händen durch die Haare und flüstert mir zu – fast so, als sei es ein Geheimnis: »Nein, es muss mehrere geben. Wenn man an den Tod denkt zum Beispiel, verändert sich alles, dann ist das eine neue Realität. Wenn ich mir vorstelle, dass ich morgen sterben könnte oder noch heute Nacht, wenn ich mir vorstelle, wie ich in ein paar Minuten oder morgen oder nächste Woche zum Erfrieren nach draußen gehen würde, wirkt alles plötzlich ganz anders, irgendwie wertloser und wertvoller zugleich, dann betrachtet man die Dinge und Menschen um sich herum auf eine ganz neue Art und Weise. Das ist doch spannend.«

Für einen kurzen Moment habe ich Angst um sie, doch ich spreche es nicht aus, erzähle ihr nur, dass ich den Gedanken kenne, dass ich mich auch schon gefragt habe, wie sich der Tod anfühlen wird, aber noch nie so kurz davor war, zu sterben, dass sich dadurch die Welt um mich herum verändert hat.

Lou nickt, lächelt ein bisschen. Ob sie schon einmal an dem Punkt gewesen sei, frage ich.

»Bei mir gibt es keine Punkte«, antwortet sie, »nur Linien.«

»Und das mit dem Gesagten, wie meintest du das?«, frage ich weiter. Immer ist da das Bedürfnis, sie zu verstehen – trotz ihrer kryptischen Worte und obwohl ich ahne, dass sie mir nie konkret antworten wird. Es ist immer ein bisschen wie im Nebel, wenn sie spricht.

»Das ist nicht wichtig, ich denke nur, dass die Menschen sich zu sehr an den Worten festhalten, obwohl das Ungesagte viel wichtiger ist. Und wegen der vielen Worte hören sie auf, sich zu sehen, sich so sehen zu wollen, wie sie sind.«

Ich weiß nicht, was ich darauf antworten soll, überlege noch, als Lou sagt, dass ihr kalt sei. Auch mir ist kalt. Wir stehen auf und gehen los, ganz eng und fest aneinandergedrückt. Lou dreht sich noch einmal zu unseren Worten um, bleibt für einen kurzen Moment stehen.

Auf dem Weg zu ihrer Wohnung sagt sie, sie könne sich nicht entscheiden. Ich frage sie, zwischen was sie sich entscheiden wolle. Sie schweigt eine Weile, dann sagt sie, dass sie das auch nicht so genau wisse. Von der Seite aus schaue ich sie an und meine, Tränen an ihrer Wange entlanglaufen zu sehen. Vielleicht ist es aber auch nur geschmolzener Schnee. Ich gebe ihr einen Kuss auf die Stirn.

Bei ihr zu Hause wirkt sie plötzlich ausgelassen, beinahe manisch. Ganz anders als noch vorhin. Sie öffnet die Balkontür – trotz der Kälte –, nimmt die Katze auf den Arm und läuft mit ihr durchs Zimmer, während sie ihr den Bauch krault. Dann setzen wir uns mitten im Wohnzimmer auf den Boden und Lou fängt an zu erzählen. Dabei steht sie immer wieder auf und läuft durch den Raum. Sie ist ganz aufgeregt, ich komme kaum mit, so schnell redet sie, so viel erzählt sie. Es geht hauptsächlich um Literatur. Sie springt von Pynchon zu Jelinek, von Camus zu Sartre und immer wieder flicht sie Gedanken zu Beckett ein. Immer wieder Beckett.

Später erzählt sie von Tom Waits, Leonard Cohen und Patti Smith, spielt mir Lieder vor, fragt mich, wie sie mir gefallen. Ich sage ihr, dass ich mich nicht so gut auskenne mit Musik.

»Macht nichts«, sagt sie und stellt nach, wie Catherine Deneuve in Polanskis »Ekel« ein totes Kaninchen durch die Wohnung trägt, erzählt davon, wie in dem Film Hände aus den Wänden kommen, um nach der Schauspielerin zu greifen. Und dass sie sie erkannt habe, die Hände. Ich frage sie, wie sie das meine. Sie antwortet nicht, schaut zur Seite.

Tom Waits singt »Hope I don't fall in love with you«. Lou singt mit, ihre Stimme hell, dann sagt sie: »So geht es mir auch mit dir.« Dabei kuschelt sie sich an mich, die Katze kommt zu uns und legt sich vor unsere Füße.

Ich drehe meinen Kopf zu Lou, frage sie, warum sie das hoffe.

»Es ist wie in dem Lied. Wenn ich mich verliebe, macht mich das traurig.«

»Warum?«, frage ich wieder und überlege, ob ich ihr sagen könnte, dass es bei mir nicht mehr ums Hoffen geht, dass es zu spät ist und ich mich schon längst verliebt habe. Doch bevor ich es aussprechen kann, sagt Lou: »Weil alles ein Ende hat. Mit der Liebe ist es wie mit dem Leben. Wie mit unseren Worten im Schnee. Erst sieht man sie noch, sind sie noch da, doch dann wird das Schneetreiben dichter, die Welt verschwindet hinter einem weißen Vorhang, die Worte werden zugedeckt, und von einem Moment auf den anderen ist es, als hätte es sie nie gegeben.«

Ich sage nichts dazu, nehme sie nur fest in den Arm. Tom Waits singt noch immer. »I can see that you are lonesome just like me.«

Und ja, vielleicht ist es das, vielleicht ist es die Einsamkeit, die uns verbindet, denke ich und schließe für einen Moment die Augen, um Lous Körper besser spüren zu können. Am liebsten würde ich immer weiter hier sitzen bleiben, mit ihrem Körper in meinem Arm, immerzu ihr Gesicht betrachten, das diesen grauen Winter weniger hässlich sein lässt. Doch schon nach ein paar Minuten steht Lou wieder auf, stellt sich aufs Sofa und schreibt mit Filzstift etwas auf die Tapete. Ganz konzentriert ist sie, nur ihr rechter Arm bewegt sich, mit dem linken stützt sie sich an der Wand ab. Nachdem sie fertig geschrieben hat, bleibt sie eine Weile stehen, ihre Worte musternd, bevor sie sich zu mir umdreht.

»Schau, das ist der Satz.«

Sie hat klein geschrieben – in der schönsten Schrift, die ich je gesehen habe: schwungvoll, jeder Buchstabe mit langen Bögen, die Linien akkurat und gerade.

»Nichts ist realer als das Nichts« steht an der Wand.

»Meinst du, er ist richtig, der Satz?«, flüstert sie mir zu.

»Ich weiß nicht«, antworte ich, komme mir dumm vor dabei und frage sie, ob sie ihn sich ausgedacht habe.

Sie lacht, schüttelt den Kopf und sagt: »Beckett.«

Am Abend erzähle ich Nora von Lou, von unseren Worten im Schnee, erzähle ihr, dass wir uns für morgen verabredet haben und wie sehr ich mich auf das Treffen freue. Ich rede immer weiter, obwohl ich merke, dass alle Worte zu nichtssagend sind für das, was ich schon jetzt für Lou empfinde. Alles mit ihr ist so intensiv, so schön, doch gleichzeitig strengt es mich an. Ich sage es Nora, umarme sie und lege mich hin.

Mitten in der Nacht schrecke ich aus dem Schlaf hoch, sehe dunkle Schatten durchs Zimmer huschen und habe Angst, furchtbare Angst. Nur ein Traum, sage ich mir immer wieder, rede mir ein, dass alles gut ist. Bilder von Lou tauchen vor meinen Augen auf. In meinem Traum trug sie ein rot-weiß gestreiftes T-Shirt und lief die Bahngleise entlang, auf einer der Schienen wie auf einer Linie. Ich sah, wie ein Zug auf sie zufuhr, wollte sie warnen, öffnete meinen Mund, um ihr etwas zuzurufen, aber es kamen keine Töne aus ihm heraus. Ganz still war es. Der Zug fuhr vorbei, und danach war nichts zu sehen, kein Blut, kein toter Körper, nur dunkles, schwarzes Nichts.

Mein Mund fühlt sich an, als sei er mit Stroh gefüllt, ich stehe auf, stolpere in die Küche und trinke Wasser aus dem Hahn. Nur ein Traum, es war nur ein Traum. Immer wieder spreche ich diese Worte vor mich hin, um mich zu beruhigen und dem Drang zu widerstehen, Lou mitten in der Nacht anzurufen, um zu fragen, ob alles okay sei.

Erst in einer halben Stunde sind wir verabredet. Ich bin zu früh dran, warte und hoffe so sehr, dass alles gut sein wird. Und ja, da kommt sie. An ihren Schritten erkenne ich sie schon von Weitem. Immer dieses Hüpfen bei ihr. Die Anspannung fällt von mir ab, schnell laufe ich ihr entgegen, fast renne ich. Wir umarmen uns, sie schlingt ihre Arme um meinen Bauch und sagt, dass sie gerne mit mir auf den Weihnachtsmarkt gehen würde.

Ich nicke – noch immer in der Umarmung – und flüstere ihr ins Ohr: »Ja, sehr gerne!«

Es ist mir egal, was wir machen, Hauptsache, es ist mit ihr.

Für einen Moment bleiben wir auf der Rheinbrücke stehen, legen unsere Arme auf das Geländer, schauen in die Ferne. Das Wasser reflektiert das in sich zusammenfallende Licht am Horizont. Schon von hier aus lässt sich das pastellfarbene Leuchten der weihnachtlich geschmückten Innenstadt erkennen: bunt, hell, glitzernd.

Noch ist es nicht voll auf dem Weihnachtsmarkt. Einige Kinder fahren Karussell, die Eltern winken ihnen, vereinzelt kommen uns junge Leute mit Glühweintassen in den Händen entgegen. Lou hakt sich bei mir ein, schaut die einzelnen Stände an, beobachtet die Kinder auf ihren Pferdchen, in ihren Feuerwehrautos und Kutschen. Irgendwann bleibt sie stehen, ich schaue ihr in die Augen, die Weihnachtsbeleuchtung spiegelt sich darin. Sie strahlt, sieht aus wie ein kleines Mädchen, das zum ersten Mal die weihnachtlichen Lichter sieht, die Stände mit Zuckerwatte, den riesigen beleuchteten Tannenbaum.

Wir holen uns Glühwein, sie hält die Tasse mit beiden Händen, scheint zu frieren. Ich lege meinen Arm um sie. So laufen wir weiter in Richtung Hafen, durch die Unterführung, in der ein älterer Mann auf einem Akkordeon Weihnachtslieder spielt. Lou bleibt vor ihm stehen, schaut ihm in die Augen, summt ein bisschen mit. Wie fasziniert sie manchmal von solchen kleinen Dingen ist.

Es wird immer voller, am Hafen scharen sich die Menschen um die Glühweinstände, ihr Lachen und Grölen mischt sich mit dem Geschrei der Möwen. In der Ferne ertönt ein Nebelhorn und dann, mit einem Mal, wirkt Lou unruhig. Ihr Blick hat sich verändert, sie scheint nicht mehr fasziniert von all den Eindrücken, sondern verwundert, fast schon ängstlich.

»Ist alles okay?«, frage ich. Sie antwortet nicht, schaut mich nicht einmal an, geht einfach weiter. Beinahe kommt es mir vor, als hätte sie meine Worte nicht gehört. Viele Menschen kommen uns entgegen, ein Vater mit Kind, ein paar ältere Frauen, eine Gruppe Jugendlicher.

Plötzlich bleibt Lou stehen, inmitten der Menge, starrt mich an und ruft: »Lass uns gehen, ja?« Ihre Stimme klingt fremd.

Ich weiß nicht, was ich tun oder sagen soll, was mit ihr los ist.

Wieder schreit sie: »Lass uns jetzt gehen!« Dabei reißt sie sich von mir los und rennt weg. Ich laufe ihr nach, so schnell ich kann, schaffe es kaum, sie einzuholen. Sie wird immer schneller, macht kleine Sprünge zwischendurch, als würde sie um ihr Leben rennen. Sie rast über die Straße, ohne zu schauen, wäre fast in ein Auto gelaufen. Der Fahrer flucht, hupt und gestikuliert. Die Bremsen quietschen.

In einer Seitenstraße bleibt sie endlich stehen, ich bin kurz hinter ihr. Sie steht gebeugt, ihre Hände auf die Oberschenkel gestützt.

»Hey!«, rufe ich, als ich bei ihr bin.

Sie atmet hörbar ein und aus, schaut zu Boden. Ich bücke mich, um ihr ins Gesicht sehen zu können. Zunächst erwidert sie meinen Blick nicht, doch nachdem ich ein paarmal laut ihren Namen gesagt habe, starrt sie mich mit aufgerissenen Augen an. Dann stellt sie sich aufrecht hin, greift nach meinen Armen und ruft: »Ich bekomme keine Luft, Niklas, ich kann nicht atmen!« Ihre Stimme zittert, ganz verängstigt sieht sie aus.

»Doch, du kannst atmen, ich höre deinen Atem, es ist alles okay, Lou.«

Ich habe keine Ahnung, was mit ihr los ist, was ich tun kann, muss mich auf meinen Instinkt verlassen.

»Ein … und … aus«, sage ich immer wieder und atme im Rhythmus meiner Worte mit. Irgendwann passt Lou sich an, wird ruhiger.

»Spürst du, dass du Luft bekommst?«, frage ich dann.

»Ja«, sagt sie leise, setzt sich auf den Boden und legt ihren Oberkörper auf die Straße, die Beine aufgestellt. Da ich nicht weiß, was ich sonst tun soll, was ihr helfen könnte, bleibe ich regungslos neben ihr stehen. Erst jetzt bemerke ich, dass sich ein paar Menschen um uns versammelt haben und uns anstarren.

»Es ist alles in Ordnung, Sie können weitergehen!«, brülle ich sie an.

Lou liegt noch immer auf dem Boden, ihr Brustkorb hebt und senkt sich, ganz tief atmet sie ein, bemüht, konzentriert, als sei sie immer noch nicht sicher, ob die Luft in ihrer Lunge ankommt. Ich setze mich neben sie, berühre sie am Oberarm, bewege mich nicht, bis sie ruhiger atmet und aufsteht.

»Können wir zu mir gehen? Kommst du bitte noch mit?«, fragt sie.

»Ja, klar.«

Wir laufen nebeneinanderher, sie wirkt mitgenommen. Was das wohl war? Eine Panikattacke? Ich möchte sie fragen, aber nicht jetzt, erst später, wenn es ihr besser geht. Auf dem Weg zu ihrer Wohnung schaut sie sich immer wieder um, als würde jemand sie verfolgen.

»Da ist niemand«, sage ich, aber sie scheint mir nicht zu glauben, wird immer schneller, schaut nach links und rechts, sagt kein Wort. Ihr Schweigen stört mich nicht, ich möchte nur bei ihr sein und wünschte, sie würde sich sicher fühlen bei mir. Aber sie schaut sich um, immer wieder.

Erst in ihrer Wohnung beruhigt sie sich. Ihr Körper bewegt sich wieder sanfter, die Angst verschwindet allmählich aus ihrem Blick, und auch ihre Gesichtszüge entspannen sich. Die Katze kommt uns entgegen, schnurrt, schlängelt sich um Lous Beine. Lou nimmt sie auf den Arm und läuft mit ihr durchs Zimmer, streichelt ihr über den Kopf.

So viele Fragen möchte ich ihr stellen: nach ihrer Vergangenheit, ihren Eltern, diesen Momenten, in denen sie sich von einer Sekunde auf die andere verändert. Und obwohl ich ahne, dass sie mir wieder nicht antworten wird, fange ich einen Satz an, eine erste Frage. Nur ein paar Worte sage ich, bevor sie mich unterbricht: »Komm, ich zeig dir mein Schlafzimmer.«

Ich gehe ihr nach, vom Wohnzimmer aus führt ein kleiner Gang nach links, ohne Tür. An der Decke hängt eine Lampe aus Papier, mit mehreren Zacken, ein bisschen wie ein Stern sieht sie aus. Auf dem Bett aus massivem, dunklem Holz liegt eine sonnengelbe Wolldecke, die einen Kontrast bildet zu den pastellgrünen Wänden. Am Boden stapeln sich einige Bücher, ein Spiegel hängt an der Wand, in der Zimmerecke stehen ein paar Umzugskisten. Einen Kleiderschrank gibt es nicht. Ob sie ihre Kleidung in den Kartons verstaut hat?

Der Spiegel ist groß mit einem goldenen Rand, an der linken, oberen Ecke hängen ein paar Ketten mit Anhängern aus Edelsteinen, der Bergkristall liegt auf einem Schränkchen neben ihrem Bett. Ich schaue auf die Bücherstapel. Viel Beckett, Simone de Beauvoir, Camus, Sartre, Jelinek. Die Namen kenne ich, gelesen habe ich nur irgendwas von Camus, in der Schule. Ich erinnere mich nicht, worum es ging in dem Buch, und für einen Moment fürchte ich, Lou könnte wieder über Literatur sprechen und dieses Mal nicht nur erzählen, sondern auch Fragen stellen. Es gäbe nichts, was ich zu erwidern hätte, vermutlich würde sie mich für uninteressiert halten. Das stimmt nicht, ich kann es nur nicht, kann mich nicht konzentrieren seit dem Tod meiner Eltern. Davor schien alles möglich, das Leben schien auf mich zu warten, ich konnte es vor mir sehen, beinahe danach greifen. Und dann war das alles mit einem Mal verschwunden. Erst jetzt mit Lou, seit unserem Kennenlernen, wird es langsam wieder sichtbar, und es kommt mir vor, als sei mein Leben eine leere Leinwand, auf die nun nach und nach einzelne Punkte, Striche und Farbtupfer gemalt werden. Bei jedem unserer Treffen ein paar mehr davon, neue Farben und Formen.

Lou stellt sich vor den Spiegel, schaut sich ganz tief in die Augen – nicht eitel dabei, nicht so, als fände sie sich schön oder hässlich, es sieht aus, als hätte es nichts mit ihrem Äußeren zu tun.

»Sehe ich so aus?«, fragt sie irgendwann – den Blick noch immer auf ihr Spiegelbild gerichtet.

Ich verstehe nicht, was sie meint, sage: »Ja … ich weiß nicht, wie meinst du das?«

»Na, sehe ich so aus?«

Ich denke: Ich liebe dich für das alles, spreche es aber nicht aus, sondern sage nur: »Na klar, aber das siehst und weißt du doch?«

Sie schaut weiter in den Spiegel, dreht ihren Kopf hin und her. Ich stelle mich hinter sie, jetzt sind wir beide zu sehen. Schön sieht das aus. Vorsichtig lege ich meinen Arm um ihre Hüfte, meinen Kopf an ihren.

Lou schaut weiter sich selbst an, sagt: »Nein, ich weiß das nicht, ich weiß ja nicht, wie ich von außen aussehe.« Sie sagt es in den Spiegel wie durch ein Fenster. Ich sage nichts dazu, bleibe einfach stehen, mit meinem Körper an ihrem, ganz leicht nur die Berührungen, schaue uns an, uns beide, wie wir da stehen, möchte es mir einprägen, dieses Bild von uns.

Nach einer Weile lässt Lou sich nach hinten fallen, ich lege mich zu ihr aufs Bett. Und dann, von einem Moment auf den anderen, fängt sie an zu singen, ganz leise nur: »Wild heult der Wolf des Nachts im Wald. Vor Hunger kann er nicht schlafen. Und seine Höhl' ist bitterkalt, er giert nach fetten Schafen. Du Wolf, du Wolf, komm nicht hierher, mein Kind bekommst du nimmermehr.«

Sie singt schief, aber ihre Stimme ist schön, ganz hell klingt sie. Dass Ronja Räubertochters Mutter immer dieses Lied für ihre Tochter gesungen habe, erzählt sie, dreht sich zu mir und fragt, ob ich ihr über den Kopf streicheln könne. Ich streiche ihr übers Ohr, übers Haar, irgendwann legt sie ihre Hand auf meine, drückt sie an ihr Gesicht und singt weiter: »Du Wolf, du Wolf, komm nicht hierher.«

Ich hebe meinen Kopf, um in den Spiegel schauen zu können, meine Hand noch immer auf Lous Wange. Sie hat die Augen geschlossen, singt leise und immer leiser vor sich hin, bis ihre Stimme verstummt und Stille sich über den Raum legt. Eine seltsame Stille ist es, eine Stille, die alles zudeckt. Nicht einmal die Geräusche der Straße sind noch zu hören. Ich möchte etwas sagen, irgendetwas, nur damit es nicht mehr still ist und das Schweigen endet, denke über die richtigen Worte nach. Lou kommt mir zuvor, sagt: »Birk.«

Ich schaue sie durch den Spiegel hindurch an, weiß nicht, was sie meint.

»Birk, das passt zu dir. Ronja Räubertochter und Birk, weißt du? Wie sie immer über diese Klippe gesprungen sind.«

Birke, Buche, Eiche, Birk, denke ich, sehe Bäume vor mir, nicke.

Immer weiter betrachte ich Lou im Spiegel, es gelingt mir nicht, meinen Blick von ihr abzuwenden. Ich sehe sie von außen und frage mich, wie es in ihrem Innern aussieht.

Ich wollte nicht einschlafen, hatte nicht vor, bei ihr zu übernachten. Als ich aufwache, liegt sie noch neben mir, zusammengerollt wie ein Embryo. Ich reibe meine Hände aneinander, bin noch halb in meinem Traum, muss den Weg in die Realität erst wieder finden. Noch immer sehe ich mich als weißstämmige Birke in einem dichten Wald stehen, noch immer spüre ich meine Arme als rötlichbraune Äste an meinem Körper hängen. Daran dreieckige Blätter. Ich träumte mich zunächst fest in der Erde, plötzlich hatte ich keine Wurzeln mehr, verlor den Halt. Die Bäume neben mir lachten hämisch, halfen mir nicht, sahen mir nur dabei zu, wie ich auf den Boden fiel.

Eine Weile bleibe ich noch liegen, fahre mit den Händen an meinem Körper entlang. Erst nachdem ich realisiert habe, dass alles gut ist, keine Erde an meinem Körper klebt, auch meine Beine noch vorhanden sind, stehe ich vorsichtig auf. Lou liegt wie eine Kugel neben mir, sie schläft tief, rührt sich nicht. Das Wohnzimmer ist hell erleuchtet, die Sonne scheint herein, es muss schon spät am Morgen sein. Nachdem ich einen Schluck Wasser getrunken habe, schaue ich auf mein Handy. Halb elf. Mist. Ich schreibe Nora, dass es mir leidtue und ich bald da sein werde. Dann schließe ich für einen Moment die Augen, um besser nachdenken zu können. Ich spüre meinen Herzschlag, konzentriere mich auf meinen Atem und frage mich, ob ich Lou wecken sollte. So gerne würde ich mich von ihr verabschieden, doch dann lasse ich sie schlafen, weil ich das Bedürfnis habe, sofort von hier wegzugehen. Irgendetwas wirkt bedrohlich auf mich, ich weiß nicht, ob es mit letzter Nacht zu tun hat, mit Lous Angst oder mit meinem Traum. Mein Hals ist trocken, wie zugeschnürt, als sei Lous Panik auf mich übergesprungen.

Leise hebe ich ein leeres Blatt Papier vom Boden auf, ohne dabei Lous Zeichnungen zu betrachten, und schreibe: »Es war schön mit dir! Ich muss jetzt los, rufst du mich an? Niklas.«

»Na, hattest du Sex?«, ruft Nora mir vom Wohnzimmer aus zu.

»Nein.«

Obwohl ich so lange geschlafen habe wie schon seit Monaten nicht mehr, bin ich erschöpft. Ich möchte nicht reden, nicht erzählen. Alles mit Lou ist so intensiv, so nah – vielleicht zu sehr.

»Ich gehe schnell duschen, okay?«, rufe ich Nora zu. Noch immer kommt es mir vor, als hinge Erde an meinem Körper. Im Badezimmer schaue ich in den Spiegel, und wie aus dem Nichts taucht Lous Gesicht neben meinem auf. Scheiße, werde ich jetzt verrückt? Woher kommt plötzlich dieses Gefühl, bedroht zu sein? Ich kann meinen besorgten Blick erkennen, Lous Gesicht noch immer neben mir im Spiegel, sie starrt mich ausdruckslos an. Lou von außen. Irgendwann lösen sich ihre Konturen auf, sie verschwindet.

Lou von außen

sitzt im Schneidersitz auf dem Bett, den Brief von Niklas in den Händen. Tief und fest hat sie geschlafen – so lange und so gut wie seit Jahren nicht mehr. Beim Aufwachen stand die Sonne schon längst wieder tief über den kleingezackten Silhouetten weit entfernter Häuserreihen, und für einen Moment kam es ihr vor, als hätte sie zum ersten Mal überhaupt wirklich geschlafen. Vielleicht war es Niklas' Hand auf ihrem Kopf, wie sie tröstend über ihr Haar gestreichelt hat. Und nun ist er weg, von jetzt auf gleich, und Lou fürchtet sich davor, ihn nie mehr wiederzusehen. Gleichzeitig ist da etwas in ihr, das sich genau das wünscht, weil es ihr unangenehm ist, dass er sie so sehen musste. Sie wollte den Schein wahren, so tun, als sei alles in Ordnung, als gäbe es solche Momente nicht, hat sich

Mühe gegeben und es dennoch nicht geschafft. Es war zu viel gestern Abend, zu laut, die Farben zu grell. Zu viele Menschen im Außen, zu viel Chaos im Innen.

So gerne sie auch bei ihm sein und seine Nähe spüren würde, so groß ist auch die Angst, ihn zu verlieren, alles zu zerstören – weil sie schon wieder alles falsch macht. Wenn man verzweifelt ist, macht man alles falsch. Sie rollt sich zusammen, betrachtet die Raufasertapete neben ihrem Bett, die immer neue Bilder hervorbringt. Friedlich dahinsegelnde Schwalben werden zu angriffslustigen Möwen, von weiter oben starrt ein Gesicht auf sie herab. Sie zählt die Erhebungen auf der Tapete, immer wieder, und erinnert sich dabei an jemanden, dem sie das mit der Verzweiflung früher schon einmal gesagt hat – jemanden, der daraufhin anfing, über das Selbst, das Ich, die Verzweiflung, über Kierkegaard und Freud zu philosophieren und sie dabei unentwegt musterte. Lou sagte ihm, dass da etwas in ihr sei, das sie nicht greifen könne, und dass sie deshalb nicht wisse, wer oder was ihr richtiges Selbst sei. Daraufhin legte er nur die Hände auf seinen Bauch, verschränkte die Finger ineinander, lehnte sich zurück in seinem Sessel und starrte Lou an, ohne etwas zu erwidern. Er war ein widerlicher alter Sack und verstand gar nichts. Sie sagte, dass man alles falsch mache, wenn man verzweifelt sei, und dass darin das Problem liege. Dann ging sie und kam nie wieder.

Lou steht auf, stellt sich vor die Balkontür, schaut nach draußen, nimmt das Klavierspiel aus der Nachbarwohnung wahr, das Gekicher von spielenden Kindern, den Duft von Gulasch. Der Nebel hüllt die Stadt in ein helles Grau, weniger dicht als in den letzten Tagen. Am Horizont sind ein paar Sonnenflecken zu erkennen.

Es dröhnt in ihrem Kopf, als sei er mit nasser Watte gefüllt. Sie erträgt die Wände ihrer Wohnung nicht mehr, sieht sie immer näher an ihren Körper heranrücken. Deshalb geht sie zum Zeichnen nach draußen. Ein eisiger Tag. Der Himmel ohne Wolken, Nachmittag, die Straßen fast leer. Sie setzt sich auf eine Parkbank, holt ihr Notizbuch aus der Tasche und schreibt: »Seit ich dich kenne, fühlt es sich an, als würde mein Leben Konturen bekommen.« Sie schreibt es für Niklas. Dann fängt sie an zu zeichnen.

Nach einer Weile hält sie inne und überlegt, ob es besser wäre, sich von Niklas zurückzuziehen, ihm zu sagen, dass sie allein sein wolle an Weihnachten – um sich selbst zu schützen. Und ihn.

7

»Oma wird immer schwächer«, sage ich auf dem Weg durchs Krankenhaus.

Nora nickt, hakt sich bei mir ein. »Ich weiß … und sie schläft so viel im Moment.«

»Meinst du, wir sollten sie nach Hause holen?«

»Jetzt schon?«

Ich zucke mit den Schultern.

»Weihnachten ist ja schon bald, so lange würde ich noch warten«, sagt Nora.

Am Rheinufer setzen wir uns nebeneinander auf eine Mauer. Kaum Menschen sind unterwegs, aber immer, wenn jemand vorübergeht, hört man ein Knirschen. Die Luft riecht nach Frost. Wir lassen unsere Beine schwingen. Ich versuche, eine Symmetrie herzustellen, die Nora immer wieder unterbricht.

»Sie fehlt mir.«

»Wer?«

Sie muss wissen, dass ich Lou meine. Seit Tagen haben wir uns nicht mehr gesehen, trotz meines Briefes hat sie sich nicht gemeldet. Ich wollte zu ihr, jeden Tag, jede

Nacht und habe dennoch nichts getan – ich wollte auf ihren Anruf warten. Nach der Nacht mit ihr fühlte es sich an, als sickerte etwas Bedrohliches in mich ein, etwas, das ich noch nicht einmal richtig greifen konnte. Ich brauchte den ganzen Tag, um mich zu erholen.

»Lou?«, fragt Nora.

Ich nicke und stoße mit meinem Fuß gegen ihren.

»Ich glaube, es ist besser, wenn du dich nicht mehr bei ihr meldest. Da stimmt was nicht.«

Wieder nicke ich.

»Komm, lass uns jetzt endlich den Weihnachtsbaum kaufen!«

Sie entscheidet sich für eine Blautanne. Gemeinsam tragen wir sie nach Hause, beide haben wir unsere Hände am Übertopf, die Nadeln piksen mir ins Gesicht, es juckt, ich sehe schlecht, bin müde.

Wir stellen den Baum ins Wohnzimmer, Nora öffnet die Türen der Schrankwand auf der Suche nach dem Weihnachtsschmuck. Ich habe keine Ahnung, wo er sein könnte, setze mich aufs Sofa, sage, dass ich nochmal wegmüsse.

Ohne Ziel gehe ich los, ein paar Sonnenflecken huschen noch über die Bergflanken, bevor es dunkel wird. Ich laufe immer weiter. Die Bremslichter der Autos spiegeln sich auf dem regennassen Asphalt, ein Strommast zeichnet sich wie ein Gerippe gegen den Nachthimmel ab. Vor mir tauchen blaue Autobahnschilder auf – ich denke an die Ferne und daran, wie Lou gesagt hat, sie wolle mit mir wegfahren. Irgendwohin, wo es schön ist. Aber mit ihr ist es auch hier schön, mit ihr wäre es überall schön. Sonst wie immer nur das Gefühl, als sei meine Existenz völlig wertlos. Als habe das alles keinen Sinn.

Ich drehe um und gehe zu ihr, obwohl ich es nicht vorhatte.

Meine Füße tun weh vom vielen Laufen, meine Hände spüre ich kaum noch, ganz taub sind sie schon vor Kälte. Vor Lous Haus rufe ich sie an. Mehrmals hintereinander. Sie geht nicht ans Telefon. Ich wechsle die Straßenseite, schaue in ihre Wohnung. Es brennt kein Licht. Vielleicht schläft sie, es ist schon fast elf. Wieder rufe ich an. Wieder nimmt sie nicht ab. Aber es ist, als ließe es sich nicht aufschieben, ich muss sie sehen, jetzt sofort, weshalb ich mich vor den Hauseingang setze und warte. Für einen Moment schließe ich die Augen, ich bin schrecklich müde, schlafe fast ein – trotz der Kälte –, als es plötzlich »Hi!« ruft.

Lou steht direkt vor mir. Im Dunkeln sehen ihre Haare rötlich aus. Als sei nichts gewesen, öffnet sie die Haustür und fragt, ob ich nicht mitkommen wolle.

»Doch«, antworte ich.

In ihrer Wohnung stellt sie Musik an, bevor sie ein Stück Camembert und ein paar Scheiben Baguette auf einen Teller legt, sich damit auf den Boden setzt und im Schneidersitz anfängt zu essen.

»Welches Buch wollen wir als Erstes lesen?«, fragt sie dann und hält mir ein Stück Brot hin.

»Wie meinst du das?«

Noch immer weiß ich fast nichts über sie, noch immer begreife ich nicht, warum sie zwischendurch verschwindet, Angst bekommt, meine Fragen unbeantwortet lässt. Und trotzdem tut sie so, als gehörten wir von nun an zueinander, als sei das alles eine Selbstverständlichkeit.

»Na, worauf hast du Lust? Was würdest du gerne lesen?«

Ich antworte nicht, frage sie nur, warum sie nicht angerufen habe.

»Hätte ich noch getan, es war nur viel los.«

Vielleicht hat sie recht, vielleicht liegt es an mir und nicht an ihr, daran, dass ich nichts zu tun habe in meinem

Leben. Vielleicht kommt es mir nur deshalb so vor, als hielte sie mich auf Distanz.

Ich sage ihr, dass ich nicht so gerne Birk heißen wolle, weil es mich an einen Baum erinnere und sich das bedrohlich anfühle. Sie reagiert nicht, deshalb rede ich einfach weiter, erzähle ihr von meinem Traum. Noch immer schweigt sie.

»Beckett? Den magst du doch, oder?«, frage ich nach einer Weile, um die Stille zu durchbrechen.

Sie lacht. Lou-Lachen. Beinahe ohne Ton, auch ihr Mund verändert sich kaum, sie lacht vor allem mit den Augen, die werden bläulich, wenn sie lacht. Ohne etwas zu sagen, steht sie auf, durchwühlt den Bücherstapel neben ihrem Sofa, dann geht sie ins Schlafzimmer. Ich schreibe Nora, dass es später werde.

Mit zwei Büchern in der Hand kommt Lou zurück. Eins davon hält sie mir hin. »Das hier habe ich doppelt. So können wir gleichzeitig lesen.«

Sie setzt sich neben mich auf den Boden, wir strecken unsere Beine aus, lehnen unsere Rücken ans Sofa. Ich schlage das Buch auf. »Malone stirbt«. Ja, Beckett. Es ist zu dunkel im Zimmer, die Glühbirne an der Decke leuchtet den Raum nicht aus, meine Augen müssen sich auf die Buchstaben konzentrieren, nach ein paar Seiten fangen sie an zu brennen. Vielleicht auch aus Müdigkeit. Ich lese trotzdem weiter, spüre ihren Körper neben mir, ihr Ohr ist direkt neben meinem. Wir lesen fast im selben Tempo. Wenn Lou umblättert, blättere auch ich um. Zwischendurch steht sie auf, läuft mit dem Buch durchs Zimmer, geht aus dem Raum, kommt wieder, setzt sich zu mir. Ich kann mich nicht konzentrieren, verstehe die Worte kaum, die ich lese, bin nur bei Lou, nicht bei der Geschichte, nicht bei Malones Tod, nur hier. Bei ihr. Wir lesen immer weiter.

Als sie fertig ist, schlägt sie ihr Buch zu und sagt: »Am Leben hängen nur die Dummen.«

»Wie meinst du das?«, frage ich.

Lou erzählt, dass das Leben nur auf den Tod ziele und sie nicht verstehen könne, warum die Menschen nicht über ihr Sterben nachdachten, obwohl das doch das Wichtigste sei. Dass sie nicht verstehen könne, wie alle ihre Leben führten und sich dabei kein Ende ausdachten. Sie läuft durchs Zimmer, während sie spricht. Der Dielenboden knarrt unter ihren Füßen bei jedem einzelnen Schritt. Dass es nicht ausreiche, den eigenen Tod nur abstrakt anzuerkennen, sagt sie, dass man sich vielmehr bildlich vorstellen müsse, wie man sterben werde, ganz konkret. Weil man erst dann frei über sein Leben entscheiden könne, wenn man den eigenen Tod kenne.

»Aber man kann sich das Ende doch nicht aussuchen«, erwidere ich. Sofort kommt sie auf mich zu, setzt sich wieder und flüstert: »Doch, vielleicht schon. Ich möchte auf jeden Fall im Schnee sterben. Erfrieren vielleicht. Oder von einem Felsen springen und dann im Schnee liegen. Und am liebsten nie gefunden werden.« Sie hält inne, dann fragt sie beiläufig: »Und du?« Es hört sich an, als spräche sie übers Wetter, als seien ihre Worte eine Belanglosigkeit.

»Ich weiß nicht … lieber gar nicht sterben.«

Für einen Moment überlege ich, ihr zu erzählen, dass ich diesen Satz vor ein paar Monaten nicht gesagt hätte, doch dann lasse ich es sein, weil ich mich davor fürchte, dass sich ihr Bild von mir verändern könnte, wenn sie es wüsste, wenn sie sich die vielen Schlaftabletten vorstellen würde, die ich mit viel Alkohol heruntergeschluckt habe. Danach musste ich mich so lange übergeben, bis die Tabletten in der Toilettenschüssel landeten. Ich sah sie noch dort liegen, viele kleine weiße Punkte in meiner Kotze. Einzeln kamen sie heraus, unverdaut, man hätte sie abspülen und wiederverwenden können. Niemand weiß das. Es war etwa ein halbes Jahr nach dem Unfall. Ein warmer Tag, Frühling. Die ersten Krokusse blühten, auf der Wiese sammelten sich die ersten Bierflaschen des nahenden Sommers. Die Luft roch nach Sonnencreme, der See glitzerte vor sich hin. Die Menschen kamen in Scharen aus ihren Häusern, überall waren Pärchen unterwegs, Jugendliche in Gruppen, Eltern mit ihren Kindern. Sie aßen Eis, saßen am See, auf Picknickdecken, ein paar von ihnen sprangen von der Rheinbrücke in den Fluss. Alles um mich herum schien zu strahlen, die ganze Stadt war erfüllt davon. Und mir ging es immer schlechter. Im Herbst oder im Winter ist es leichter, traurig zu sein. Ich fühlte mich einsam und verloren, als sei mir alles entglitten, saß stundenlang im Dunkeln, schaute nur zwischendurch nach Oma, sehnte mich nach Mama und Papa, wollte bei ihnen sein und wünschte so sehr, es würde einfach alles aufhören.

All das erzähle ich Lou nicht, ich erzähle auch nicht, dass es mir erst mit ihr wieder vorkommt, als existiere ich wirklich, als sei das mein Leben, ein richtiges Leben, nicht nur ein Warten auf irgendetwas, auf das Ende oder auf eine andere, eine bessere Realität. Nichts davon sage ich, auch Lou sagt kein Wort, wir schweigen uns an.

Irgendwann legt sie sich auf den Boden. Ihre Augen sind kleiner als sonst, wässrig. Ich bin schrecklich müde.

»Deine Eltern … wie sind sie eigentlich gestorben?«, frage ich und hoffe, dass sie mir zumindest diese Frage beantworten wird. Vielleicht war es auch ein Unfall?

Sie liegt auf dem Rücken, ihre Arme nah am Körper, ihre Beine gerade, ganz steif sieht sie aus, wie eine Puppe. Auch ihr Gesicht ist ohne jede Mimik. Sie schaut nur an die Decke, sagt lange nichts, dann – nachdem sie die

Augen geschlossen hat: »Mein Vater mit einem Messer, glaube ich.«

Ich weiß nicht, was ich darauf antworten soll, schaue sie nur an, wie sie auf dem Boden liegt, sich nicht bewegt. Einige Tränen laufen aus ihren Augen in ihre Haare und ihre Ohren. Sie wischt sie nicht weg, lässt sie einfach an ihrem Gesicht herunterlaufen. Ich lege mich zu ihr, drehe mich auf die Seite, schaue sie an. Dann ziehe ich meine Beine an und lege, ganz sanft nur, meine Hand auf Lous Bauch.

Mit ihrem Gesicht vor meinen Augen wache ich auf. Sie schaut mich an, über mich gebeugt, lächelt. Mein Rücken schmerzt, der harte Boden drückt gegen meine Wirbelsäule.

»Guten Morgen.«

Sie blickt mir tief in die Augen, kommt dabei immer näher, bis sich unsere Nasenspitzen berühren. Für einen Moment bleiben wir so. Ich schließe die Augen, um sie besser spüren zu können: ihre kleine, kalte Nase, ihre spröden Lippen auf meinen, die einen Kontrast bilden zu ihrer weichen, glatten Zunge. Wir bewegen uns im Gleichtakt, unsere Zungen, Lippen, Köpfe, es ist symmetrisch und schön, ganz sanft und leicht. Ich lege meine Hände an ihren Kopf, drücke sie an mich, spüre ihre Haare an meinem Gesicht, ihre Schenkel an meinen. Sie legt sich auf mich, ihr Körper fühlt sich leicht an, gleichzeitig so, als würde er mich komplett bedecken. Wie eine warme, kuschelige Decke, die mich umgibt. Eine Weile bleiben wir aufeinander liegen, küssen uns, dann dreht sie ihren Kopf zur Seite und hält inne. Ich berühre ihre Wange mit meinem Gesicht, fahre mit meiner Nase daran entlang, küsse sie auf den Hals. Sie riecht nach Quellwasser und Zitrone. Und ein bisschen nach frisch gemähtem Gras.

Die Sonne scheint ins Zimmer, ein paar Sonnenflecken wandern über unsere Körper. Lou streckt ihre Arme über meinem Kopf aus und gibt mir einen Kuss, bevor sie aufsteht, um die Kaffeemaschine anzustellen.

»Das war schön«, ruft sie mir durch den Raum zu.

Ich nicke, sage: »Ja, das war es. Sehr schön.«

Die Katze kommt zu mir, läuft an meinem Rücken entlang, schmiegt sich an mich.

Dann trinken wir Kaffee, nebeneinander auf dem Sofa, Lou im Schneidersitz, die Katze auf ihrem Schoß, in der Kuhle zwischen ihren Beinen. Das Bild erregt mich. Immer weiter möchte ich sie küssen, jede einzelne Stelle ihres Körpers spüren.

Lou reagiert nicht auf meine Blicke, schaut nur die Katze an und zwischendurch nach draußen.

»Ich muss gleich noch zu Oma«, sage ich.

»Darf ich mitkommen? Ich würde sie gerne kennenlernen.«

»Äh, ja klar, gerne«, antworte ich und mag es, dass sie sich für Oma interessiert.

Ob man ihr den Tod schon ansehen könne, fragt Lou.

»Wie meinst du das?«

Sie schaut mich an, ganz ernst plötzlich, eine Falte zwischen ihren Augenbrauen, konzentriert sieht sie aus.

»Ich weiß nicht, es interessiert mich, ob man den Tod irgendwann kommen sieht. Oder wie er riecht, der Tod.«

Als sie im Badezimmer ist, gehe ich auf den Balkon und rufe Nora an. Sie erzählt, dass Margit angerufen und angeboten habe, mit der ganzen Familie an Weihnachten zu uns zu kommen.

»Das ist doch scheiße!«, schreie ich ins Telefon – weil ich keine Lust habe auf so viele Menschen, auf Margit, die sich immer einmischt, und weil ich es schön fände zu viert, nur mit Nora, Britta und Lou.

»Ich hab nichts mit ihr ausgemacht, nur versprochen, dass ich zurückrufen werde. Dann lass uns nachher darüber sprechen, okay?«, schlägt Nora vor. Wir verabschieden uns. Und obwohl mir kalt ist, bleibe ich einfach stehen. Der Balkon ist karg und grau, dennoch fühlt es sich gut an, hier zu sein – weil es Lous Balkon ist.

»Erzählst du mir von dir als Kind, von deiner Familie?«, fragt sie auf dem Weg zum Krankenhaus, ihr Blick zu Boden gerichtet. Sie läuft in einer Linie über das Kopfsteinpflaster, setzt ihre Füße ganz eng und dicht hintereinander auf die kleinen Steine. Immer auf einer Linie – so, wie sie die Gleise entlanggelaufen ist in meinem Traum.

»Wo soll ich anfangen? Also was möchtest du wissen?«, frage ich.

Sie antwortet – noch immer, ohne mich anzuschauen –, dass ich es mir aussuchen könne.

Von meiner ersten, bewussten Erinnerung erzähle ich: von Mama und Papa, wie sie nach Noras Geburt aus dem Krankenhaus kamen. Da war ich vier, noch zu klein, um Nora ständig mit mir herumzutragen, wie ich es gerne getan hätte. Doch ich durfte sie halten, wenn sie auf meinem Schoß lag. Oft hat Mama mir vorgelesen, während sie Nora gestillt hat. Dann erzähle ich, wie Nora später weinend aus der Schule kam wegen einer schlechten Note, und wie nur ich da war, Mama und Papa noch bei der Arbeit. Ich wollte sie trösten, habe ihr Witze erzählt, dabei aber meistens die Pointe vergessen. Ich erzähle, wie wir unser erstes Baumhaus gebaut haben, von unseren Fahrradtouren im Sommer und wie es sich angefühlt hat, wenn wir in den Urlaub gefahren sind, in dem kleinen

Golf, ohne Klimaanlage, von der Luft, die immer wärmer wurde, und dem Moment, in dem wir zum ersten Mal das Meer riechen konnten.

Lou sagt nichts, hört nur zu.

Immer weiter erzähle ich von früher. Die Bilder drängen sich in mein Bewusstsein, zuerst noch vorsichtig, bruchstückhaft und fremd, dann immer bunter, klarer, bis sie sich spüren lassen. Ich sehe Mama und Papa vor mir, Nora und mich gemeinsam zur Schule laufen, die toten Insekten, die wir im Garten begraben haben, erinnere mich an die vielen Kreuze in den Blumenbeeten. Für jede Spinne, jeden Falter, jede Biene eines, immer mit Zeremonie natürlich. Und mit Gänseblümchen. Viele Kellerasseln.

»Wo sind die eigentlich hin?«, fragt Lou.

»Wer?«

»Die Kellerasseln, früher gab es so viele davon.«

»Ich weiß nicht, sie waren einfach irgendwann weg«, sage ich und fange plötzlich an zu weinen – ohne dass ich es kommen gespürt habe. Die Tränen sammeln sich in meinen Augen und meinem Hals, steigen nach oben, ich schaffe es nicht, sie zu unterdrücken. Aus den Augenwinkeln sehe ich, dass Lou mich anschaut. Hastig drehe ich meinen Kopf von ihr weg.

»Das hört sich schön an, was du erzählst«, sagt sie leise und legt ihren Arm an meinen Rücken. Ihre Füße verlassen die Linie.

»Ja, da war alles noch gut.«

»Komm, lass uns da irgendwo hinsetzen«, sagt sie und zeigt nach links auf einen großen Platz. Darauf eine große, prunkvolle Kirche und ein paar Bäume, die aussehen, als langweilten sie sich.

Wir setzen uns nebeneinander. Kaum jemand kommt an uns vorbei. Lou lehnt sich an mich.

»Hast du auch ein paar schöne Erinnerungen an deine Kindheit?«, frage ich.

Sie schweigt. Ich weiß nicht, ob sie überlegt oder den Moment nur so lange hinauszögern möchte, bis meine Worte keine Rolle mehr spielen. Ob sie mir irgendwann zumindest einige meiner Fragen beantworten wird? Ob es die Trauer ist, die sie davon abhält oder ob wir uns nur noch nicht nah genug sind, obwohl es sich so anfühlt?

Niedergeschlagen sieht sie aus, mein Fragen scheint sie zu belasten. In der Hoffnung, dadurch die Trauer aus ihren Augen ziehen zu können, wechsle ich das Thema, erzähle von Margits Anruf und schiebe dann – weil Lou noch immer schweigt – hinterher, dass ich am liebsten einfach meine Ruhe haben würde.

Sie sagt, dass sie das kenne. Und: »Ruhe ja, aber keine Stille. Die Stille ertrage ich nicht. Die meisten Menschen wissen gar nicht, wie still die Welt sein kann.«

Es fängt an zu regnen, wir bleiben dennoch sitzen. Ich ziehe meine Jacke aus und halte sie über uns. Ganz eng müssen wir uns aneinanderlehnen, um beide darunter Schutz zu finden.

Lou sagt: »Wir sollten echt mal wegfahren, irgendwohin, wo es schön ist. Man sollte nicht in einer Stadt leben, in der die Winter so kalt und grau sind. Es regnet, man wird nass, erniedrigt, jeden Tag.«

Ich nicke, stelle mir Lou und mich an einem schönen, warmen Ort vor. Nur wir zwei, ganz idyllisch ist es in meiner Vorstellung, ich sehe uns schön und glücklich.

Der Regen läuft von der nassen Jacke an unseren Körpern entlang. Lou sagt: »Wie geschmolzener Schnee. Manchmal fühlt es sich so auch in meinem Gehirn an, ganz kalt und nass von innen. Wie geschmolzener Schnee im Kopf.«

Nach einer Weile stehen wir auf und gehen los in Richtung Krankenhaus, nebeneinanderher, ihr Körper nah an meinem, schon ganz nass vom Regen.

»Magst du mir gar nichts von dir erzählen?«, frage ich, weil es mich nicht loslässt.

»Ich glaube, dass die Menschen sich gegenseitig unglücklich machen.«

»Hier riecht man den Tod schon«, sagt Lou beim Betreten des Krankenhauses.

»Riecht er so?«

Sie nickt und sagt, dieser süßliche Geruch sei es, dieses Faulige. Es riecht wirklich faulig, nach vergorenen Äpfeln.

Ich klopfe an Omas Tür und gehe ins Zimmer. Lou bleibt hinter mir im Türrahmen stehen, schaut vorsichtig herein. Frau Kleinschmid ist dabei, ihre Sachen in eine große Reisetasche zu packen. Zum ersten Mal sehe ich ihren Körper, sehe ich sie außerhalb des Bettes. Fein säuberlich legt sie ihre Kleidungsstücke übereinander in die Tasche.

»Ach, dürfen Sie heute gehen?«, frage ich.

Sie nickt, holt ihren Kulturbeutel aus dem Badezimmer.

Ich setze mich neben Oma auf die Bettkante, Lou kommt zu mir, stellt sich vor.

»Guten Tag«, sagt Oma, schüttelt ihr die Hand, ganz schwach nur. »Schön, dass ich auch mal Besuch bekomme.«

»Oma, wir kommen doch jeden Tag«, erwidere ich.

Sie glaubt mir nicht: »Nein, nein, ich liege hier seit Tagen allein im Bett, stundenlang. Niemand schaut nach mir. Würden Sie meine Mutter anrufen, damit sie mich abholt?«

Ständig diese Momente, wir wiederholen uns, es führt zu nichts. Und manchmal weiß ich nicht, was ich noch sagen soll.

Lou geht zum Fenster, zieht den Vorhang auf und ruft Oma zu: »Aber schauen Sie doch mal, wie schön es hier ist. Sehen Sie die Berge da hinten?«

Langsam gehe ich zu ihr, schaue nach draußen. Keine Berge, nur ein weiterer Teil des Krankenhausgebäudes und graues, tristes Nass. Regen, Nebel, eine große, befahrene Straße.

Dass man die Berge doch gar nicht sehen könne, flüstere ich ihr zu.

»Macht doch nichts«, sagt Lou leise zu mir.

Dann lauter zu Oma: »Schauen Sie, da hinten, die vielen Gipfel. Und ein bisschen kann man das Meer sehen, da, ganz klein, vor den Bergen. Ich meine sogar, ein paar Schiffe zu erkennen.« Sie erzählt weiter: vom Horizont, den grünen Bergen, die an ein paar Stellen schneebedeckt sind, von den Wellen des Meeres. Den ins Zimmer dringenden Baulärm macht sie zu den Nebelhörnern der Schiffe.

Oma strahlt. Frau Kleinschmid beobachtet uns aus den Augenwinkeln, während sie ein paar Unterlagen in ihre Tasche packt.

»Ich war noch nie am Meer«, sagt Oma.

»Echt nicht?« Lou schaut mich fragend an. Ich zucke mit den Schultern, weiß es auch nicht.

»Nein«, sagt Oma und wirkt ganz klar dabei.

Lou setzt sich zu ihr, erzählt von den Wellen, wie es riecht, das Meer, wie sich der Sand an den Füßen anfühlt, wenn er zwischen den Zehen kleben bleibt. Oma schaut sie an, bewegt ihre Hände, greift ihr mitten ins Gesicht. Lou zuckt zusammen, dann lässt sie es zu. Oma berührt ihre Nase, ihre Wange, streicht ihr übers nasse Haar. Dann sagt sie in meine Richtung: »Schauen Sie mal, meine Tochter ist da.«

Lou starrt Oma an, rührt sich nicht. Oma fährt ihr noch immer durchs Gesicht. Sie scheint sie wirklich für Mama zu halten. Alles verwechselt sie, Menschen, Orte, Dinge, aber noch nie zuvor hat sie jemanden für Mama gehalten.

»Meine Tochter, wie schön, dass du da bist, Mäuschen.«

Plötzlich springt Lou auf, rennt aus dem Zimmer. Scheiße, was ist denn jetzt los? Ich brauche einen Moment, um zu reagieren, die Situation richtig zu erfassen, dann rufe ich Oma zu, dass ich gleich wiederkommen werde, bevor ich aus der Tür gehe und Lou hinterherrenne. Sie ist schon am Ende des Ganges angekommen, biegt nach links ab Richtung Treppenhaus. Ich laufe ihr nach, im Zickzack zwischen den Menschen hindurch, den Krankenschwestern, Ärztinnen, Besuchern.

Im Treppenhaus ist sie nicht zu sehen, sie muss auf die Toilette gegangen sein. Ich stelle mich vor die Tür, öffne sie einen Spalt breit. Und als ich Lou ins Waschbecken kotzen sehe, ist es mir egal, ob noch eine andere Frau im Raum ist, ob mich jemand bemerken könnte. Es ist mir gleich, ich möchte ihr nur helfen, bei ihr sein, ihr die Haare aus dem Gesicht streichen, hinter die Ohren. Doch noch bevor ich näher an sie herantreten kann, ruft sie: »Verpiss dich!« Dabei verschluckt sie sich, hustet.

Ich mache einen großen Schritt nach hinten, fange einen Satz an, den ich nicht beende, denn Lou schickt mich mit einer Handbewegung nach draußen. Vor der Tür lehne ich mich an die Wand, lasse mich daran heruntersinken, warte. Sekunden ziehen sich zu Minuten, meine Stirn fühlt sich schwer an wegen der vielen Gedanken. Vielleicht wollte sie mich nur nicht bei sich haben? Vielleicht war es ihr unangenehm, dass ich sie so gesehen habe?

Irgendwann kommt Lou wieder, die Hände an ihren Bauch gedrückt, das Gesicht schmerzverzerrt, ihr Mund ganz schief.

»Hey, alles okay?«, frage ich. Sie nickt verhalten, dann setzt sie sich neben mich auf den Boden, lehnt ihren Rücken an die Wand. Immer wieder wischt sie sich mit dem Handrücken über den Mund, ich reiche ihr ein Taschentuch, sage: »Tut mir leid, sowas hatte sie noch nie. Warum war das so schlimm für dich?«

»Erinnerungen«, antwortet Lou. Ihr Blick ist zu Boden gerichtet, sie wickelt eine Haarsträhne um ihren Zeigefinger. Ein bisschen verstört sieht sie aus.

»Wartest du unten? Ich hab meinen Rucksack noch bei Oma und möchte mich noch verabschieden. Oder magst du mitkommen?«

»Lass mich bitte nicht allein«, flüstert sie mir zu.

Ich nicke, helfe ihr auf, dann gehen wir zu Oma, Hand in Hand.

Auf dem Weg nuschelt sie kaum hörbar: »Drückst du meine Hand ein bisschen? Kannst du ganz fest zudrücken bitte?«

Ich frage nicht nach dem Warum, drücke nur wortlos ihre Finger fest aneinander und bilde mit meiner Hand eine Höhle.

Als wir wieder ins Zimmer kommen, erinnert Oma sich nicht mehr, sagt nur »Guten Tag!« und fragt uns, ob wir ihr helfen könnten, ihren Bruder Heinrich zu finden.

Ich nicke ihr kurz zu, verabschiede mich. Aus den Augenwinkeln kann ich erkennen, wie Lous Gesichtszüge wieder weicher werden, die Anspannung von ihr abfällt.

»Alles Gute!«, sage ich zu Frau Kleinschmid.

»Danke, das wünsche ich Ihnen auch. Und frohe Weihnachten!«

»Danke, gleichfalls«, sagen Lou und ich. Fast gleichzeitig. Ja, da ist eine Bindung, eine Linie von ihr zu mir, auch wenn ich immer weniger verstehe, was in ihr vorgeht.

Oma schließt die Augen.

Vor dem Krankenhaus stellen wir uns unter, es regnet noch immer. Wieder frage ich Lou, ob alles okay sei und es ihr gut gehe, woran genau sie sich erinnert habe. Sie antwortet nicht, starrt nur vor sich hin, dann geht sie ein paar Schritte nach vorn, blickt nach oben und lässt den Regen auf ihr Gesicht laufen, schließt nicht einmal die Augen dabei. Ich schaue sie an, gehe zu ihr, betrachte ihr Gesicht. Die Wimperntusche läuft daran entlang, ihre Augen ganz schwarz und voller Wasser.

Mir ist kalt, nach kurzer Zeit bin ich völlig durchnässt, das Wasser läuft in meine Schuhe, an meinem Körper herunter, tropft von den Haaren. Doch weil Lou wirkt, als helfe ihr der Regen, als brauche sie das, sage ich nichts, schlinge nur meine Arme um meinen Körper. Eine Weile bleiben wir stehen, nebeneinander. Ich schaue sie an, sie blickt nur unentwegt zum Himmel, als wolle sie den Wolken dabei zusehen, wie sie sich auflösen.

Auf dem Weg zu ihrer Wohnung fragt sie mich, ob ich ein Fahrrad habe. Ich nicke: »Warum, hast du keins?«

Sie schüttelt den Kopf.

»Du hast ja auch kaum Möbel. Warum eigentlich?«

Sie überlegt kurz, dann sagt sie: »Man muss das Materielle hinter sich lassen, es torpediert jede Flucht.«

Ich frage mich zwar, welche Flucht sie meint, aber verstehe, was sie sagen möchte: Ohne die ganze materielle Scheiße ist es leichter, zu gehen, weil es dann nichts gibt, das einen hält, nichts, das einen zum Umdrehen, zum

Wiederkommen zwingt, kein Leben, das man fortführen muss, nur weil es existiert.

»Ja«, sagt Lou, als hätte sie meine Gedanken erraten. »Ich muss wissen, dass ich – wenn ich wollte – einfach gehen und alles hinter mir lassen könnte. Und das ist nicht möglich, wenn die ganze Wohnung mit irgendwelchen Sachen vollsteht. Stell dir mal vor, du müsstest dringend weg, aber müsstest dich davor erst noch darum kümmern, was mit deinen Möbeln passiert. Am besten wäre es auch ohne Wohnung, aber dafür habe ich noch keine Lösung.«

»Hmm«, mache ich.

Sofort wechselt sie das Thema: »Wir könnten mit deinem Fahrrad wegfahren.« Sie spricht die Worte ganz rhythmisch aus, lächelt dabei und lässt ihre Arme schwingen.

»Ja, gerne. Nur heute geht es nicht, weil ich mit Nora über unsere Tante reden muss.«

Lou nickt.

Vor ihrer Haustür verabreden wir uns für den nächsten Abend. Ich küsse sie zum Abschied. Ihr Gesicht ist kalt, ihre Lippen fühlen sich klebrig an – wegen des Regens vielleicht oder der verlaufenen Schminke. Sie schmeckt nach Salz, schlingt ihre Arme um meinen Bauch, sagt »Bis morgen!« und schließt die Tür hinter sich.

Der Nachhauseweg fällt mir schwer. Meine Schuhe und Socken, meine Hose, alles ist nass. Beim Gehen bleibt meine Jeans an den Beinen kleben, mein Körper ist kalt, die Kleidung klamm, als zöge die Nässe nach innen. Kalte Nässe. Wie geschmolzener Schnee.

Schon vom Flur aus höre ich Nora telefonieren. Sie klingt gestresst und unruhig. Es muss Margit sein. Scheiße, ich hätte früher kommen sollen.

»Niklas, Margit ist am Telefon«, ruft sie mir zu, stellt den Lautsprecher ihres Handys an.

»Hallo!«, rufe ich.

»Hallo Niklas«, sagt Margit durchs Telefon.

Nora und ich schauen uns an, signalisieren uns, dass wir beide nicht wissen, was wir jetzt tun sollen. Nora schüttelt den Kopf, zuckt mit den Schultern, reißt ihre Augen auf dabei.

»Wir haben uns überlegt, dass wir zu euch kommen könnten an Weihnachten. Das ist doch nichts, so ganz allein an Heiligabend. Und wir würden gerne eure Oma im Krankenhaus besuchen.«

Nora sagt nichts, ich schaue sie fragend an, dann drückt sie mir das Telefon in die Hand und geht demonstrativ aus dem Zimmer.

»Das ist lieb, danke«, sage ich, »aber das passt schon, wir machen es uns hier gemütlich und Oma geht es soweit gut.« Es ist ja nicht ihre Mutter.

»Nein, nein, das machen wir jetzt so, ist doch besser, dann kann ich euch auch ein bisschen unterstützen, ein schönes Weihnachtsessen kochen und Emil und Lotte würden sich auch freuen, euch zu sehen.«

»Wann würdet ihr denn kommen?«

»Erst am Vierundzwanzigsten gegen Mittag, davor geht es wegen der Arbeit nicht. Dann machen wir das so, ich rufe davor nochmal an. Macht's gut!«

»Ja, tschüss«, nuschle ich und lege auf.

Ach Scheiße.

»Nora!«

Da sie nicht reagiert, suche ich in der Küche nach ihr, im Schlafzimmer. Die Tür zum Badezimmer ist geöffnet, da ist sie auch nicht.

Im Garten auf der Bank sitzt sie und schaut mich an.

»Und?« Ihre Stimme klingt vorwurfsvoll.

»Sie wollen an Heiligabend kommen.«

»Scheiße, Niklas!«

»Ja, was hätte ich denn machen sollen?«

Sie steht auf, kommt auf mich zu, schreit mich an, dass wir das hätten besprechen müssen und sie keinen Bock habe auf so viel Familie, das ganze Essen und überhaupt.

Ich nicke, entschuldige mich dafür, dass ich erst so spät nach Hause gekommen bin.

»Toll, das bringt mir jetzt auch nichts mehr. Du lässt mich hier allein, und jetzt ist alles doof. So wollte ich das nicht.«

»Ich auch nicht«, sage ich leise.

Sie wirft mir vor, dass sie alles allein machen müsse und sich den ganzen Tag Gedanken gemacht habe, aber dass ich ja nicht dagewesen sei.

Es ist der letzte Halbsatz, das »Aber du warst ja nicht da«, der nun auch mich wütend macht.

»Ehrlich, Nora? Ist das dein Ernst jetzt? Ich bin nicht da? Wer kümmert sich denn hier um alles? Um Oma jeden Tag? Du hast mich hier einfach alleingelassen, das warst doch du, nicht ich. Zu zweit wäre es leichter, dann könnte ich auch mal weg und mein Leben leben. Und jetzt hältst du mir vor, dass ich nicht da bin?«

Alles, was ich die ganze Zeit schon sagen wollte, was sich angestaut hat in meinem Bauch, in meinem Kopf, tritt nach außen. Ich schreie sie an, werfe ihr das alles vor, auch wenn mir bewusst ist, dass manches davon unfair ist.

Nachdem ich alles gesagt habe, schaut sie mich mit aufgerissenen Augen an, geht Richtung Tür, hält für einen Moment inne, die Türklinke schon in der Hand, bevor sie sich noch einmal umdreht und mir zuruft: »Niklas, du weißt ganz genau, dass du sie ins Heim geben könntest und ich dir dabei helfen würde. Aber das willst du ja nicht, dann kannst du dich auch nicht beschweren.«

»Du weißt, dass ich das nicht kann, Nora – wegen Mama und Papa.«

Sie sagt nichts mehr, ich auch nicht. Wir schweigen uns an. Dann öffnet sie die Tür, bleibt kurz stehen und brüllt – mit dem Rücken zu mir: »Na dann, dann jetzt also so ein verficktes Weihnachten, wie ich es nicht haben wollte. Vielleicht gehe ich mit Britta zu ihren Eltern!«

Die Tür fällt hinter ihr ins Schloss, der Satz hallt nach, ich hole mein Fahrrad aus dem Schuppen und fahre los, ganz schnell durch die Stadt, ohne Ziel, immer weiter. Ich muss mich bewegen, nachdenken, meinen Körper spüren, mich ablenken, um die Wut loszuwerden. Ich bin wütend auf Nora und Margit, auf das Leben und die ganze Scheiße. Eine seltsame Unruhe breitet sich in mir aus.

Immer weiter fahre ich durch die Straßen, irgendwann halte ich an, weil ich außer Atem bin. Die Stadt ist voll heute Abend. Ich schaue sie an, die Menschen, die mir entgegenkommen. Eine Gruppe grölender junger Männer. Sie lachen derb und hohl, unecht, brüllen sich Grobheiten zu, es klingt peinlich. Irgendwo hupt ein Auto, ein paar Mädchen laufen kichernd an mir vorbei, eine Männerstimme ruft: »Maria, Maria!«

Aus der Ferne betrachtet, wirkt das alles so sinnlos. Lou würde ihn mögen, diesen Gedanken.

Eine Weile bleibe ich noch stehen, mitten in der Stadt, betrachte die Menschen um mich herum, denke an Lou dabei, dann fahre ich nach Hause, stelle mein Fahrrad in den Schuppen, rauche im Garten. Das ganze Haus ist beleuchtet, ich frage mich, ob ich heute Nacht besser auf dem Sofa schlafen sollte. Vorsichtig öffne ich die Tür. Kein einziges Geräusch ist zu hören. In der Küche schenke ich mir ein Glas Wein ein und laufe damit durch die Wohnung.

Nora ist nicht da. Vielleicht ist sie auch rausgegangen. Vielleicht zu Yeliz. Ich weiß nicht, wer von ihren Freunden sonst noch hiergeblieben ist. Von vielen weiß ich, dass sie fürs Studium in eine andere Stadt gezogen sind, etwas Neues wollten. Der große Neuanfang, das Abenteuer, die Suche nach einem neuen Ich. Nora hat früher immer gesagt, ihr werde hier alles zu eng, sie ertrage die vertrauten Wege nicht mehr, diese Idylle. Für mich war es, damals, gut hier, ich mag das Vertraute, wollte Mama und Papa mit Oma unterstützen, hielt das für eine gute Entscheidung. Vielleicht hatte ich auch Angst; Angst davor, irgendwo fremd zu sein, niemanden zu kennen. Deshalb kein Neuanfang für mich. Und nun dieses Leben als Konsequenz: ausharren statt bewegen.

Ich lege mich aufs Bett, schließe die Augen, denke an Lou und unseren Kuss, an sie mit der Katze in der Kuhle zwischen ihren Beinen, ihre Lippen. Alles an ihr ist schön, es stört mich nicht, dass ich sie habe kotzen sehen, nichts an ihr ekelt mich oder macht mich wütend.

Wieder sie auf dem Sofa mit der Katze. Ich greife in meine Hose, bewege meine Hand um meinen Schwanz, sehe Lou vor mir dabei und stelle mir vor, meine Hand wäre ihre oder ihr Körper oder ihr Mund – oder ich wäre zwischen ihren Beinen. Es ist ewig her, dass ich mir einen runtergeholt habe. Nach dem Unfall wusste ich nicht mehr, wie das ist, etwas zu spüren, da war diese Leere immerzu, als hätte ihr Tod alles von mir genommen, was irgendwann einmal in mir gewesen war. Erst mit Lou ist es wieder da, mein Fühlen. Ich komme – intensiver als sonst, mein ganzer Körper vibriert, weil ich an sie gedacht habe dabei.

Nach dem Aufwachen halte ich für einen Moment die Augen geschlossen, spüre das Licht durch meine Lider dringen. Ich hoffe, dass Nora neben mir liegen wird, dass wir uns beide entschuldigen werden wegen des Streits, danach darüber lachen, dass alles wieder gut ist. Aber nein, sie liegt nicht neben mir, ihre Seite des Bettes sieht unberührt aus.

»Nora?«, rufe ich aus dem Zimmer kommend. Die Wohnzimmertür ist geschlossen, wahrscheinlich hat sie auf dem Sofa geschlafen. Es ist schon nach zehn. Noch bevor ich mir einen Kaffee hole, klopfe ich an.

»Hmm?«, macht Nora. Vorsichtig öffne ich die Tür. Sie liegt auf dem Sofa, sieht müde aus.

»Du hättest auch bei mir schlafen können.«

Nora sagt, dass sie das nicht gewollt habe und ich sie in Ruhe lassen solle.

Im Türrahmen bleibe ich stehen, sage ihr, dass es mir leidtue und wir das doch besprechen müssten. Sie schweigt, sagt kein Wort, und obwohl mir bewusst ist, dass sie nicht reden möchte, ich ihr die Zeit geben sollte, die sie braucht, spreche ich einfach weiter. Und das nur, weil ich es nicht aushalte: diese Stille, den Streit, die Furcht davor, allein zu sein mit den Erinnerungen.

»Willst du wirklich zu Brittas Eltern an Weihnachten?«

Wie aus dem Nichts schreit sie mich an: »Scheiße, Niklas, ich habe Britta gefragt! Aber ihre Eltern haben ihren Opa zu sich eingeladen, weil sie dachten, dass Britta sowieso nicht da sein würde. Der ist ein homophobes Arschloch, deshalb kann Britta da nicht hin. Also müssen wir eigentlich hier feiern.«

Ich bin erleichtert, freue mich. Das sage ich nicht, sondern nur nochmal, dass es mir leidtue. Nora ist immer noch sauer. Tagelang kann sie wütend sein, Gespräche unterbinden, schmollen. Meistens ist dann irgendwann – ohne dass sich der Grund dafür von außen erkennen lässt – alles wieder gut. Das dauert mir zu lange, ich möchte, dass es jetzt wieder gut ist, wir jetzt darüber reden. Jetzt sofort.

»Wie lange möchten sie eigentlich bleiben, Margit und die anderen? Weißt du das?«, frage ich.

»Nicht lange zum Glück. Als Margit mich angerufen hat, meinte sie was vom Sechsundzwanzigsten. Weil Peter am Siebenundzwanzigsten schon wieder arbeiten muss.«

»Okay, gut«, sage ich.

Nora reagiert nicht, starrt an die Zimmerdecke.

»Hast du die Weihnachtskugeln eigentlich gefunden?«, frage ich weiter.

Sie nickt.

Ich ertrage die schlechte Stimmung nicht, sie setzt sich fest in diesem Raum. Jeder Satz, jedes Nicken hallt nach, krallt sich in der Luft fest. Eine stinkende Wärme füllt das Zimmer.

»Komm schon, Nora, so schlimm ist es doch nicht?«

Sie schweigt noch immer.

»Was hättest du lieber? Diese ganzen Erinnerungen an früher … würdest du sie lieber ausradieren, damit es nicht mehr wehtut, oder noch haben wollen, um sie anschauen und mit dir durchs Leben tragen zu können?«, frage ich dann und setze mich dabei zu ihr aufs Sofa. Sie zieht ihre Beine an, damit ich Platz habe.

»Was hättest du lieber« als Anspielung auf früher, als Erinnerung an Nora und mich. Die anderen Kinder spielten »Vater, Mutter, Kind«, Nora und ich hatten unser eigenes Spiel, wir haben es uns selbst ausgedacht. Immer wieder spielten wir es, jahrelang, irgendwann fingen die Fragen an, sich zu wiederholen, weil uns nichts Neues mehr einfiel. Es ging darum, zu entscheiden, was man lieber hätte: ein gebrochenes Bein oder einen gebrochenen Arm. Dann, je nach Antwort: gebrochenes linkes Bein oder rechtes? Zahnspange oder Brille? Lieber stumm sein oder taub? Lieber im Rollstuhl oder mit einem amputierten Arm? Lieber Mandel- oder Blinddarmentfernung? Diabetes Typ 1 oder Morbus Crohn? Multiple Sklerose oder Mammakarzinom? Die Fragen wurden immer schwerer zu beantworten.

»Ich weiß nicht, eher schon mit den Erinnerungen«, sagt Nora, nachdem sie eine Weile überlegt hat. »Und du?«

Ich nicke, sage: »Ja, ich wohl auch.«

Dass ich Lou diese Frage auch stellen möchte, denke ich, als ich am Abend neben ihr auf dem Boden ihres Wohnzimmers sitze und wir versuchen, in der Maserung der Dielen Bilder zu erkennen. Ich sehe einen Hasen, Lou eine Schlange mit einem viel zu großen Auge.

Dann stelle ich ihr die Frage, und sofort kommt ihre Antwort, ohne das leiseste Zögern: »Lieber ausradieren. Vergessen ist immer besser als erinnern.«

Ich schaue sie fragend an.

Dass sowieso alles verschwommen sei bei ihr, sagt sie, nur ein paar Bilder gebe es, wenig Konkretes. Aber dass sie lieber alles vergessen würde, weil es ohne Erinnerungen leichter sei, neu anzufangen.

Ob die Erinnerungen so schlimm seien, frage ich.

Sie schüttelt den Kopf, fährt mit ihren Fingern durch meine Haare, schaut mich an dabei. »Welche Farbe haben deine Gedanken?«

Ich will etwas Schönes sagen, weil ich möchte, dass sie mich mag. Heimlich forme ich in meinem Mund Buchstaben zu Farbnamen. Grün, Gelb, Rot, Blau. Meine

Zunge macht die Bewegungen, aber ich spreche die Worte nicht laut aus, nur für mich. Erst nachdem ich mir einen Satz zurechtgelegt habe, antworte ich: »Mit dir weniger schwarz als sonst. Weniger grau. Petrol.«

»Petrol ist schön«, sagt Lou, »sowohl Farbe als auch Wort.«

Ich nicke, dann erzähle ich ihr von Margit und dass sie mit Peter und den Zwillingen zu uns kommen werde an Weihnachten. Ohne etwas darauf zu erwidern, steht Lou auf, geht durchs Zimmer, immer hin und her, wie ein Raubtier im Käfig. Sie trägt keine Strümpfe, ihre Füße sind klein, die Zehen ganz gerade nebeneinander angeordnet, in einer nach unten führenden Linie. Kein Zeh zu lang oder zu kurz, perfekte Füße, wie gemalt.

»Ist das doof für dich?«, frage ich nach einer Weile.

Sie nickt leicht, fängt Sätze an, die sie nicht beendet. Es sind nur einzelne Teile, Fragmente, ohne Zusammenhang. Ihre Worte ergeben immer weniger Sinn. Sie scheint es selbst zu merken, hält inne, sagt: »Manchmal fühlt es sich an, als sei mein Kopf ein Labyrinth, aus dem ich nicht herausfinde.« Verletzlich wirkt sie in diesem Moment. Wenn ich doch nur wüsste, was mit ihr los ist, wenn ich sie doch nur trösten könnte.

Ich stehe auf, küsse sie auf die Stirn, dann auf die Wange, fahre ihr durchs Haar. Sie nimmt meine Hand und geht vor mir her in ihr Schlafzimmer.

Dort legen wir uns aufs Bett, und es scheint, als sei all die Traurigkeit, all das Verletzliche und Sanfte, mit einem Mal verschwunden. Jetzt ist sie forsch, bewegt sich schneller als noch vorhin, sicherer, küsst mich immer weiter: von meinem Mund zu meinem Hals, über die Ohren zu meiner Stirn, dabei legt sie sich auf mich. Ich streiche ihr über den Rücken, greife ihr unter den Pullover, fahre mit meinen Händen über ihre glatte, weiche Haut und möchte ihr ganz nah sein: nah von außen und innen. Sie zieht ihr Oberteil aus. Ihre Brüste sind klein und hell. Sie ist wunderschön und ich frage mich, ob es daran liegt, dass sie traurig ist. Die traurigen Menschen sind immer so schön. Trotz oder gerade wegen der Spuren, die das Leben an ihnen hinterlassen hat.

Irgendwann zieht sie ihre Hose aus, darunter trägt sie einen bunten Slip mit kleinen Käfern drauf.

Auf ihren Armen viele Striche, alles voller Narben, ein paar davon hell, beinahe weiß, andere dunkel, bräunlich oder rötlich. Ich möchte sie danach fragen, die Narben berühren, sie trösten für das, was der Grund dafür ist. Doch sie hat meine Hose schon geöffnet, schiebt ihre Hand ganz langsam in meine Boxershorts. Sofort bekomme ich eine Erektion, es ist mir unangenehm. Sie zieht meine Jeans aus, dafür krabbelt sie hinunter zu meinen Füßen, zieht an den Hosenbeinen, schaut mich an. Dann küsst sie die Narbe auf meinem Bein, meinen Bauch, meine Brust, meinen Hals. Sanft streiche ich ihr über die Arme, berühre ihre Oberschenkel. Auch hier alles voller Narben. Es sieht aus, als läge ein Spinnennetz über ihrem Körper.

Plötzlich verändert sich ihr Blick, sie starrt nur noch vor sich hin. Auch ihre Bewegungen sind mit einem Mal verhaltener und langsamer, ihr Körper bewegt sich wie in Zeitlupe. Als ich an ihrem Oberschenkel weiter nach oben in Richtung ihres Slips fahre, zuckt sie zusammen.

»Hast du keine Lust?«

»Doch«, antwortet sie, wirkt aber abwesend dabei. Ich kann sie nicht im Moment halten, vielleicht liegt es an mir, sie scheint mir immer mehr zu entgleiten. Ich schaue sie an, ihre Pupillen sind riesig – trotz des Lichts. Und sie sehen hohl aus. Es ist, als führe ein dunkler Gang nach innen zu Lous Hirn.

»Mach weiter!«, sagt sie, und ich erschrecke ein bisschen vor ihrer Stimme, die von jetzt auf gleich all das Sanfte, all das Tänzelnde verloren hat. Es ist nicht mehr die Stimme von vorhin, sondern eine andere. Resolut klingt sie, entschieden, dunkel und genauso hohl wie Lous Pupillen aussehen. Vorsichtig fahre ich mit meinen Händen über ihren Körper, dann schiebt sie mich weg, schaut mich an und sagt: »Kannst du mir wehtun, bitte?« Sie sagt es ganz leise, ihre Stimme klingt ernst, nicht erregt, nur ernst. Ihr Mund verzerrt. Es ist, als hätte sie sich verwandelt, als sei sie ein anderer Mensch geworden. Ich weiß nicht, was ich sagen oder tun soll. Deshalb rolle ich mich von ihr weg, setze mich auf, schaue sie an und stottere etwas vor mich hin, verlaufe mich in meinen Worten, versuche zu erklären, dass ich das nicht tun möchte.

»Warum denn nicht? Mach es doch einfach, das willst du doch eigentlich, du willst mir doch wehtun. Und schau, ich liege einfach da, du kannst alles mit mir machen.« Ja, sie liegt einfach da, noch immer regungslos, ihr Gesicht sieht seltsam aus.

»Lou, ich möchte dir nicht wehtun«, sage ich wieder. Die Situation kommt mir unwirklich vor, es ist unangenehm, ich versuche, mich nicht zu bewegen. Lou schweigt, liegt immer noch ganz starr da. Ich möchte nicht in dieser Situation sein, aber bei ihr – bei ihr möchte ich noch sein. Deshalb bleibe ich liegen.

Nach einer Weile dreht Lou sich zu mir, die Beine angezogen, eingerollt wie die Katze, wenn sie schläft, nimmt meine Hand und legt sie auf ihren Kopf, drückt sie ganz fest an ihr Ohr.

»Kannst du bitte so bleiben, bis ich eingeschlafen bin?«

Ich antworte nicht, lasse aber meine Hand auf ihrem Kopf, auf ihrem Ohr, auf ihrem Haar.

Unsere Körper liegen regungslos nebeneinander, es kommt mir vor wie Stunden, fühlt sich irreal an und so, als müsste ich weg.

»Kannst du bitte bei mir bleiben?«, fragt sie noch einmal.

»Ja.«

Wenn ich doch nur wüsste, was mit ihr los ist. Warum diese Narben, warum diese Augen, diese fremde Stimme. Und wenn ich doch nur mit ihr schlafen könnte. Ich bin erregt, weil ich ihren Körper so nah an mir spüre, und hoffe, dass sie es nicht bemerken wird. Es ist mir unangenehm in diesem Moment. Mein Körper ist voll von Erregung, mein Kopf voll von Gedanken, meine Stirn heiß und schwer, meine Augen fühlen sich wund an.

Eine Weile bleiben wir ohne Bewegung und ohne etwas zu sagen nebeneinander liegen, bevor Lou sich auf den Rücken dreht, meinen Arm zu sich zieht und meine Hand hält.

»Ich kann nicht schlafen, wenn es so still ist«, sagt sie leise.

»Soll ich uns Musik anstellen?«

»Nein, erzählst du mir bitte was? Egal was, nur irgendwas Gutes.«

Ich möchte etwas Schönes erzählen, möchte, dass es ihr besser geht, sie mich mag, krame in meinem Unterbewusstsein nach Geschichten, Erzählungen, versuche, mich an Ereignisse von früher zu erinnern, gehe die Kinderbücher durch, die ich damals hatte, die Geschichten, die Mama uns erzählt hat, als wir klein waren. Doch es passt alles nicht, es passt nicht für Lou. Deshalb erfinde ich etwas. Nur für sie.

»Du und ich, wir setzen uns aufs Bett, kuscheln uns in diese gelbe Decke, öffnen das Fenster und fliegen – auf der Matratze sitzend – los. Du und ich, wir fliegen durch die Nacht. Vorbei an dichten Wolken, funkelnden Sternen, zwischendurch fliegen ein paar Fledermäuse neben uns her. Immer weiter Richtung Süden. Wir suchen uns einen schöneren Ort, einen Ort, der nicht grau ist. Ohne Nebel, ohne Regen. Schon Hunderte Kilometer sind wir geflogen, zwischendurch schließt du deine Augen und legst dich in meinen Arm.

Im Süden versinkt die Sonne im glitzernden Meer. Wir landen und setzen uns an den Strand. Der Sand unter uns fühlt sich warm an, nicht nass und klebrig ist er, sondern sanft und flauschig. Die Wellen rauschen ans Ufer. Du legst dich hin, spürst die Wärme. Ich lege mich zu dir, nehme dich in den Arm.

Irgendwann hören wir, wie sich von hinten Geräusche nähern. Ein Schnaufen, Schritte, zwischendurch ein Niesen. Wir drehen uns um. Angst haben wir nicht.

Obwohl sich die Geräusche anhören, als seien sie noch weit entfernt, steht ein Wolf direkt vor uns. Er ist riesig und grau, sein Fell ein bisschen zerzaust und voller Sand. Seine Schnauze rot. Er niest, als wir ihm in die Augen blicken.

›Huch?‹, sagst du.

›Guten Tag und entschuldigen Sie bitte, der Sand kitzelt in meiner Nase, deshalb muss ich immer niesen‹, begrüßt uns der Wolf.

›Ähhh‹, sage ich, ›Was machen Sie als Wolf denn hier am Strand?‹

›Ich habe mich verlaufen‹, antwortet er, schaut sich fragend um und hebt seine Pfoten nacheinander aus dem Sand, leckt sie ab. Wieder niest er.

Du gibst ihm ein Taschentuch, er bedankt sich höflich und putzt sich die Nase. Dann erzählt er, dass er Heimweh habe.

›Wo kommst du denn her?‹, fragst du.

›Aus dem Allgäu. Ich möchte so gerne zurück.‹

Wir entscheiden, ihn nach Hause zu bringen. Denn du, du wolltest doch sowieso in die Berge, an einem Fluss leben, bei den Tieren.

Und dann fliegen wir zu dritt los – weg vom Strand Richtung Allgäu. Wir fliegen durch den von den Bergen angefressenen Himmel.

›Hier!‹, ruft der Wolf und deutet nach unten auf die Welt. Wir landen sanft und schauen auf das Bergmassiv, das vor uns liegt. Der letzte Schnee funkelt noch auf den Gipfeln wie viele kleine Kristalle.

Der Wolf verabschiedet sich, und wir entscheiden, zu bleiben, zumindest für den Moment – weil es schön ist an diesem Ort, an diesem Ort, der nur uns gehört.«

Ich habe erzählt, ohne Lou anzuschauen, halte nun inne, warte ab, ob sie etwas sagen wird. Dann drehe ich meinen Kopf zu ihr, sehe sie schlafen. Ganz ruhig liegt sie auf dem Bett, die Augen geschlossen, meine Hand noch immer in ihrer. Auch ich schließe die Augen und wünschte, aus der Geschichte würde Wirklichkeit werden.

Nur kurz kann ich geschlafen haben, draußen ist es noch dunkel. Lou liegt nicht mehr neben mir. Mein Körper ist nass von meinem Schweiß, mir ist kalt. Ich träumte von meinen Eltern, wie sie in ihrem Grab lagen. Mama und Papa, beide zu einer Kugel eingerollt – wie Lou, bevor sie eingeschlafen ist. In meinem Traum sah ich zuerst nur meine Eltern in diesem Grab, dann Lou von außen, mit riesigen Händen – Händen mit Krallen, die die Erde wegschaufelten, bis sie meine Eltern erreichten. Dann veränderten sie sich, wurden wieder zu Lous Händen, nahmen die Körper aus dem Grab. So stand sie da, Lou mit diesen leblosen Körpern, Mama im linken, Papa im rechten Arm, schaute sie an, lächelte plötzlich und steckte dann die Körper in ihren Bauch, schob sie nacheinander hinein, bevor sie selbst – mit meinen Eltern – zu einer Kugel wurde und in das Grab rollte.

Mir ist übel, ich gehe in die Küche, um etwas zu trinken.

Lou sitzt im Halbdunkel auf dem Boden ihres Wohnzimmers, summt eine Melodie und hält einen Teddybär im Arm, den ich zuvor noch nie bei ihr gesehen habe. Noch immer ist sie nackt. Sie hält das Stofftier wie sie in meinem Traum meine toten Eltern gehalten hat. Mir wird alles zu viel, ich möchte verstehen, aber begreife immer weniger.

Lou

denkt die Geschichte durch, die Niklas ihr erzählt hat, sieht den Wolf vor sich, die fliegende Matratze, das Bergmassiv. Sogar den Sand spürt sie an ihrem Körper. Einfach wegfliegen können. Einfach wegfliegen mit Niklas, irgendwohin, wo es schön ist, an einen Ort ohne Erinnerungen, ohne all diese Gedanken. Alles hinter sich lassen, um zu vergessen.

Sie steht hinter der Balkontür, legt ihre Hand an die Scheibe und schaut hinaus. Menschen wehen wie fallende Blätter durch die Straßen.

Irgendwann werde ich nicht nur in den Geschichten fliegen können, denkt sie und betrachtet sich selbst in der

Balkontür, was dazu führt, dass ihr Kopf zu Glas wird. Ein Kopf aus Glas, wie eine kaputte Vase – zusammengesetzt aus vielen einzelnen Scherben.

8

Mein Körper fühlt sich schwer an. Es ist, als versuche er, sich mit aller Kraft gegen diesen Tag, gegen das Aufstehen zu wehren. Am liebsten würde ich mich verkriechen – verkriechen bei Lou, mit ihr zusammen. Aber sie möchte nicht mit uns feiern, es seien ihr zu viele Menschen, meinte sie gestern. Sie wolle lieber allein sein.

Ich gehe in den Garten, um eine zu rauchen. Bilder von früher tauchen auf, ich sehe vor mir, wie Nora und ich an Heiligabend immer ganz früh aufgestanden sind. Vor lauter Aufregung konnten wir nicht mehr schlafen, sind durch die Wohnung gerannt, haben Weihnachtsfilme im Fernsehen geschaut, Mama und Papa bei den Vorbereitungen geholfen. Und wir haben gesungen, den ganzen Tag über. Später hat Nora Klavier gespielt, ich Blockflöte. Bis zum Unfall waren wir immer alle vier zusammen an Weihnachten. Kein einziges Fest ohne sie.

Von irgendwoher dringen Weihnachtslieder in meine Ohren. Ich weiß nicht, ob sie aus meinem Kopf stammen oder aus einem der Nachbarhäuser. So gerne würde ich Lou anrufen und sie fragen, ob sie heute Abend nicht doch zu mir kommen könne. Für einen Moment überlege ich, das Handy schon in der Hand, doch dann lasse ich es bleiben, weil ich sie nicht unter Druck setzen möchte und weil ich sie verstehe: Auch ich möchte nicht hier sein.

»Ich gehe jetzt zu Oma, okay?«, rufe ich Nora durch die geschlossene Badezimmertür zu.

»Alles klar, ich hole nachher Britta vom Bahnhof ab. Viele Grüße an Oma, und sagst du ihr bitte, dass ich sie morgen besuchen werde?«

Beim Betreten des Krankenhauses kommt es mir vor, als passierte ich die Grenze zu einer anderen, in sich abgeschlossenen Welt. Draußen alles weihnachtlich, glitzernd, funkelnd, die Wohnungen hell erleuchtet, das Weihnachtsglück demonstrativ zur Schau gestellt. Nur hier ist nichts davon zu spüren. Ganz ruhig ist es, kaum Menschen sind auf den Korridoren.

»Hallo Oma, frohe Weihnachten!«, rufe ich. Sie schaut mich mit leerem Blick an. Ihre Augen sehen müde aus, ihr Gesicht eingefallen. Die Haut grauer noch als sonst, fahler. Es ist gut, dass sie bald nach Hause kommt. Hier liegt sie ja auch nur. Nur liegen und auf den Tod warten. So wie ich es früher getan habe – vor Lou. Einfach nur warten, immer weiter, irgendwann wird es schon aufhören, alles hört irgendwann auf.

Ich hole Omas Geschenk aus meinem Rucksack. Verpackt habe ich es nicht. Sie greift nach dem Kuscheltier. Ein Hase mit langen Gliedmaßen und riesigen Ohren, damit sie etwas zum Halten und Falten hat, nicht immer nur ihre Taschentücher. Ich dachte, dass das gut sein könnte, auch in den Momenten, in denen sie wieder zum Kind wird, zurückreist in der Zeit, nach ihrer Mutter fragt. Vielleicht fühlt sie sich dann weniger allein.

Sie strahlt, dreht den Hasen in ihren Händen, berührt sein Fell und die Ohren, dann die Füße. Ganz verträumt wirkt sie, versunken.

»Für dich, Oma, weil doch heute Weihnachten ist.«

»Der ist aber schön«, sagt sie und nimmt den Hasen in den Arm wie ein Baby.

Ich frage sie, wie er heißen solle.

Oma überlegt kurz, dann antwortet sie: »Schatzi vielleicht.«

Ich lache, sie lacht mit, laut und von tief unten. Selten klingt es so ehrlich, wenn sie lacht.

»Darf der heute bei mir schlafen?«, fragt sie nach einer Weile.

»Na klar!«

Dann singen wir Weihnachtslieder, ohne dass Oma dabei das Stofftier aus den Händen gibt. Immerzu fährt sie mit ihren Fingern durch das Fell. Ich schaue sie heute anders an als sonst, genauer: die Falten, ihr Lächeln, ihre Haare, die immer dünner werden, genau wie ihr Körper. Sie verschwindet immer mehr, aber in diesem Moment ist sie präsenter als sonst.

Irgendwann wird sie müde, schließt die Augen. Ich stehe auf, ziehe ihre Decke zurecht, möchte sie nur kurz umarmen zum Abschied. Doch als ich sie berühre und mein Arm über die riesige, flauschige Bettdecke fährt, kommt das Bedürfnis in mir auf, mich hinzulegen. Einfach nur hinlegen, die Augen schließen, am liebsten nie mehr aufstehen müssen. Zumindest heute nicht.

Oma schläft tief, bemerkt mich gar nicht. Ich bleibe neben ihr liegen, bis eine Krankenschwester hereinkommt und mich irritiert anschaut. Schnell stehe ich auf, wünsche ihr »Frohe Weihnachten«, blicke noch einmal zu Oma mit ihrem Hasen und gehe.

Auf dem Weg nach Hause rufe ich Lou an. Nun doch. Um ihr zumindest einen schönen Abend zu wünschen. Sie geht nicht ans Telefon.

Nora ist noch nicht zurück. Im Haus ist es vollkommen still. Margit, Peter und die Zwillinge müssten bald da sein. Ich stelle mich ans Fenster, schaue nach draußen. Neben mir die Blautanne. Erst vor zwei Tagen haben Nora und ich sie geschmückt, davor kaum geredet. Zum Glück ist jetzt alles wieder gut zwischen uns.

Die Straße liegt ruhig im Nebel, nur wenige Autos sind unterwegs. Bei jedem Geräusch zucke ich zusammen, schaue von links nach rechts in der Hoffnung, dass sie es nicht sein werden – mit ihren mitleidigen Blicken, ihren Sorgen, diesem ganzen Weihnachtsgetue. Margit versucht, es sich nicht anmerken zu lassen, aber man sieht es in ihrem Gesicht: wie sie ständig denkt, dass wir Hilfe brauchen. Alles an ihr, jeder Blick, jedes Wort, jede Handbewegung scheint das auszudrücken. Es ist unerträglich.

»Hi!«, höre ich Nora rufen.

Ich löse meinen Blick vom Fenster, gehe zur Haustür. Wir begrüßen uns. Britta sieht viel älter aus als Nora, obwohl sie es nicht ist, nur ein paar Monate oder ein, zwei Jahre, ich habe es vergessen. Ob es daran liegt, dass sie nicht so dünn ist? Oder liegt es nur an meinem Bild von Nora? Für mich ist sie noch immer meine kleine Schwester, ich sehe das kindliche Gesicht, damals bei Mama und Papa. So, wie ich mich selbst auch sehe: viel zu jung, um ein erwachsenes Leben zu führen. Alt werden, ohne erwachsen zu sein, das macht mir Angst.

Wieder gehe ich ins Wohnzimmer, wieder stelle ich mich ans Fenster, wieder starre in die Leere. Nach einer

Weile kommen Nora und Britta herein, setzen sich aufs Sofa, kuscheln sich aneinander.

Der schwarze Mercedes fährt auf die Ausfahrt zu.

»Scheiße, da sind sie.«

Margit steigt als Erste aus dem Auto, läuft zielstrebig und mit schnellen Schritten zur Tür. Sie hat mich nicht bemerkt – am Fenster, hinter dieser vergilbten, alten Gardine. Wir bewegen uns nicht, warten auf das Geräusch der Klingel. Erst dann gehen wir zur Tür.

Margit umarmt uns alle, drückt dabei ein bisschen zu fest zu, als seien wir Waschlappen, die sie auszuwringen versucht. Sofort geht die Hektik los.

»Hallo Kinder, frohe Weihnachten! Kommt, helft uns mal beim Auspacken.«

Zu dritt laufen wir zum Auto, in einer Reihe, lustlos, überfordert. Peter begrüßt uns. Emil und Lotte steigen aus dem Auto, auf ein Tablet starrend, das Lotte in der Hand hält. Peter stupst sie an. »Hallo!« rufen die beiden fast gleichzeitig und senken sofort wieder ihre Blicke. Sie sehen sich gar nicht ähnlich.

Der ganze Kofferraum ist voll. Margit drückt uns nacheinander Kisten, Tüten, Taschen in die Hände. Bei Nora hält sie inne, mustert sie von oben bis unten, sagt: »Ach Gott, Nora, du wirst ja immer dünner. Schlimm sieht das aus! Gut, dass du mal wieder was Richtiges zu essen bekommst. Ich habe vorgekocht.«

Es wird ganz still. Britta und ich werfen uns kurze Blicke zu, Nora starrt Margit fassungslos an. Ihre Unterlippe zittert. Ich habe keine Ahnung, was sie jetzt tun wird: anfangen zu weinen, Margit anschreien, sich fangen? Die Zeit scheint für einen Moment angehalten, die Stille ist unerträglich. Nora sagt kein Wort, lässt nur irgendwann demonstrativ die Tasche fallen, die Margit ihr in die Hand gedrückt hat, dreht sich um und geht ins Haus. Sofort rennt Britta ihr nach.

»Margit, lass das, ja?«, sage ich, nehme ein paar Gepäckstücke entgegen, die sie mir hinhält, und gehe ebenfalls. Hinter der geschlossenen Schlafzimmertür höre ich Nora und Britta reden.

Was wohl in diesen ganzen Taschen und Tüten ist? Übernachten werden sie im Hotel. Ich stelle das Gepäck im Flur ab. Emil und Lotte kommen laut kichernd angerannt und fragen mich nach etwas zu trinken. Ich schenke ihnen Saft ein und setze mich an den Küchentisch. Die beiden laufen mit ihren Gläsern aus dem Raum. Schon jetzt ist es mir zu viel. Am liebsten würde ich das alles an mir vorbeiziehen lassen, mich entfernen, das Fest ignorieren, zumindest für einen kurzen Moment meine Ruhe haben. Ich schließe die Augen, doch schon, als ich sie wieder öffne, kommt Margit herein und beginnt, die Taschen auszupacken. Viel Essen ist darin, es würde für mehrere Tage reichen. Sie räumt in Alu- und Frischhaltefolie Eingepacktes, Tupperdosen und Schüsseln in den Kühlschrank, stellt ein paar Plätzchendosen auf den Tisch. Ganz beschäftigt ist sie, wuselt herum, es macht mich nervös. »Was ist denn mit Nora?«, fragt sie, während sie noch immer hektisch durch die Küche läuft.

»Lass sie einfach in Ruhe, okay? Es ist nicht so leicht für sie, und es wird nicht besser, wenn man darauf rumreitet. Wir haben darüber gesprochen. Wir kriegen das alles hin.«

Margit schaut mich an, als glaube sie mir nicht, spricht es aber nicht aus, sondern fragt nur mit besorgter Stimme: »Und du?«

»Alles gut, passt schon.«

Aus den Augenwinkeln sehe ich Nora und Britta an der Küche vorbeigehen, sofort springe ich auf und folge ihnen.

Wir setzen uns nebeneinander aufs Sofa. Irgendwann stellt Nora den Fernseher an. Ich schaue nicht zu, starre nur vor mich hin. Auch Nora und Britta stieren ausdruckslos auf das Viereck vor uns. Wir bekommen nicht mit, was darin vor sich geht. Wir tun nur so.

Kurz darauf kommt Margit mit einem riesigen Plätzchenteller ins Zimmer und sagt: »Na, nun setzt euch mal!«, als sei es ihr Zuhause. Wir setzen uns, essen Gebäck. Nora nimmt eine Kokosmakrone, legt sie vor sich auf den Tisch und verschränkt die Arme. Margit erzählt von den Weihnachtsfesten früher, als sie noch Kinder waren. Dass sie wenig Geld gehabt hätten, es aber schön gewesen sei. Immer viel los.

Papa hatte vier Geschwister. Seine Eltern kannten Nora und ich kaum. Sie lebten in der Nähe der holländischen Grenze, wir haben sie nur selten besucht. Auch Papa war fast nie bei ihnen. Den Grund dafür kenne ich nicht. Ich wünschte, ich könnte ihn fragen. Irgendwann ist es zu spät für das, was man noch wissen wollte, und für das, was nur gedacht, aber nie ausgesprochen wurde. So gerne hätte ich zumindest noch ein oder zwei Tage mit ihnen, um ihnen alles zu sagen, vieles zu fragen und sie noch einmal spüren, in ihrem Arm sein zu können. Und vor allem wünschte ich, ich könnte ihnen von Lou erzählen, sie ihnen vorstellen. Ich denke, sie würden sie mögen.

Margit redet noch immer, und ich möchte nur noch, dass es endet, sie nicht weiter spricht. Die Erinnerungen lassen sich ohnehin nicht wegschieben, sie drängen sich immer wieder nach vorn, durch das Gehirn bis vor die Augen. Dort werden sie sichtbar. Und all diese Erzählungen machen es nur schlimmer. Beinahe ist es, als würde Margit uns mit ihren Worten zwingen, Farbfotos von früher zu betrachten oder kurze Filmsequenzen. Ich bemühe mich, das Thema zu wechseln, nur um Margit dadurch zum Schweigen zu bringen. Über Oma spreche ich, dann erzähle ich, dass sie am Siebenundzwanzigsten ja schon wieder nach Hause dürfe und ich mich darauf freue. Ich rede immer weiter.

»Britta telefoniert mit ihrer Mutter und ich muss mal kurz raus, Niklas. Kommst du mit in den Garten?«, fragt Nora später. Ich nicke, rufe Margit und Peter, die mit den Essensvorbereitungen beschäftigt sind, zu, dass wir gleich wieder da sein werden.

»Jaja, geht ruhig.«

Wir setzen uns auf die Bank, Nora bittet mich um eine Zigarette und legt ihren Kopf auf meine Schulter. Nach einer Weile flüstert sie – in die Stille hinein und so plötzlich, dass ich fast erschrecke: »Ich kann nicht mehr, Niklas, eigentlich kann ich einfach nicht mehr.«

Ich berühre ihren Unterarm, ihre Hand, streiche darüber, drücke ein bisschen zu, will ihr Halt geben. »Ich weiß … ich auch nicht«, sage ich dann, weil mir nichts Tröstendes einfällt und weil es die Wahrheit ist.

Nora drückt sich an mich, hält einen Moment inne, dann sagt sie leise: »Ich denke immer an sie und unsere Weihnachten früher, sie fehlen mir so sehr. Und ich hasse es, dass Margit auf Familie und heile Welt macht. Das macht alles nur schlimmer.«

Sie hat recht mit allem.

»Und Niklas … Es ist nicht so, dass ich mich wegen des Essens einfach nur zusammenreißen müsste, echt nicht. Ich kann es gerade einfach nicht. Und heute noch weniger. Mir macht das alles Angst, der Körper macht mir Angst und das Erwachsensein ohne Mama und Papa.«

Ich nicke. Dabei berühren ihre Haare meine Wange. Weich sind sie, und sie riechen nach Ingwer. Langsam hebt Nora ihren Kopf und legt ihn an meinen.

»Kinder, wir gehen jetzt in die Kirche, wollt ihr mitkommen?«, ruft Margit in den Garten.

»Nein«, sagen wir laut und fast gleichzeitig. Von außen betrachtet könnte man meinen, wir hätten es einstudiert. Noch eine Weile bleiben wir sitzen, dann geht Nora wieder ins Haus.

Die kühle Luft tut mir gut. Wieder rufe ich Lou an. Wieder geht sie nicht ans Telefon.

Lou
nimmt das Messer aus der Küchenschublade. Das größte. Sie hat es nur aus diesem Grund gekauft.

Immer wieder trägt sie es mit sich: über den Rhein, in die Innenstadt, durch die Straßen, an den Plätzen und Menschen vorbei. Noch nie hat sie es für etwas anderes benutzt, damit es nicht an Schärfe verliert. Sie hat sich alles vorgestellt, es in Gedanken tausendfach durchgespielt – so bildhaft, dass sie spüren kann, wie sich ihre Arme bewegen, wie sie die Haut durchschneiden, den Widerstand überwinden würden; wie das Blut aussehen würde. Alles schon so oft durchgespielt. Sie weiß, wie es sein wird.

Lou wickelt einen Pulli um das Messer, packt es in ihren Rucksack und geht los. Immer schneller läuft sie, irgendwann rennt sie, im Zickzack durch die entgegenkommenden Menschen. Überall dieses Scheiß Weihnachten. Überall Lichter und Idylle, Kitsch und lachende Kinder. Wie sie das alles hasst. Die Stadt ist voller Menschen. Ihr Herz rast, ihre Augen fühlen sich schwer an. Sie bekommt kaum Luft, stützt sich auf ihren Oberschenkeln ab. Ein und aus atmet sie. Erst als sie spürt, dass die Luft wieder in ihrer Lunge ankommt, stellt sie sich aufrecht hin, schaut zum Himmel. Die Menschen um sie herum blendet sie aus, die Geräusche der Autos, das Läuten der Kirchenglocken. In ihrem Kopf ist es ruhig. Kalt fühlt er sich an. Sie spürt geschmolzenen Schnee von ihrem Hirn in ihr Herz laufen, setzt sich neben einen Baum, zieht ihre Kapuze hoch, bis fast in die Augen. Von hier aus hat sie eine gute Sicht, wird aber selbst nicht sofort gesehen. Sie weiß das alles, hat es durchgespielt, so oft schon. Sie sitzt und wartet, öffnet ihren Rucksack. Da kommt er. Sie starrt ihn an, greift nach dem Messer.

Und dann Stille. Stille in ihrem Kopf, ihren Gedanken.

9

Es kommt mir vor, als seien sie nur ein paar Minuten weggewesen. Schon vom Flur aus höre ich das Geklapper und Geklirre von Töpfen, Pfannen, Besteck. Die Ofentür quietscht.

Ich setze mich zu Nora und Britta aufs Sofa. Emil und Lotte hocken vor uns auf dem Boden neben dem Baum und rätseln, was in den einzelnen Päckchen sein könnte. Sie berühren und schütteln sie, begutachten ihr Gewicht, ihre Form. Lotte legt sich auf den Boden, dabei rutscht ihr Haarreif nach unten, verfängt sich in ihrem Zopf. Emil zieht daran, will Lotte helfen, tut ihr aber weh dabei. »Mama!«, ruft sie und rennt aus dem Raum.

Wie kleine Erwachsene sehen die Kinder aus, hübsch zurechtgemacht – viel schicker als wir drei auf dem Sofa. Lotte trägt ein rotes Samtkleid, weiße Strümpfe und schwarze Lackschuhe, Emil ein weißes Hemd und eine schwarze Stoffhose. Fehlt nur noch die Krawatte, denke ich und gehe in die Küche, weil Margit mich gerufen hat. Sie drückt mir Besteck und Gläser in die Hand.

Ich decke den Tisch, Margit schlägt vor, vor dem Essen noch zu singen.

Augenblicklich fangen Emil und Lotte an, »Oh Tannenbaum« zu trällern.

Peter steigt mit ein, Margit zündet die Kerzen am Weihnachtsbaum an. Sie hat sie mitgebracht, die Kerzen, die Lichterkette entfernt, die Nora und ich darum gewickelt hatten – ein bisschen lieblos zwar, einige Stellen mit vielen, andere ohne Lichter, aber es war unser Baum, so, wie wir ihn haben wollten. Margit mit ihren Bienenwachskerzen. Dass es nur damit ein richtiges, besinnliches Weihnachten sei, meinte sie. Ja, Besinnlichkeit, das ist es, was wir jetzt brauchen!

Am liebsten würde ich gehen, sie einfach alle hier allein lassen mit ihren beschissenen Kerzen, mit ihren Erinnerungen. Dennoch singe ich ein bisschen mit. Nora nicht, sie sitzt nur still auf dem Sofa und starrt vor sich hin. Zwischen zwei Liedern sagt Peter: »Ach komm schon, Nora, sing doch mit. Das gehört doch auch zu Weihnachten.«

»Ich muss auf Toilette«, erwidert Nora leise und geht aus dem Zimmer. Wir schauen ihr nach, dann singen wir »Oh du Fröhliche«.

Nach einer Weile kommt Nora wieder, zieht mich am Ärmel in den Flur und flüstert: »Ich pack das nicht, Niklas, ich kann das nicht. Sie ist nicht unsere Mutter und soll aufhören mit der ganzen Scheiße. Können wir nicht einfach gehen? Oder sagen, dass wir nicht mit ihnen essen möchten? Irgendwas?«

Ganz verzweifelt sieht sie aus.

»Scheiße, das geht doch jetzt nicht, Nora. Komm, nur diesen Abend noch, da müssen wir jetzt durch, das schaffen wir schon irgendwie, okay?«

Sie nickt kaum merklich, zieht ihre Unterlippe zwischen die Zähne und kaut darauf herum.

Margit und Peter gehen an uns vorbei in die Küche. »Setzt euch schon mal, wir bringen das Essen.« Es klingt wie eine Drohung.

Kurz darauf stellen sie mehrere Schüsseln auf den Tisch. Margit sagt noch, wie schön der Baum doch sei, bevor sie das Essen auf den Tellern anrichtet. Es gibt Lachs mit Kräuterkruste, dazu Kartoffelgratin und Spinat.

»Ich habe extra Fisch statt Braten gemacht, weil ihr doch kein Fleisch esst«, sagt Margit. Sie meint es gut, das weiß ich. Und es ist ein bisschen rührend, wie sie alles verteilt, die Schüsseln hin und her schiebt, Peter Anweisungen gibt, die er anstandslos befolgt. Die Geräusche des Bestecks mischen sich mit den Weihnachtsliedern, die im Hintergrund laufen.

Ich sage, dass ich noch eine Flasche Weißwein holen wolle. In der Küche öffne ich sie, lasse mir Zeit, mache bewusst Geräusche, damit es beschäftigt klingt. Bevor ich zurück an den Tisch gehe, trinke ich ein Glas Gin.

Nora starrt auf ihren Teller und sieht dabei so unglücklich aus wie schon lange nicht mehr. Es tut mir leid. Ich flüstere es ihr ins Ohr.

Britta und ich nehmen das Besteck in die Hand.

»Wir beten immer vor dem Essen«, sagt Margit ein bisschen vorwurfsvoll. Auch das noch!

Margit, Peter und die Zwillinge schließen die Augen. »Wir danken dir, lieber Gott, für dieses Essen, dafür, dass wir an Weihnachten bei Nora und Niklas sein dürfen. Dass auch Britta bei uns ist. Bitte, lieber Gott, beschütze auch Marianne und Klaus im Himmel. Wir danken dir für dieses Weihnachtsfest und die Familie.« Ich könnte kotzen.

Irgendwann öffnen sie alle wieder die Augen. »Guten Appetit«, dringt es von allen Seiten über den Tisch.

»Ihr habt doch früher sicher auch gesungen mit Marianne und Klaus, oder?«, fragt Peter.

Ich nicke und schaue vor mich hin. Auf dem Tisch stehen Teller und Gläser, die Auflaufform, mehrere Schüsseln, Stoffservietten. Der Raum ist spärlich beleuchtet. Das ist nicht mein Zuhause, will ich rufen.

Wir schweigen uns an. Ein dämmriges, gelangweiltes Beisammensein. Ein schüchternes Klirren von Besteck auf Tellern, weihnachtlich nur durch die Kerzen, den Baum und die Weihnachtslieder im Hintergrund. Das Unbehagen wird spürbar.

Margit legt die Stirn in Falten, schaut auf ihren Teller, scheint das Schweigen nicht mehr auszuhalten. Für einen kurzen Moment hält sie inne, dann hebt sie ihren Blick, sieht Nora und mir nacheinander in die Augen. »Was gab es bei euch eigentlich zu essen an Weihnachten? Das weiß ich ja gar nicht.«

Nora legt ihre Gabel, mit der sie zuvor den Spinat umgeschichtet, die Käsekruste vom Gratin gehoben und den Fisch zerteilt hat, auf ihrem Teller ab, die Serviette darauf, und lehnt sich provokativ zurück.

Margit beobachtet sie. Bevor ich ihr zuvorkommen kann, sagt sie: »Nora, du hast ja noch gar nichts gegessen. Du kannst doch noch nicht fertig sein.«

Sie kann sich nicht beherrschen, muss sich immer wieder einmischen, weil sie zu wissen meint, was das Richtige ist. Ich verstehe nicht, warum sie immer wieder davon anfängt. Und von Mama und Papa, von früher. Warum sie es nicht schafft, sich zusammenzureißen, zumindest heute.

»Ich hab keinen Hunger«, sagt Nora leise.

»Nora, das geht so nicht. Es gibt Kliniken dafür. Du weißt, dass man daran sterben kann, oder? Du könntest daran sterben, das willst du doch nicht.«

»Margit, hör auf!«, schreie ich sie an.

Nora springt auf, stützt sich mit den Händen auf der Tischkante ab, hebt ihren Teller hoch, wirft ihn hinter den Tisch, er zerspringt auf dem Boden. Die Zwillinge starren überrascht auf die Scherben, Peter stöhnt laut auf.

Nora schweigt. Es wirkt, als wisse sie selbst nicht, was sie sagen möchte oder sagen soll, was eine passende Antwort wäre. Das Schweigen und die betretenen Blicke machen mich nervös. Es ist einer dieser Momente, in dem alles stillzustehen scheint, in dem es nur darum geht, auf das zu warten, was passieren wird. Es liegt noch im Verborgenen, zeichnet sich ab, ist spür-, aber noch nicht sichtbar. Eine unerträgliche Stille legt sich über den Raum.

Dann, mit einem Mal, bricht es aus Nora heraus: »Ach Scheiße, Margit, du hast doch keine Ahnung! Weißt du, wie es sich anfühlt, in einem Leben festzuhängen, das du nie haben wolltest? Ich hasse das alles. Es soll einfach wieder so sein wie früher. Du hast doch keine Ahnung!« Immer weiter brüllt sie Margit an: dass sie nicht mehr über Mama und Papa reden solle, als sei das etwas Schönes, dass sie aufhören solle mit ihren beschissenen Ratschlägen und dieser Illusion von einer guten, heilen Welt.

Margit starrt Nora an, ihre Augen weit aufgerissen, zwischendurch schaut sie hilfesuchend zu Peter, der nur mit den Schultern zuckt. Die Zwillinge beobachten das Geschehen wie einen spannenden Film auf ihrem Tablet.

Nora schreit, dass sie jetzt gehen werde, dass sie fahren wolle und rennt aus dem Zimmer, Britta ihr hinterher. Ich sage den anderen, dass ich gleich wieder da sein werde.

In der Schlafzimmertür bleibe ich stehen. Nora sitzt weinend auf dem Bett, ihr Gesicht ganz rot vor Wut oder Trauer oder Verzweiflung.

»Ich kann das nicht. Bitte fahr mich nach Hamburg, Britta. Oder woanders hin, nur weg von hier.«

Britta umarmt sie, macht »Pscht«, streichelt ihr übers Haar, wischt mit einem Taschentuch die Tränen aus ihrem Gesicht. Es ist, als brauche Nora mich nicht.

»Komm schon, bleib doch noch, ich rede mit Margit«, schlage ich vor.

Jetzt faucht Nora auch mich an, steht auf dabei: »Mann Niklas, lass mich in Ruhe. Du hast mir gesagt, dass wir noch darüber reden könnten und gemeinsam überlegen. Dann wären sie jetzt vielleicht nicht hier. Wenn du nicht so lange bei deiner Lou geblieben wärst, ohne mir Bescheid zu geben. Ich wollte die ganze Scheiße nicht. Sie soll aufhören über Mama und Papa zu reden und mich nicht mit dem Essen nerven. Was denkt sie denn, was ich alles essen soll? Lass mich in Ruhe, Niklas!« Ihre Stimme zittert.

Dann wendet sie sich an Britta: »Lass uns bitte einfach fahren.«

»Aber jetzt fährt doch kein Zug mehr?«, fragt Britta in meine Richtung.

Ich schüttle den Kopf, obwohl ich mir nicht sicher bin.

»Dann mieten wir eben ein Auto«, sagt Nora, holt ihr Handy aus der Tasche und murmelt vor sich hin, dass sie sich darum kümmern werde.

Britta kommt auf mich zu, sagt: »Lass mal, wir kriegen das schon hin«, und schiebt mich aus der Tür. Es ärgert mich, dennoch bin ich ihr dankbar, weil sie Nora guttut und ich mir weniger Sorgen um sie mache, wenn Britta bei ihr ist.

Langsam gehe ich zurück ins Wohnzimmer.

»Und?«, fragt Peter.

»Na, jetzt fahren sie!«, brülle ich. Mich kotzt das alles an. Sofort drehe ich wieder um, gehe in die Küche, schenke mir ein zweites Glas Gin ein und warte auf Nora, eine Nachricht von Lou oder einfach darauf, dass es aufhört.

Margit kommt zu mir, setzt sich mir gegenüber an den Tisch und fragt mit leiser Stimme, ob sie etwas tun könne. Ich wollte, dass alles gut wird, habe mich zusammengerissen, jetzt schaffe ich es nicht mehr, spüre ein Stechen in meiner Brust, schreie sie an: »Geh einfach wieder rüber, Margit! Ihr könnt hier ja noch weiterfeiern, aber lasst uns in Ruhe! Ich warte noch auf Nora und gehe dann auch. Bleibt hier, solange ihr wollt, aber geht bitte, wenn ihr fertig gefeiert habt. Wir kommen schon klar ohne euch, wir schaffen das schon, okay? Allein ist es leichter für uns. Und es ist verdammt nochmal besser, zu vergessen, als zu erinnern. Jetzt geh einfach wieder rüber!«

Margit starrt mich mit aufgerissenen Augen an, sagt kein Wort, wirkt überfordert. Über ihrem linken Lid ein leichtes, gleichmäßiges Zucken. Sie öffnet den Mund, als wolle sie etwas sagen, schließt ihn aber sofort wieder. Dann hält sie einen Moment inne, bevor sie aufsteht und aus dem Raum geht.

Ich klopfe an die Schlafzimmertür. Britta öffnet sie einen Spalt breit und sagt, dass sie ein Auto mieten konnten und bald fahren werden. Im Hintergrund sehe ich Nora packen.

»Aber ich …«, fange ich an, doch dann beende ich den Satz nicht, weil es ist, als würden sich die Worte vor mir verstecken. Ich finde sie nicht, zumindest keine, die Nora helfen könnten. Schnell verabschiede ich mich von den beiden. Dann schreibe ich Margit und Peter, dass sie die Haustür hinter sich zuschließen und den Schlüssel in den Briefkasten werfen sollen, bevor sie ins Hotel fahren werden, lege den Zettel auf den Küchentisch, den Schlüssel darauf, und gehe nach draußen.

Eine seltsame, allumfassende Stille liegt über der Stadt. Langsam gehe ich die Straße entlang. Die Häuser sind beleuchtet, fast überall brennen Lichter. Hinter den geschlossenen Fenstern sehe ich einige Familien feiern, die Weihnachtsbäume strahlen vor sich hin. Es wirkt, als würden sie mich verhöhnen wollen, als würden sie es zur Schau stellen wollen, diese Familien. Wie glücklich sie doch sind und wie vollkommen. Und vor allem: alle zusammen. Alle noch zusammen in der Idylle.

Ich kehre um, hole mein Fahrrad aus dem Schuppen – ganz leise, damit mich niemand bemerkt –, dann fahre ich los, so schnell ich kann, um die Familien nicht sehen zu müssen, die beleuchteten Häuser; und weil ich bei Lou sein möchte.

Sofort geht sie ans Telefon. Ich frage, ob ich hochkommen könne, erzähle, dass es schwierig gewesen sei und ich sie sehen wolle.

»Ja, gerne!«

Die Tür zu ihrer Wohnung ist geöffnet. Lou steht im Slip vor dem geöffneten Kühlschrank, der mit seinem grellen Licht das Zimmer ausleuchtet. Warum trägt sie denn keine Kleidung bei der Kälte? Das Bild von ihr wirkt irreal wie eine Szene aus einem dieser verstörenden Filme von David Lynch, die Nora so gerne mag.

Lou schenkt uns Alkohol ein, steht mit dem Rücken zu mir, ihre Haut ist glatt, ihr Po klein und rund, die Schultern zu breit für ihren Körper, was sie stark aussehen lässt. Das gefällt mir.

»Du bist wunderschön«, sage ich.

Sie sagt nichts, dreht sich nur um und hält mir ein Glas hin. Ihre Nippel zeigen nach außen, als würden sie wissen wollen, was links und rechts neben Lous Körper vor sich geht. An ihrem Bauch ein Muttermal, direkt oberhalb des Nabels. Ihre Oberschenkel sehen aus wie die Beine eines Zebras: diese Linien und Streifen, die unterschiedlichen Farbtöne, von Weiß bis Dunkelrot. Teilweise sind nur feine, kaum sichtbare Striche in der Haut zu erkennen, an anderen Stellen bilden die Narben kleine Hügel. Es ist, als wäre Lous gesamtes Leben in ihren Körper gestanzt.

Noch immer hält sie mir ein Glas hin. Ich gehe auf sie zu, greife danach, trinke einen Schluck, dann lege ich meine linke Hand an ihre Wange, fahre daran entlang, über ihr Kinn, umkreise ihr Gesicht. Lou schließt die Augen, öffnet den Mund ein wenig. Ich betrachte ihre spröden Lippen, die kleine Lücke zwischen ihren Schneidezähnen, ihre Augenbrauen, die viel dunkler sind als ihre Haare und nicht so perfekt zurechtgezupft wie bei anderen Frauen. Ihre Natürlichkeit gefällt mir und ihr markantes Kinn. Immer weiter möchte ich sie anschauen. Noch immer hält sie ihre Augen geschlossen, ich bewege mein Gesicht näher an sie heran, berühre leicht ihre Lippen mit meinen, und sofort öffnet sie ihren Mund ein bisschen weiter. Mittlerweile weiß ich, wie sich ihre Zunge anfühlt, mittlerweile kenne ich den leicht salzigen Geschmack ihrer Lippen, und ich mag es, dass wir uns immer vertrauter sind, beinahe so, als seien wir ein Paar, als würden wir uns schon ewig kennen – nicht nur in meiner Fantasie, sondern auch in der Realität. Vorsichtig drücke ich Lou gegen die Küchentheke, stelle das Getränk darauf ab und fahre mit meinen Händen an ihrem Körper entlang. Ich streiche über ihre Arme, ihren Bauch, ihre Brust. Ihre Haut fühlt sich weich an, ganz zart, wie Seide. Sie zieht mich aus, bis ich nackt bin, wir drücken uns aneinander, sie schlingt ihre Arme um mich. Ich spüre ihren Körper an meinem, von oben bis unten, meine Haut an ihrer, und es ist, als berührten wir uns nicht nur an der Oberfläche, sondern auch im Innern, irgendwo gleich unter unserer Haut. Ich lasse meine Zunge um ihre Nippel kreisen, sage ihr, wie gut es sich anfühle mit ihr, dann dringe ich in sie ein. Zu Beginn sind wir beide noch ein bisschen unbeholfen, aber das stört mich nicht, denn wir bewegen uns im selben Rhythmus, bilden eine Einheit. Warm und weich fühlt sie sich an, sehr sanft umschlingt sie mich. Ich bin ganz bei ihr, in ihr, spüre ihre Wärme, schmecke ihre Haut, und endlich weiß ich wieder, wo mein Platz ist in der Welt. Lou stöhnt kurz auf, ich auch. Es ist nicht laut, nicht wild, sondern ganz leise und sanft, was ich schön finde. Erst jetzt, erst mit ihr bin ich endlich wieder ein vollständiger Mensch, wieder lebendig. Wir halten uns noch ein bisschen aneinander fest, und ich sage es ihr, sage ihr, dass sie mich vervollständige.

Sie fängt einen Satz an, dann stößt sie mich weg und rennt ins Badezimmer.

»Alles okay bei dir?«, rufe ich und meine, durch die geschlossene Tür ein »Hmm« wahrzunehmen.

Ob ich etwas falsch gemacht habe? Ob es an mir liegt? Wenn ich doch nur wüsste, was in ihr vorgeht. Immer ist da diese Diskrepanz zwischen ihren Handlungen und dem, was ich fühle und von dem ich denke, dass auch sie es fühlt. Der Sex mit ihr war anders als mit den Frauen zuvor: ehrlicher, existenzieller, nicht so mechanisch, weniger körperlich. Als seien unsere Gehirne, Gedanken, Gefühle miteinander verschmolzen, nicht nur unsere Körper.

Langsam öffnet sich die Badezimmertür. Lou bewegt sich wie in Zeitlupe. Noch immer ist sie nackt. Ihr Gesicht sieht seltsam aus, ihr Mund ein bisschen schief. Sie hält sich die Hand an den Bauch, setzt sich aufs Sofa, die Beine nah an den Körper gezogen. Zwischen ihren Schenkeln kann ich ihre Vulva erkennen. Ich möchte sie berühren, schmecken, küssen, die Wärme spüren.

»Kommst du zu mir?«, fragt sie.

Ich hole uns die Bettdecke aus dem Schlafzimmer, wir decken uns zu, sitzen nackt auf dem Sofa, nebeneinander. Ihre Haut an meiner. Ob es ihr gutgehe, frage ich.

Sie nickt, wirkt aber abwesend dabei, als sei sie irgendwo anders und nur ihr Körper hier bei mir. Ein Teil von ihr bleibt mir immer verborgen, ich kann ihn nicht greifen, diesen Teil, nicht sehen.

»Schön war's!«, flüstere ich ihr zu.

Sie nickt, dann legt sie sich hin, ihren Kopf auf meine Schenkel. Ich fahre ihr durchs Haar, an der Schulter entlang und über ihren Arm.

»Warum musst du das machen?«, frage ich, während ich ihre Narben mit zwei Fingern berühre.

»Ist lange her.«

Das kann nicht sein. Manche Narben sehen noch frisch aus. Ich spreche es nicht aus, sondern frage sie nur: »Lässt du mich dich irgendwann trösten?«

Sie ignoriert meine Worte, schweigt eine Weile, ihren Kopf von mir weggedreht, dann fragt sie: »Was war denn los bei dir zu Hause?«

Wie gut sie es versteht, auszuweichen, Fragen zu umgehen, Worte zu überspielen. Als hätte sie es geübt, jahrelang womöglich.

Alles erzähle ich ihr, erzähle von heute und gestern, von früher, von Nora, von den Erinnerungen, die Margit uns aufgezwungen hat. Ich rede immer weiter. Lou küsst mich auf den Bauch.

Irgendwann schläft sie ein, ich schließe meine Augen und spüre etwas, endlich geht das wieder. Wenn sie bei mir ist, fühlt es sich an wie ein ans Bett gebrachter Kaffee, wie der erste Schnee im Winter, wie Autofahrten in den Süden oder wie Abende am See bei lauter Musik.

Mit ihrem Gesicht vor meinen Augen wache ich auf. Sie strahlt mich an: »Lass uns wegfahren heute.«

Es ist schon Mittag, wir haben lange geschlafen. Nackt nebeneinander, sie in meinem Arm.

Mit meinem Rennrad fahren wir los. Lou setzt sich auf die Stange, es ist wackelig, ich halte sie mit meinen Armen fest, sie bewegt ihre Beine hin und her. Der Nebel lichtet sich am Horizont, die Straßen sind noch weihnachtlich verschlafen. Wir fahren auf die Reichenau, die lange Allee entlang. Fast allein sind wir.

»Schau mal, die Vögel«, sagt Lou und sieht nach oben. Ich folge ihrem Blick, verliere dabei den Halt. Wir fallen um, und dann bleiben wir einfach lachend auf dem Boden liegen. Lou lacht laut. Sie lacht laut und leidet leise.

Auf der Insel machen wir am Ufer Halt. Es ist kalt, wir haben keine Decke dabei, nichts zu essen, nichts zu trinken. Ich friere.

Lou legt sich auf das nasse Gras und schließt ihre Augen. »Mach mal die Augen zu!«

Ich lege mich neben sie, unsere Arme berühren sich und unsere Hände.

»Siehst du die Glühwürmchen?«, fragt Lou. Und ja, es funkelt hinter meinen geschlossenen Lidern. Es ist die Sonne, die auf uns scheint. Nur ein kleiner Sonnenstrahl, der sich seinen Weg durch den Nebel bahnt.

Ich küsse sie auf die Wange. Im Hintergrund die Geräusche des Wassers, ein leichtes Plätschern, ab und zu der Flügelschlag eines Vogels. Und die Glühwürmchen vor unseren Augen.

In die Stille hinein frage ich sie, was es mit ihren Erinnerungen auf sich habe und mit ihren Narben, wieso sie nicht über ihre Vergangenheit reden wolle, sich vor mir verschließe. Sie reagiert nicht auf meine Worte, beinahe wirkt es, als würde mein Fragen nicht bei ihr ankommen, als würde es auf dem Weg zu ihr verloren gehen. Sie liegt einfach da und schweigt.

»Wenn du da bist, fühle ich mich nicht allein«, sage ich. Sie dreht sich zu mir und lacht.

Dann sprechen wir über Oma, ich erzähle Lou von meiner Angst, es nicht mehr schaffen zu können, von der Verantwortung, die mich überfordert, von der Angst vor weiteren Verlusten und dem Alleinsein. Sogar von den Tabletten in der Toilettenschüssel erzähle ich ihr. Nun doch – weil es sich nicht mehr zu intim anfühlt, weil ich mir sicher bin, dass sich ihre Blicke nicht verändern, wenn sie es weiß, und weil ich ihr alles sagen möchte. Alles soll sie von mir wissen, alles möchte ich von ihr erfahren.

Sie unterbricht meine Gedanken: »Wünschst du dir, du wärst verschwunden damals?« Ganz ernst und aufmerksam ist sie plötzlich.

»Ich weiß nicht. Zuerst ja, jetzt nein. Weil du da bist.«

Sie dreht sich auf den Rücken. Ihre Lippen sind schon bläulich von der Kälte.

»Frierst du?«, frage ich.

»Ja. Aber ich mag das.«

Ich nicke. Ja, ich auch.

Dann fahren wir zurück zu ihr.

Vor ihrer Haustür halte ich an. Lou steigt ab. Ein älterer Mann kommt uns entgegen, neben ihm an der Leine ein großer Hund. Sein Fell ist schwarz, nur der Latz und seine Pfoten sind strahlend weiß. Lou bückt sich, der Hund trottet auf sie zu, schleckt ihr übers Gesicht, dann dreht er sich auf den Rücken und lässt sich von Lou den Bauch kraulen. Immer wieder fährt sie mit ihren Händen durch das dicke, glänzende Fell. Dabei lacht sie und sieht befreiter aus als sonst. Ihre Augen leuchten und sie verändern ihre Farbe. Jetzt sind sie bernsteinfarben wie die des Hundes. Es ist, als würde alles, was Lous Augen betrachten, in sie hineinfallen und sich darin auflösen.

»Ich mochte den Hund«, sagt sie später in ihrer Wohnung. »Früher hatte ich auch einen, aber er war nicht wirklich da, nicht real.«

Ich möchte sie danach fragen, endlich verstehen, fange einen Satz an, den sie sofort unterbricht: »Mir ist kalt, ich gehe schnell duschen. Und dann könnten wir was kochen und danach noch feiern gehen, ja?«

»Ja, sehr gerne.«

Während sie im Badezimmer ist, schneide ich die beiden Auberginen, die sie noch im Kühlschrank hatte, in kleine Stücke, denke an Nora dabei, schreibe ihr eine SMS, weil ich zumindest wissen möchte, ob sie gut angekommen ist in Hamburg. Kurz darauf kommt ihre Antwort. »Ja, sorry, dass ich gehen musste. Ich rufe dich morgen an.« Ich lege das Handy zur Seite, frage mich, ob Margit und die anderen wohl schon auf dem Weg nach Hause sind oder noch im Hotel, ob sie den Schlüssel in den Briefkasten geworfen haben. Doch nur kurz sind meine Gedanken bei ihnen, dann wandern sie wieder zu Lou. Ich gebe die Auberginen in die Pfanne, ein paar Tomaten und Käse dazu, koche Spaghetti.

Mit nassen Haaren kommt Lou ins Zimmer, stellt sich hinter mich, legt ihre Arme um meinen Bauch und küsst mich in den Nacken.

Nach dem Essen sagt sie, dass sie noch etwas zeichnen müsse, dass es wichtig sei. Und dass sie noch ein Geschenk für mich habe, ich es aber erst später bekommen könne, weil es noch nicht fertig sei, dass es noch dauere. Ich setze mich aufs Sofa, schaue ihr zu, wie sie auf dem Boden sitzt und zeichnet. Nichts kann ich erkennen, sehe nur ihren Rücken und zwischendurch ihr Gesicht, wenn sie sich umdreht, um mich anzuschauen.

Irgendwann schließt sie das Heft, springt auf, kommt auf mich zu, küsst mich auf den Mund und ruft – so laut, dass es wirkt, als seien die Worte nicht nur an mich gerichtet, sondern an die ganze Welt: »Lass uns tanzen gehen!«

Noch immer sind die Straßen fast leer. Lou schlägt vor, dass wir zu Fuß gehen. Auf dem Weg wirkt sie unbeschwerter als sonst, als fühle sie sich wohler, sicherer. Ob es an mir liegt oder daran, dass wir kaum jemandem begegnen?

Wir gehen in den Club von damals. Direkt am Eingang fragt Lou einen Typen mit riesigen Pupillen nach MDMA. Ich flüstere ihr zu, dass ich die Nacht lieber ohne Drogen verbringen wolle, weil das ehrlicher sei. Ich muss es wiederholen, schreien, die Musik ist zu laut. Lou nickt, kauft trotzdem etwas, packt das Päckchen in ihre Hosentasche. Dann tanzen wir. Wir tanzen, atmen, schwitzen, ich spüre ihren Körper an meinem, möchte mich an ihr festhalten, mich festklammern, nie wieder loslassen müssen.

»Bleib bei mir, ich liebe dich«, sage ich ihr, weil ich weiß, dass sie es nicht verstehen wird bei der lauten Musik. Immer wieder spreche ich diese Worte aus. Sie lacht nur, schaut mich dabei an mit ihren Augen, die jetzt innen dunkler sind als außen, um die Iris ist ein hellblauer Rand zu erkennen. Ihre Pupillen verändern sich im Rhythmus der Musik, werden kleiner und größer. Immerzu möchte ich sie anschauen, wie sie sich um meinen Körper dreht. Wir küssen uns nicht. Ich denke: Später wieder, später. Und noch so vieles mehr mit ihr.

»Ich hab schrecklichen Durst!«, brüllt Lou mir in einer kurzen Pause zwischen zwei Songs ins Ohr. Wir gehen an die Bar, auch hier ist weniger los als beim letzten Mal. Ich bestelle uns zwei Gin Tonic, Lou sagt, dass sie auf Toilette müsse und gleich wieder da sei.

Während ich ihr noch nachschaue, höre ich ein »Hey« neben mir. Es ist Tobias.

»Ach hi!«, rufe ich ihm zu, obwohl ich nicht mit ihm reden möchte. Nur mit Lou möchte ich sein, nur mit ihr möchte ich sprechen, weil sie sich nicht hinter Euphemismen versteckt wie alle anderen, weil sie nichts Belangloses von sich gibt, weil sie den Mund immer nur dann öffnet, wenn sie etwas zu erzählen hat und weil auch ich nichts Überflüssiges sagen muss bei ihr.

»Na, wie geht's?«, ruft Tobias.

Ich sage: »Gut, und dir?«, schaue aber nur nach Lou, starre auf die Tür, die zu den Toiletten führt. Immer ist da diese Angst in mir, dass sie wieder verschwinden könnte. Ich spüre die Angst als schnelles, kurzes Zittern irgendwo in der Nähe meines Herzens. Doch dann sehe ich sie kommen, sehe ihr Lächeln, ihre hüpfenden Schritte, und sofort ist alles wieder gut.

Tobias erzählt etwas, ich höre nicht zu.

»Das ist Lou, Lou, das ist Tobias«, sage ich, als sie schon fast vor uns steht. Tobias dreht sich um, schaut Lou an, sie ihn. Ihr Blick wie eingefroren.

»Lou, häh? Hast du deinen Namen geändert?«, fragt Tobias.

Sie starrt ihn nur an mit riesigen Augen und schmalen, zusammengepressten Lippen. Ihre Haut sieht beinahe durchsichtig aus, wie Pergament, noch blasser als sonst. Sie beißt sich auf die Unterlippe, knetet mit ihren Händen an ihren Armen herum.

»Hab dich ja ewig nicht gesehen, Simone, seit dem Abi, oder? Wie geht's dir denn? Ist alles gut?«

»Lass mich in Ruhe, ich kenne dich nicht, okay?«, schreit sie.

Dann läuft sie los, ich kann sie nur noch am Ärmel festhalten. Sie dreht sich zu mir um, brüllt mich an, dass sie jetzt sofort gehen müsse, hier raus, dass ihr übel sei. Ich lasse los, sofort stürmt sie nach draußen, ich renne ihr nach. Vor dem Club bleibt sie stehen, blickt zum Himmel, atmet hörbar ein und aus, und mit einem Mal verschwindet die Leichtigkeit aus meinem Körper. Stattdessen Schwere und ein Drücken im Kopf.

»Was war das denn? Kennst du den?«, frage ich.

»Nein«, sagt sie leise und mit zittriger Stimme. »Lass uns bitte gehen, ja?«

Wir laufen nebeneinanderher, ohne etwas zu sagen. Sie beißt auf ihrer Unterlippe herum, ein bisschen Blut läuft an ihrem Kinn herunter. Irgendwann wird sie ruhiger. Ich schweige, wir schweigen beide.

Obwohl ich kaum etwas über sie weiß, wirkt sie so vertraut, wenn sie neben mir ist: ihre Schritte, ihr Gesicht, ihre Arme, die beim Gehen ganz leicht hin und her schwingen.

»Lou, was war denn da los? Heißt du wirklich Simone? Steht das in deinem Ausweis? Und Tobias war doch hier auf der Schule, wieso denn dann Abi? Wenn du erst seit Kurzem in Konstanz bist? Sag mir doch einfach, was mit dir los ist.« Es überfordert mich alles, wird mir zu viel, ich werde immer lauter. Meine Stimme überschlägt sich.

Lou schweigt noch immer. Von der Seite aus schaue ich sie an. Ihr Blick ist auf die Straße gerichtet, ihre Arme schwingen nicht mehr.

Erst vor ihrer Haustür spricht sie wieder mit mir: »Ich möchte heute lieber allein sein.« Sie sagt es ganz ruhig, leise und so, als schäme sie sich.

Ich nicke, umarme sie zum Abschied, möchte sie noch fragen, wann wir uns wiedersehen können, ob es ihr gut gehe, denke über die Worte nach, versuche, sie in meinem Mund zu formen. Doch ich überlege zu lange, denn als ich die passenden Worte endlich gefunden habe, ist Lou schon verschwunden. Ich höre nur noch die Tür ins Schloss fallen.

Lou

stellt sich unter die Dusche in der Hoffnung, das kalte Wasser würde alles von ihr nehmen: die Erinnerungen und das Leben, das mal ihres war. Früher.

Sie hätte wissen müssen, dass es ihr nicht gelingen würde, sich zu befreien von alledem. Und dass die Begegnung mit Niklas alles nur noch schlimmer machen würde, sein Wollen und Wünschen und Hoffen.

Die Haut an ihren Händen ist aufgeschwemmt, schrumpelig, weiß. Das Messer – sie sieht es vor sich, ballt ihre Hand zur Faust.

Für einen kurzen Moment kam sie ins Straucheln, stellte es infrage – wegen Niklas, nur seinetwegen. Er ist der erste Mensch, den sie in ihre Welt gelassen hat, weil er sie sieht, von innen wie von außen, weil er sich nah anfühlt, weil auch er verzweifelt ist, weil sie darüber verbunden sind: über die Verzweiflung, den Schmerz, die Trauer, die Überforderung. Vielleicht. Und weil sie sich gut fühlt mit ihm, beinahe geborgen.

Sie hat ihn in ihre Welt gelassen und in ihren Körper. Zum ersten Mal hat sie jemanden in ihren Körper gelassen. Wenn er doch nur wüsste, wie viel das bedeutet. Wie sie ineinander verschlungen waren, sein Körper und ihrer. Wie sie verschiedene Muster ergeben haben. Die Körper als Muster, als Bild vielleicht, vielleicht sollte man sie malen. Als Erinnerung.

Sie hat ihm alles gezeigt: ihre Narben, ihre Verletzungen, ihr Herz. Alles hat er gesehen und ist dennoch geblieben. Nur ihren kaputten Kopf würde sie ihm nicht zeigen können.

Wenn schon sein, dann mit Niklas. Sie spricht ihn laut aus, diesen Satz. Wenn schon sein, dann mit ihm, weil er ihr dabei hilft, dass sie sich selbst wieder spüren kann, sich selbst wieder sieht. Es fühlt sich an, als könnte sie sich irgendwann zuhause fühlen bei ihm. Und genau das wünscht sie sich. Aber immer ist sie nur irgendwo, in einer Zwischenwelt zwischen mehreren Orten, immer auf einer Linie, die Punkte verbindet. Sie wünscht es sich so sehr: Niklas als Punkt, als Zuhause. Aber schon wieder macht sie alles falsch.

Und vor allem hat sie Angst davor, von Niklas durchschaut zu werden. Es wirkt, als könnte er in ihr Hirn schauen, ihr Denken lesen, als sei er schon zu weit in sie eingedrungen. Er darf es nicht wissen, ihren Kopf nicht sehen, wie er ist. All das Abstoßende muss sie vor ihm verbergen.

Irgendwann muss sie eine Entscheidung treffen. Und so sehr sie sich wünscht, Niklas als Punkt in ihrem Leben zu haben, so sehr wünscht sie sich auch, keine Angst mehr haben zu müssen, die Kontrolle nicht mehr zu verlieren. Frei entscheiden zu können. Stärker zu sein als er. Ein einziges Mal. Und er, er würde nichts dagegen tun können. Vermutlich wäre es ihm ohnehin egal.

Er hat sich nie verteidigt, warum auch, keiner hat ihn je angegriffen. Was er wollte, hat er sich genommen. Er wusste immer, was er will. Nie hatte er Angst. Wenn man keine Angst hat, ist alles ganz leicht. Aber er wird Angst haben. In diesem Moment, den sie tausendmal in ihrem Kopf durchgespielt hat. Er wird Angst haben, und sie wird stärker sein am Ende. Ein einziges Mal wird sie diejenige sein, die keine Angst hat.

10

»Herr Jansen«, ruft Dr. Stakowsky. Ich gehe durch die Tür, setze mich.

»Wir hatten das meiste ja schon besprochen«, fängt er an. »Ihrer Großmutter geht es soweit gut. Das Beruhigungsmittel hat sie gut vertragen, ich habe hier den aktuellen Medikamentenplan. Am besten, Sie setzen sich gleich heute mit dem Hausarzt in Verbindung, für eine Woche gebe ich Ihnen die Tabletten mit. Achten Sie bitte darauf, dass sie ausreichend trinkt. Das Blutdruckmedikament haben wir reduziert, ab jetzt bekommt sie nur noch eine halbe Tablette am Morgen. Außerdem sollte der Hausarzt Ihrer Großmutter ein Rezept für Physiotherapie aufschreiben, ein paar Übungen – selbst im Liegen – wären gut. Haben Sie noch Fragen?«

Bevor ich antworten kann, steht er auf, drückt mir ein paar Arztbriefe in die Hand und verabschiedet sich.

Ich nicke ihm zu.

Es ist heiß im Krankenhaus. Ich habe das Gefühl, keine Luft mehr zu bekommen, und den Geschmack von Blut im Mund. Hastig gehe ich nach draußen, zünde mir eine Zigarette an, schaue auf mein Handy. Lou hat sich nicht gemeldet, gestern schon habe ich den ganzen Tag gewartet, immer wieder ihre Nummer gewählt, dann doch nicht angerufen, Nachrichten geschrieben und wieder gelöscht.

Jetzt warte ich wieder: auf einen Anruf oder eine Nachricht von ihr. Oder von Nora. Oder von Max. Ich habe ihn nach Tobias' Nummer gefragt.

»Na, Oma, jetzt darfst du endlich nach Hause. Schön, oder?«

Sie schaut mich an, lächelt ein bisschen. Der Hase liegt in ihrem Arm. Im Rollstuhl fahre ich sie nach draußen, die Jutebeutel an die Griffe gehängt. Bei jedem Schritt schlagen sie gegen meine Beine. Ich hieve Oma aus dem Rollstuhl auf den Autositz des Taxis. Sie wirkt noch schwerer als vor dem Unfall, hilft gar nicht mehr mit, hängt wie ein Sack voller feuchtem Mehl in meinem Arm. Es sticht in meinem Rücken, der Schmerz zieht nach vorn, als würde mein Bauchnabel nach innen gezogen werden.

Oma schaut sich fragend um, erkennt die Wohnung nicht. Als ich sie an den Wohnzimmertisch schiebe, tauchen die Bilder von Weihnachten auf: diese Stille, der Streit, Nora mit ihrem traurigen, verzweifelten Blick. Gestern lag ich nur im Schlafzimmer, um mich nicht erinnern zu müssen. Nun geht das nicht mehr. Wegen Oma.

Ich bringe ihr ein Glas Wasser und mache uns Rührei mit Tomaten. Ihr Lieblingsessen.

Sie greift nach der Gabel, versucht das Essen aufzuspießen, trifft aber nur den Tellerrand. Noch bevor ich ihr helfen kann, nimmt sie die Eierstückchen in die Hand und steckt sie sich nacheinander in den Mund.

»Schön, dass du wieder da bist, Oma«, sage ich und weiß nicht, ob es die Wahrheit ist.

»Kann ich bitte Ihren Chef sprechen?«, fragt sie.
»Warum?«, möchte ich wissen.

Und dann, mit einem Mal, brüllt sie mich an: dass es ihr jetzt reiche, sie endlich nach Hause wolle und sich nicht ständig herumkutschieren lasse. Dass es eine Unverschämtheit sei und sie sich bei meinem Chef beschweren wolle. Sie gestikuliert dabei mit ihren Händen. Ich lasse sie schreien. Nach einer Weile werden die Bewegungen ihrer Arme ruhiger, die Kreise kleiner, die sie mit den Händen macht, die Linien kürzer, die sie durch die Luft zieht.

Am Abend möchte sie nichts essen, starrt nur die Wand an, schließt immer wieder die Augen, sackt zusammen, als ich versuche, sie aus dem Rollstuhl in ihr Bett zu heben. Ich kann sie gerade noch halten, fast wäre sie auf den Boden gefallen. Auch ich habe keine Kraft heute.

»Wo bin ich?«, fragt sie.

»Zu Hause, Oma, du bist zu Hause.«

Sie glaubt mir nicht.

»Gute Nacht«, sage ich nur, schließe die Tür und rufe Tobias an.

»Hallo Tobias, hier ist Niklas.«

»Ah hi«, sagt er lustlos.

»Sorry, dass ich anrufe. Max hat mir deine Nummer gegeben. Ich wollte dich nur fragen wegen dem Abend im Club, weil du meintest, du würdest meine Freundin kennen. Stimmt das?«

»Ja klar«, antwortet er, im Hintergrund höre ich ein Rascheln. Er klingt unbeteiligt, scheint nebenher etwas anderes zu tun, das ihm wichtiger ist. Trotzdem erzählt er, dass sie Simone heiße und mit ihm zur Schule gegangen sei. Kaum Freunde habe sie gehabt, sei eher zurückgezogen gewesen, irgendwie sonderbar.

»Ich frage nur, weil sie mir erzählt hat, sie sei im Norden aufgewachsen und habe keine Eltern mehr«, sage ich, und sofort tut es mir leid. Wie ein Verräter komme ich mir vor. Als hätte ich Lou unrecht getan mit diesem Satz.

»Nee, Quatsch«, nuschelt Tobias ins Telefon, »sie war seit der Fünften mit mir in der Klasse. Ihre Eltern kenne ich vom Sehen, von irgendwelchen Schulfeiern. Ihr Vater ist Anwalt, der hat seine Kanzlei auch noch hier, meine Mutter hat sich letztes Jahr in einer Unfallsache von ihm vertreten lassen.«

Augenblicklich ist eine Kälte in mir, vor allem in meinem Kopf, als würde er von innen zufrieren. Auch mein Körper wie eingefroren. Nur meine Hände und Füße nicht. Sie sind heiß, es kribbelt in ihnen, als würden Ameisen über sie laufen.

»Wie ist ihr Nachname?«, frage ich nur noch.

»Baumgartner.«

Ohne mich zu verabschieden, lege ich auf. Für einen Moment bleibe ich regungslos am Fenster stehen, dann gehe ich in den Garten und setze mich aufs nasse Gras. Es schneit ein bisschen. Die Schneeflocken fallen auf mein Gesicht, in meine Augen. Ich bleibe sitzen, bis mein Körper taub ist vor Kälte.

Scheiße, was ist denn bloß los mit ihr? Ich weiß nicht, was ich tun soll, frage mich unentwegt, warum sie mich angelogen hat. Alles Mögliche hätte sie mir erzählen können, jedes einzelne Wort hätte ich geglaubt. Ich bin nicht wütend, denn ich spüre, dass es einen Grund für ihre Lügen gibt, irgendeinen verfickten Grund. Ich möchte ihn nur kennen, nur wissen, was in ihr vorgeht. Und obwohl ich schon jetzt weiß, dass sie meine Fragen nicht beantworten, mir zumindest nicht die Wahrheit sagen wird, fahre ich zu ihr. Ich kann nicht anders, halte es nicht aus, muss wissen, was los ist, wer sie ist.

Bevor ich sie anrufe, schaue ich auf die Klingelschilder. »S. Baumgartner« steht dort zwischen vielen anderen Namen. Mit schwarzem Filzschrift auf das kleine Schild geschrieben. In meinem Kopf schon wieder dieses Rauschen. Als sei er zu voll von Gedanken und deshalb zu schwer, deshalb am Dröhnen.

Ich rufe Lou an, klingle nicht, obwohl ich es jetzt tun könnte. Sie öffnet die Tür, umarmt mich, gibt mir einen langen Kuss. Ganz leidenschaftlich und nah. Dann sagt sie, dass sie spazieren gehen wolle, weil es mit dem Schnee so schön sei draußen. Ich möchte nicht gehen, frage sie, ob wir nicht hierbleiben können.

Sie tritt schon über die Türschwelle.

»Bitte, Niklas, bitte lass uns rausgehen. Die Schneeflocken sehen so schön aus.«

Also gehen wir raus. Der Schnee ist wirklich schön. Riesige Flocken, die sich vom dunklen Himmel und dem Grau der Stadt abheben, alles voller glitzernder Punkte. Wie Glühwürmchen.

»Ist deine Oma jetzt wieder zu Hause?«

Ich nicke, frage mich, wie ich das Gespräch einleiten, wie ich erzählen kann, dass ich ihren Namen, ihre Lügen, ihre Vergangenheit kenne, ohne dass sie sauer auf mich wird.

»Lou … du heißt wirklich Simone, oder? Also das ist der Name in deinem Ausweis, stimmt's? Simone Baumgartner?«

Von einem Moment auf den anderen bleibt sie stehen, schreit mich an: »Lass mich in Ruhe!« Wieder diese funkelnden Augen.

»Nein!«, schreie jetzt auch ich.

Meine Stimme wirkt fremd, lauter als sonst. Wütend bin ich nicht, ich habe Angst, sie zu verlieren. Die Angst ist zu groß, nur deshalb schreie ich. Ich sage es ihr.

»Scheiße, Lou, sag mir doch einfach, was los ist. Es ist doch schön mit uns, oder nicht?«

Nichts erwidert sie, kein einziges Wort. Ihr Mund verzieht sich, ganz schräg ist er jetzt, sie presst ihre Lippen zusammen.

»Ist es doch, oder?«

Sie steht da mit ihrem seltsamen Mund und schweigt noch immer. Dann geht sie, einfach so, lässt mich hier zurück.

»Lou, bleib bitte stehen!«

»Lass mich in Ruhe!«, brüllt sie wieder.

»Nein, Lou, bitte rede doch einfach mit mir. Vielleicht kann ich dir ja helfen, irgendwas tun.«

Wieder schreit sie, noch lauter: »Du mit deinem verfickt perfekten Leben, du denkst jetzt, dass du irgendwas dazu sagen könntest? Immer kommt jemand, der keine Vorstellung von der ganzen Scheiße hat, und meint, mir helfen zu müssen. Du kennst die Welt doch gar nicht, wie sie wirklich ist, du hast doch keine Ahnung.«

Dann läuft sie davon.

Ich schaue ihr nach, zuerst ihr, bald darauf nur noch ihrem Schatten, immer weiter, bis er verschwunden ist. Mir ist kalt, mein Hals trocken, mein Herz schlägt schneller und schneller, beruhigt sich erst wieder, als ich mich auf den nassen Boden lege, die Kälte spüre und mich zusammenrolle.

Lou

sitzt auf dem Balkon in der Kälte. Es tut ihr leid, dass sie Niklas angeschrien hat, dass ihr Körper ihn angeschrien hat. Sie wollte es nicht, weiß, dass es unfair war, dass auch sein Leben nicht perfekt ist.

Aber sie fühlte sich bedroht, unter Druck gesetzt, ertappt. Und sie wollte diesen Namen nicht hören. Er klebt an ihr fest, dieser Name. So sehr sie sich auch bemüht, sie wird das alles nicht los: den Namen nicht, die Erinnerungen nicht, die Bilder, die ganze Scheiße.

Der Plan war so gut. Nur hierbleiben, bis es geschafft ist, das Messer nehmen und dadurch endlich alles hinter sich lassen. Als könnte man das – seine Vergangenheit hinter sich lassen. Vielleicht geht es nicht, vielleicht ist es eine Illusion, vielleicht redet sie es sich nur ein. Sie wünschte, sie könnte wieder verdrängen, das alles vergessen. Aber es geht nicht mehr, von einem Tag auf den anderen – vor Jahren – war alles wieder da und die Verdrängung kümmerte sich nicht mehr um Lou, um die anderen, verabschiedete sich, ließ sie im Stich.

Ob sie es jemals schaffen würde? Jemals vor ihm stehen können und mit dem Messer seinen Körper zerstückeln? Sie dachte, es würde ihr leichtfallen, nur deshalb ist sie überhaupt hiergeblieben, an diesem Ort voller Erinnerungen. Wenn sie geahnt hätte, dass es ihr nicht gelingen würde, immer wieder aufs Neue, wäre sie nicht mehr hier. Nicht mehr in Konstanz. Oder nicht mehr auf der Welt.

Sie hasst sich selbst dafür, dass ihr Körper jedes Mal erstarrt, wenn sie ihn nur anschaut. Und das, obwohl sie es so oft geübt hat, fast schon einstudiert. Immer wieder hat sie es sich ausgemalt in all den Nächten, in denen sie mit ihrem Ich gehadert hat, immer dann, wenn das Bewusstsein zurückkehrte, Gedanken immer im Kreis herum, Leben, Sterben, er oder sie. Die Vorstellung, ihn zu töten, beruhigte sie in all den Jahren. Er müsste sie ansehen dabei, müsste wissen, dass sie es ist. Sie würde das Messer nehmen, ihn zerschneiden und dabei zusehen, wie das Blut aus seinem Körper läuft. Es müsste anstrengend sein. Und dabei würde sie ihm alles sagen. Auch die Sätze hatte sie vorbereitet. Weißt du, würde sie sagen, ich habe keine

Angst vor dem Tod – nicht vor deinem, nicht vor meinem. Mein Ich hat sich ohnehin schon längst fragmentiert. Nur noch einzelne Teile, kleine Kammern. Immer wieder habe ich mich bemüht, die zerbrochenen Stücke zusammenzusetzen, doch bei jedem einzelnen Versuch habe ich mich verletzt. Das Blut tropfte in dunkelroten Kugeln auf den Boden. Und mittlerweile habe ich begriffen, dass es sich nicht kitten lässt, nicht mehr zusammensetzen, denn dafür sind es zu viele Splitter. Und sie sind nur deinetwegen da, du bist schuld – schuld an dem Chaos in meinem Kopf. Ich wusste immer, dass ich mich erst dann von dir werde befreien können, wenn einer von uns tot ist. Und denk an mich, wenn du stirbst. Denk daran, wie du alles Lebendige verdunkelt hast.

11

Seit Tagen ist es grau, seit Tagen liege ich im Bett, stehe nur auf, um Oma ins Bad zu bringen oder ihr Essen zu geben. Sie bemerkt mich nur selten, zieht sich immer mehr zurück, redet kaum noch. Sogar zum Trinken muss ich sie zwingen.

Es klingelt. Ich schrecke hoch, obwohl ich weiß, dass es Holger sein muss.

Noch in der Tür stehend fragt er: »Du siehst aber schlecht aus, Niklas, ist alles in Ordnung?«

Ich nicke, gehe vor ihm her zu Oma, die schlafend im Rollstuhl sitzt.

»Frau Maier, hallo! Hören Sie mich? Ich möchte Sie untersuchen, ist das in Ordnung?«

Für einen Moment wacht sie auf, Holger misst ihren Puls, ihren Blutdruck, schaut die Arztbriefe und Medikamentenpläne durch, die ich ihm in die Hand drücke, und gibt mir die Rezepte, die ich schon telefonisch bestellt habe.

Dann verabschiedet er sich von Oma.

»Auf Wiedersehen«, murmelt sie, bevor sie wieder die Augen schließt und ihren Kopf auf die Brust fallen lässt.

Der Hase sitzt auf dem Tisch. Seit Oma wieder zu Hause ist, möchte sie ihn nicht mehr haben. Immer, wenn ich ihn ihr gebe, wirft sie ihn auf den Boden.

Im Flur bleiben wir stehen.

»Sie wird immer schwächer«, sage ich, »reagiert kaum noch.«

Holger nickt. »Ja, sie hat abgebaut, das merkt man. Weißt du, Niklas, irgendwann kommt der Punkt, an dem sie sich zurückziehen. Du musst dich darauf einstellen, dass es nicht mehr lange geht.«

»Ja, ich weiß das«, sage ich und schiebe hinterher: »Meinst du, dass das wegen des Krankenhausaufenthaltes so schnell geht jetzt?«

»Ja, kann schon sein. Der Sturz hat sie natürlich mitgenommen. Und für demente Patienten ist es belastend, wenn sie plötzlich woanders sind.«

Ohne etwas zu erwidern, verabschiede ich mich von ihm.

Als er weg ist, lege ich mich wieder ins Bett. Ich kann nichts anderes mehr tun. Sie fehlen mir: Mama und Papa, Nora, die sich seit Weihnachten von mir distanziert, sogar Oma, die immer mehr verschwindet. Und Lou. Vor allem sie. Nach unserem letzten Treffen habe ich immer wieder aufs Neue überlegt, sie anzurufen, zu ihr zu gehen, ihr erneut all die Fragen zu stellen, auf die ich keine Antworten finde. Und obwohl ich so gerne ihre Stimme gehört hätte, habe ich nichts davon getan, weil ich gehofft hatte, sie würde sich melden. Doch nichts, keine Nachricht, kein Anruf, kein Besuch. Sie fehlt mir mehr als alle anderen, und es ist, als würde auch ich mich auflösen, seit sie nicht mehr in meinem Leben ist. Durch unsere Begegnung ist eine Art Verwandlung in meinem Innern eingetreten, irgendwo unter meiner

Haut, zumindest fühlt es sich so an. Nur dank ihr bin ich heute nicht mehr der Mensch, der ich vor unserem Kennenlernen noch gewesen war, nur dank ihr weiß ich wieder, wie es ist, etwas zu spüren. Endlich kommt es mir nicht mehr so vor, als stünde ich nur irgendwo am Rand und betrachtete das Leben der anderen wie einen Film im Kino. Nein, mit ihr nehme ich endlich wieder teil an dem Ganzen. Das Leben nicht mehr von außen, sondern endlich wieder von innen. Nur ihretwegen, nur mit ihr. Doch jetzt ist sie weg und bei dem Gedanken, sie nie mehr wiederzusehen und dadurch wieder zu dem Menschen zu werden, der ich vor unserer Begegnung noch gewesen war, ist es, als zögen sich meine Organe zu einem festen Klumpen zusammen.

»Mama!«, höre ich Oma rufen. Sie klingt ängstlich.

Ich stehe auf, gehe zu ihr, hocke mich neben sie und lege meine Hände auf ihren Schoß.

»Es ist alles okay, Oma. Deine Mutter ist gerade einkaufen. Sie kommt bald wieder, in Ordnung? Und ich bin ja da.«

Sie schaut durch mich hindurch, starrt an die Wand, dann zur Tür.

»Ach guten Tag, Marlene, schön, dass Sie auch mal wieder da sind. Darf ich Ihnen einen Tee anbieten?«, fragt sie, ihr Blick noch immer Richtung Tür gerichtet. Eine Marlene kenne ich nicht. Niemand steht in der Tür. Oma redet immer weiter, ganz höflich, so, wie sie es von früher gewohnt ist. Über das Wetter spricht sie, dann erzählt sie, dass sie hoffentlich bald wieder nach Hause gehen dürfe. Wie es Marlenes Mann gehe. »Und die Kinder? Wie geht es Ihren Kindern?«

Das ist neu. Die Halluzinationen. Ich kenne es nicht von ihr. Wo das wohl herkommt? Die Realität wird immer unwichtiger für sie, verliert an Bedeutung. Ich wünschte, ich könnte die Hieroglyphen ihres Denkens entziffern.

Oma verabschiedet sich von Marlene, dann schließt sie wieder die Augen.

Nachdem ich sie ins Bett gebracht habe, stelle ich mich ans Fenster und sehe dem Abend dabei zu, wie er auf die Stadt fällt und nach und nach alles verdunkelt. So gerne würde ich Lou anrufen, zu ihr gehen, bei ihr sein. Ich wünschte, wir hätten Tobias nicht getroffen, mache mir Vorwürfe, weil ich sie darauf angesprochen und damit alles zerstört habe.

Immer weiter schaue ich nach draußen, meine, Lous Schatten im Nebel zu erkennen. Er kommt auf mich zu, stolpert, bleibt für einen kurzen Moment liegen, bevor er sich urplötzlich auflöst. Der verlorene Schatten, diese eintönigen Tage, das dämmrige Licht in der Wohnung, das Grau von draußen, dieser verdammte Nebel, der die Stadt einhüllt, das alles ertrage ich nicht mehr. Und die Stille. Ich halte sie nicht mehr aus, diese Stille.

Deshalb gehe ich raus, seit Tagen mal wieder, trotz des Regens. Es ist schon fast Mitternacht. Ich laufe los – ohne Ziel und ohne zu wissen, wonach ich suche. Es ist nicht nur Lou, die verschwunden ist, auch ich fühle mich seitdem unwirklich in meinem Dasein, überflüssig. Nur das äußere Leben zeigt mir, dass ich existiere. Ich müsste schreien oder weinen oder lachen, irgendetwas tun, das mir zeigt, dass ich lebe. Aber ich kann nicht, alles ist wie betäubt.

Immer weiter durch die Stadt laufe ich. Die ersten Neonreklamen zeichnen sich vor dem Nachthimmel ab, die ersten Industriegebäude tauchen auf, außer mir ist niemand unterwegs. Ich trete gegen eine Straßenlaterne, fuck, ich will sie austreten, trete immer wieder dagegen, bis mein Fuß wehtut. Ich will sie austreten, diese Laterne, damit irgendjemand bemerkt, dass etwas fehlt. Aber niemand sieht mich, niemand kommt mir entgegen, niemand bemerkt, wie allein ich bin.

Ich gehe in den Club, in dem ich mit Lou war, möchte diese Pillen nehmen, um die Leere zu vertreiben, mich wieder zu spüren und glücklich zu sein. Um es aushalten zu können. Wahllos frage ich irgendwelche Menschen nach den Drogen. Heute ist mir alles egal, sogar die Tatsache, dass man mir meine Einsamkeit ansehen kann. Niemand beachtet mich, nur ab und zu ein Kopfschütteln als Reaktion auf meine Frage. Noch nicht einmal das kriege ich hin.

Eine Frau zieht mich auf die Tanzfläche, bewegt sich vor meinem Körper im Rhythmus der Musik. Sie ist schrecklich betrunken, fällt fast um zwischendurch. Dann drückt sie sich an mich und zieht mich hinter sich her in die Damentoilette, in eine der Kabinen. Wir küssen uns, es fühlt sich unecht an.

Das Deckenlicht flackert. Die weißen Wände wirken steril und kalt wie im Krankenhaus. Sie küsst mich immer weiter, dann bückt sie sich und öffnet meine Hose, während ich an die Decke schaue. Irgendein Insekt fliegt unentwegt gegen die Lampe, das Geräusch ist zu hören. Die Frau möchte meinen Schwanz in den Mund nehmen, ich starre dieses Tier an – ein Falter vielleicht oder eine Motte – und denke dabei an Lou. Und für einen Moment stelle ich mir vor, sie würde vor mir knien. Aber nein, sie ist es nicht, und das hier ist nicht das, was ich möchte. Schnell schiebe ich die Frau zur Seite, entschuldige mich. Sie kotzt in die Toilette, meine Beine bekommen ein paar Spritzer ab. »Sorry«, sagt sie, wischt sich den Mund mit Toilettenpapier ab und geht.

Vor dem Club bleibe ich stehen. Noch immer regnet es. Ich wollte es nicht, nun ist es mir egal. Es ist mir egal, dass Lou mich anlügt, sich vor mir verschließt, immer wieder abblockt. Ohne sie nichts als Warten, stinkende Windeln und diese Leere immerzu. Nur wenn ich bei ihr bin, kann ich für einen Moment vergessen, mich wieder lebendig fühlen. »Du fehlst mir! Ich möchte nicht sein ohne dich. Bitte melde dich, wenn du magst. Ich werde keine Fragen stellen, dir die Zeit geben, die du brauchst«, schreibe ich und kurz darauf – noch bevor ich meine Zigarette zu Ende geraucht habe – kommt ihre Antwort: »Ja, komm her. Bitte.«

Sofort laufe ich los, durch den Regen, der wie Hagel auf mein Gesicht prasselt.

Heute klingle ich. Bei Simone, die eigentlich Lou heißt. Für mich und für sie. Und alles andere spielt keine Rolle.

Die Tür zu ihrer Wohnung ist geöffnet, bei jedem Schritt schlängelt sich die Katze um meine Beine.

Lou sitzt auf dem Sofa, ruft: »Ohne dich ist alles irgendwie absurd.«

Ich setze mich zu ihr, umarme sie, frage sie, was sie morgen mache, an Silvester. Nur das, sonst nichts. Ich frage nicht nach ihrem früheren Leben, nach ihrem Namen und ihren Eltern. Ich habe es ihr versprochen.

»Nichts, ich habe nichts geplant«, antwortet sie. »Und du?«

»Ich muss bei Oma sein, weil ich nicht weiß, ob sie Angst bekommt, wenn es draußen knallt. Du kannst kommen, wenn du magst.«

»Ja, vielleicht.«

Ob ich ihr von der Frau erzählen sollte, von vorhin? Oder würde ich mich damit lächerlich machen? Ich weiß noch nicht einmal, was das ist zwischen uns. Überhaupt kommt es mir vor, als wüsste ich gar nichts mehr und als seien alle Worte zu nichtssagend für das, was ich ausdrücken, was ich ihr eigentlich sagen möchte.

»Lou, es tut mir leid … Es hatte keine Bedeutung, ich war vorhin in dem Club, um mich abzulenken. Es ging mir so schlecht in den letzten Tagen, mit Oma ist es anstrengend und ich dachte …«

Ich unterbreche mich selbst, weil ich das Gefühl habe, mich in meinen Worten zu verlaufen. »Ich wollte nur sagen, dass eine Frau mir vorhin fast einen geblasen hätte. Es ging ganz schnell. Aber ich habe es beendet, weil ich nur an dich gedacht habe. Und ich wollte das auch nicht.«

»Alles gut«, sagt sie und dass sie mich nicht besitzen wolle, nicht in Konstrukten denken könne.

Ich möchte sie fragen, ob sie denn auch mit anderen Männern schlafen würde, ob sie das tun würde oder lieber nur mit mir, ob sie es besser fände, wenn ich nur mit ihr sein wolle. So viele Fragen möchte ich ihr stellen – nur um am Ende zu hören, dass sie mit mir zusammen sein möchte. Sie und ich. Als Paar. Dass ich sagen könnte: »Sie ist meine Freundin.« Ich stelle all diese Fragen nicht, sage ihr nur, dass ich immer bei ihr sein wolle, bei niemandem sonst, und dass es mir leidtue, fast mit dieser fremden Frau geschlafen zu haben.

Sie schaut vor sich hin, legt ihre Stirn in Falten.

Dann murmelt sie – eher zu sich selbst als zu mir: »Schuldgefühle sind schlimm, sie fressen dich von innen auf. Ich stelle mir da immer ein Tier vor, das in meinem Bauch sitzt und nach und nach alles in mir auffrisst. So fühlt sich auch der Schmerz an, dieser Schmerz im Bauch.«

Ich stutze. »Hast du die oft, diese Schmerzen?«

»Ja.«

Was der Grund dafür sei, frage ich und warum sie sich schuldig fühle.

»Ich dachte, du wolltest keine Fragen mehr stellen?« Ihre Pupillen verkleinern sich schlagartig, sie zieht mit ihren Zähnen an ihrer Unterlippe, dann schaut sie zu Boden.

Ich nicke. Es macht mich traurig, so gerne wüsste ich alles über sie. »Aber es gibt doch sicher keinen Grund für deine Schuldgefühle«, sage ich nur noch.

Sie schaut mich an, fixiert mich mit ihrem Blick, kneift ihre Augenbrauen zusammen. »Doch, vielleicht schon. Ich habe das Gefühl, ein schlechter Mensch zu sein.«

Wir starren uns an. Das, was sie mir gibt, ist ein Wirrwarr aus Emotionen, Gedanken. Als sei sie mehr als ein Mensch, so intensiv ist es.

»Es ist, als würdest du mich aus mir selbst herausholen, vor den Spiegel stellen und mir zeigen, wer ich bin«, sage ich, weil es sich so anfühlt.

Sie lacht laut auf, gibt mir einen Kuss auf die Wange und erwidert: »Das kann nicht sein, wenn ich doch selbst nicht einmal weiß, wer ich bin. Ich weiß manchmal nicht, ob ich die Person im Spiegel bin oder die davor und ob das überhaupt einen Unterschied macht.«

Ich erzähle ihr, dass ich mich auch oft schuldig fühle, jetzt auch wieder, weil ich Oma alleinlasse. Lou hört mir zu, ohne ein einziges Wort zu sagen. Das liebe ich an ihr. Wenn sie lacht und wenn sie weint und wenn sie schweigt, dann ist das die Wahrheit. Nur ihr Lachen, Weinen, Schweigen.

»Was wolltest du mir eigentlich zu Weihnachten schenken?«, frage ich.

»Meine Geschichte. Erzählen kann ich sie nicht. Aber du bekommst sie als Buch. Versprochen. Es ist nur noch nicht fertig. Das Ende fehlt.«

Leise spricht sie diese Worte aus, doch in meinem Innern ist es wie ein lautes Jubeln, weil sie endlich erzählen möchte, weil ich alles erfahren werde – alles über sie und ihre Vergangenheit. Ich muss nur warten, ihr Zeit geben, geduldig sein.

Sie fährt mit ihren Händen durch meine Haare, nimmt einzelne Strähnen zwischen ihre Finger, bevor sie langsam aufsteht und etwas aus einer kleinen Porzellanschale im Küchenschrank holt.

»Und das ist dein Ersatzgeschenk – weil ich vielleicht noch länger brauchen werde mit meiner Geschichte. Und weil ich es schön finde, wenn du immer etwas von mir bei dir tragen kannst.«

Sie hält mir ihre flache Hand hin. Darauf ein Schlüssel.

»Wie, was ist das?«, frage ich.

»Na, ein Schlüssel«, antwortet sie und lacht, »für meine Wohnung und die Haustür ... damit du nicht mehr unten warten musst, wenn ich gerade nicht da bin.«

»Danke, das ist toll«, flüstere ich ihr zu, ziehe sie dabei zu mir aufs Sofa und küsse sie auf den Hals. Immer weiter möchte ich sie küssen, ihre Lippen auf meinen spüren, mit ihr schlafen, und für einen Moment hoffe ich, dass sie es auch möchte. Doch noch während ich mir mit geschlossenen Augen ihre Haut an meiner vorstelle und unsere ineinander verschlungenen Körper, steht sie auf und stellt Musik an.

»Wieso hast du dich eigentlich wieder gemeldet? Ich dachte, wir würden uns nie wiedersehen«, sagt sie dann – und spricht die Worte im Takt der Musik.

»Du hast mir gefehlt. Manchmal kommt es mir vor, als würde ich dich nicht kennen, weil ich so vieles nicht weiß. Als seist du mir fremd. Oder zumindest ein Teil von dir. Aber gleichzeitig fühlst du dich so nah an, so vertraut. Ich bin so gerne bei dir und es ist, als könnte ich nur bei dir richtig ich sein. Alle anderen begrenzen mich durch irgendetwas oder erwarten etwas von mir. Nur du nicht. Du lässt mich einfach sein. Du siehst mich, wie ich bin. Das ist schön.«

»Ja, das ist es. Und es ist schön, dass du da bist«, sagt sie und kuschelt sich an mich, rollt sich neben mir zusammen wie die Katze. Ihr Kopf auf meinem Schoß.

»Ich muss wieder zu Oma«, sage ich nach einer Weile.

Lou dreht sich auf den Rücken, schaut mich von unten an und flüstert: »Kannst du bitte noch kurz bleiben?«

Ja, möchte ich sagen, doch bei dem Gedanken, Oma noch länger alleinzulassen, fühle ich mich schuldig. Ich weiß nicht, ob ich gehen soll oder bleiben, weshalb ich Lou nicht antworte, sondern nur schweigend über ihr Haar streichle. Die Ambivalenz in meinem Innern macht mich nervös.

Lou schließt die Augen. Ihr Kopf zwischen meinen Beinen erregt mich, ich mag es, dass ihre Nähe immer selbstverständlicher wird.

»Und, bleibst du noch?«, fragt sie noch einmal, ohne ihre Augen zu öffnen.

Ich lege meine Hand auf ihre Hüfte, betrachte ihr Gesicht, ihre Haut, ihren Körper, und dann bleibe ich einfach sitzen. Vermutlich schläft Oma ohnehin, sie lag ganz ruhig im Bett, bevor ich gegangen bin.

»Ja, ich bleibe bei dir.«

Erst Stunden später verabschieden wir uns. Die ersten Vögel fangen schon an zu singen, ansonsten ist es noch ruhig auf der Straße. Weit hinten sind die Berge zu sehen. Bleich und fast durchsichtig, wie gefrorene Milch.

Ich bin bereits auf dem Weg nach Hause, doch dann bleibe ich stehen, weil ich nicht dort sein möchte, nicht bei Oma. Nur bei Lou möchte ich sein, mit ihr das Leben spüren, es finden, sehen, wie es wirklich ist. Deshalb setze ich mich auf halber Strecke auf den Bordstein, schaue das Leben an, das ich mir wünsche, lasse Bilder entstehen. Das Tageslicht legt sich langsam und gemächlich über die Straßen. Je heller es wird, desto mehr Menschen kommen aus den Häusern, die Stadt wird mit Leben gefüllt. Einige Schüler mit bunten Rucksäcken laufen laut lachend an mir vorbei, ein alter Mann schiebt einen Einkaufswagen voller leerer Pfandflaschen über den Asphalt. Und ich sitze hier und warte: darauf, irgendwann damit anfangen zu können, ein Leben für mich zu entwerfen. Für Lou und mich.

Die Apothekerin winkt mir zu, als ich am Mittag durch die Tür trete, um Omas Medikamente abzuholen. Wir reden kurz über das Wetter, über Omas Krankenhausaufenthalt, darüber, dass sie noch verwirrter und schwächer ist als vor ihrem Sturz, über Silvester und Neujahr und den Nebel. Dann reicht sie mir die Tüte mit den Medikamenten, wir verabschieden uns und wünschen uns ein frohes neues Jahr.

Vor der Apotheke bleibe ich stehen und schaue mich um. Nebenan werden die ersten Marktstände abgebaut. Hier war Mama früher immer. Als Kind habe ich sie begleitet, später war ich nie mehr hier. Es ist mir zu voll, zu hektisch, ich bin zu unsicher, weiß nicht, wie ich mich verhalten, welches Gemüse ich kaufen soll. Der Geschmack von Mamas Essen taucht auf meiner Zunge auf, die Erinnerungen lassen sich schmecken: Erinnerungen an Nudelsuppe, Kartoffelbrei und Apfelpfannkuchen. Seit ihrem Tod schmeckt alles langweilig und fade.

Immer wenn wir auf dem Markt einkaufen waren, gab es Eis für uns alle. Für Mama und Nora Erdbeere und

Zitrone, für mich Schokolade und Nuss. Immer. Es war nie anders. Nora und ich an Mamas Händen.

Als wollte mein Körper es so, ohne dass ich es bewusst steuern würde, gehe ich auf den Platz mit den Marktständen, laufe durch die Reihen, betrachte die Stände, das Obst, die Blumen, als würde ich Erinnerungen anschauen. Ein paar tote Fische liegen auf Eis. So stelle ich mir das Erwachsensein vor: auf dem Markt einkaufen, frischen Fisch zubereiten, saisonales Gemüse dazu. Ich komme mir vor wie ein Kind.

Eine Orange fällt einer Frau aus der Hand, rollt vor mir über den Weg. Ich gehe ihr nach, um sie aufzuheben, doch dann klingelt mein Handy. Es ist Lou, die fragt, ob sie heute Abend zu mir kommen könne. »Ja, gerne«, antworte ich, und mit einem Mal komme ich mir zumindest ein bisschen erwachsener vor. Sogar an meinem Gang spüre ich es. Im Gegensatz zu vorhin rolle ich meine Füße richtig ab, hebe sie an, nacheinander, mache größere Schritte. Dann kaufe ich Eier und die letzten Lauchstangen, die nebeneinander in einer Kiste liegen. Am Abend möchte ich Pfannkuchen machen. Mit Lou. Pfannkuchen mit Lauch. Wie Mama früher.

Sie müsste schon da sein. Ich sitze bei Oma, die vor sich hindöst, und warte. Eine halbe Stunde zu spät ist Lou schon. Hoffentlich wird sie kommen, mich nicht vergessen, nicht wieder verschwinden.

Endlich klingelt es. Ich springe auf, renne zur Tür. Da steht sie. Umarmt mich.

»Sorry!«, flüstert sie mir ins Ohr.

»Alles gut, kein Problem!«

Sie zappelt mit den Beinen, tritt von einem Fuß auf den anderen, knibbelt an ihren Fingern herum.

»Was ist denn?«, frage ich.

»Ich weiß nicht … meinst du, sie wird mich wieder für deine Mutter halten?«

»Ich glaube nicht, sie ist müde heute. Wollen wir einfach schauen?«, schlage ich vor.

Lou nickt, kommt langsam herein, läuft hinter mir her. Ich drehe mich zu ihr um, weil ich sie küssen möchte, doch sie wirkt scheu heute, erwidert meinen Kuss kaum, dreht ihren Kopf zur Seite.

So gerne würde ich sie fragen, wovor sie Angst hat, was so schlimm daran ist, dass Oma sie für Mama gehalten hat, warum sie sich danach übergeben musste. Ich kenne es nur andersherum: dass Oma mich nicht erkennt, ich nicht mehr ihr Enkel bin, sondern ein Fremder, ein anderer Verwandter, Nachbar, Angestellter. Je nachdem, es ist immer unterschiedlich. »Ach, das muss ja schlimm sein, wenn sie dich nicht mehr erkennt«, haben sie alle gesagt, als es damit anfing. Immer wieder. Ich finde es nicht schlimm, weil ich weiß, dass es nichts mit mir zu tun hat. Sie erschafft sich unterschiedliche Realitäten, in denen ich die Person für sie bin, die in das Bild passt, das sie in dem jeweiligen Moment von der Welt malen möchte. Immer unterschiedlich, immer eine andere Person. Alle versammelt in diesem Körper. Ein einziger Mensch für mich, so viele verschiedene für Oma.

Sie sitzt schlafend im Rollstuhl.

»Hallo Oma, schau mal, wir haben Besuch. Lou ist da.«

»Guten Tag«, sagt Lou und bleibt hinter mir stehen.

Oma öffnet die Augen, schaut uns an, nickt kurz, dann sagt sie: »Ich möchte jetzt gerne etwas zu essen bestellen. Nehmen Sie die Bestellungen auf? Ansonsten schicken Sie mir bitte die Kellnerin an den Tisch.«

Lou lacht, wirkt entspannter und wieder mehr wie sie selbst.

Wir rauchen noch eine, dann fangen wir an zu kochen.

»Was war denn so schlimm daran, dass Oma dich für meine Mutter gehalten hat?«, frage ich.

Lou schneidet den Lauch in schmale Ringe.

»Ich dachte, du wolltest nicht mehr fragen«, antwortet sie, ohne ihr Schneiden zu unterbrechen, schaut nicht einmal auf.

Nach einer kurzen Pause redet sie doch weiter: »Das ist alles wegen der Erinnerungen. Da war ein Wort, das nicht so gut für mich ist, aber das ist nicht wichtig. Was machen wir denn jetzt mit dem Lauch?«

Ich erzähle von Mamas Sauce und dass ich auch nicht wisse, wie sie die gemacht hat.

Ein Wort. Ein Wort, das nicht gut für sie war. Mist, ich erinnere mich nicht, weiß nicht mehr, was genau Oma gesagt hat.

»Was für ein Wort denn?«

»Ist doch egal, sag mir lieber, wie wir diese Sauce machen sollen.«

In meinem Handy suche ich nach Rezepten, während Lou den Pfannkuchenteig vorbereitet. »Ich weiß nicht, hier sind so weiße, dickflüssige Saucen, bei Mama war das anders.«

»Das kann ich nicht essen«, sagt Lou.

»Wie? Nicht essen? Was denn?«

»Weiße, dickflüssige Saucen.«

»Warum nicht?«

»Wegen der Farbe, aber vor allem wegen der Konsistenz. Wenn das so dickflüssig ist und im Mund so cremig, das kann ich nicht essen.«

»Okay …« Ich weiß nicht, was ich darauf antworten soll.

Wir füllen die Pfannkuchen mit gebratenem Lauch und Käse. Oma freut sich über das Essen. Heute hat sie

Hunger, anders als sonst am Abend – vielleicht wegen der Abwechslung, weil Lou da ist. Sie gibt sich Mühe beim Essen, ich muss sie nicht füttern, sie schafft es allein. Nachdem sie die Hälfte aufgegessen hat, legt sie ihre Gabel auf dem Teller ab, schaut sich im Zimmer um und sagt: »So, dann muss ich jetzt zum Dienst.« Mit den Händen greift sie nach den Rädern des Rollstuhls, als wolle sie sich daran hochdrücken.

»Nein, Frau Maier, heute ist doch Silvester, heute müssen Sie nicht zum Dienst. Wir feiern jetzt ein bisschen«, sagt Lou und formt ihre Serviette zu einer Art Blume.

Oma sieht traurig aus, schaut mich an: »Stimmt das?«

Ich nicke.

So gerne wüsste ich, was sie gearbeitet hat, und es tut mir leid, sie nicht früher schon danach gefragt zu haben. Erst in der Retrospektive merkt man, was wirklich wichtig ist. Ob sie es bereut, nur drei Jahre lang gearbeitet zu haben? Ob sie eigentlich gar keine Hausfrau sein, sondern lieber Karriere machen wollte? Und ob sie glücklich war in ihrem Leben?

»Was genau machst du denn beim Dienst, Oma?«, frage ich.

Sie lächelt ein bisschen, dann sagt sie: »Na den Dings, mit dem Henlich.«

Ich frage nicht weiter nach, auch Lou nicht.

Oma greift nach den Resten auf ihrem Teller, nimmt die Stückchen in die Hand, betrachtet sie, lässt sie auf ihren Schoß fallen. Ich wische ihre Finger mit einem Taschentuch ab. Sie nimmt es mir aus der Hand und fängt an zu falten. Lou schaut sie fasziniert an, bewegt ihre Hände wie Oma, hin und her.

»Jetzt zieht sie sich zurück«, sage ich. »Wenn sie faltet, zieht sie sich immer zurück. Als würde sie sich ein bisschen entfernen, verschwinden für den Moment.«

»Das verstehe ich«, sagt Lou.

Oma kommt nicht zurück, bleibt in ihrer eigenen Welt, in ihren Gedanken, bei ihrem Taschentuch. Dann schließt sie die Augen.

»Gut, dass sie so schnell vergisst, auch vergessen hat, dass sie dich für Mama gehalten hat.«

»Ja, vergessen ist gut. Ich wünschte, ich könnte es auch.«

Ich nicke und lege meinen Arm um Lous Schulter. Sie kuschelt sich an mich, zieht ihre Beine neben sich auf die Eckbank, starrt vor sich hin und flüstert mir zu, dass Silvester immer schwierig für sie sei.

»Warum?«, frage ich, obwohl ich ahne, was sie meint.

»Ich weiß nicht, da mischen sich zu viele verschiedene Eindrücke und Empfindungen zusammen und heraus kommt eine dunkle Masse aus Erinnerung, Schmerz, Angst. Ich finde es schwierig, wenn man gezwungen wird, zurückzublicken. Man hat ja eigentlich keine Wahl an solchen Tagen.«

»Ja«, sage ich. So, wie sie es beschrieben hat, ging es mir auch, letztes Jahr. Jetzt ist es anders, nur ihretwegen. Ich spreche es nicht aus, sondern frage sie nur: »Und wenn du nicht zurückblickst, sondern nach vorne schaust? In das neue Jahr?«

Sie zuckt mit den Schultern.

Ich denke an das Alte und das Neue, dann nehme ich Lous Hand, wir legen unsere Finger ineinander und ich bin nur noch im Hier, im Jetzt. Nur noch bei ihr.

Schnell mache ich Oma im Badezimmer fertig. Heute beeile ich mich mehr als sonst, putze ihr nicht die Zähne, creme ihren Po nicht ein, auch ihr Gesicht nicht, wechsle nur schnell die Windel. Es ist vollkommen still, fast wirkt es, als seien Oma und ich allein im Haus. Nachdem ich sie ins Bett gebracht habe, traue ich mich kaum, zurück ins Wohnzimmer zu gehen, weil ich mich davor fürchte, dass Lou wieder verschwunden sein könnte. Immer ist da diese Angst in mir.

Aber nein, sie ist noch da, steht am Fenster und schaut nach draußen. In der Küche mische ich uns einen Mojito. Ich habe extra dafür eingekauft und Eiswürfel vorbereitet. Nur für sie. Wir trinken die Cocktails stehend am Fenster. Zwischendurch lacht Lou und küsst mich. Die Böller werden mehr, es ist kurz vor Mitternacht.

»Was sind denn das für Geräusche?«, fragt Oma, als wir ins Zimmer kommen.

»Das Feuerwerk, Frau Maier, heute ist doch Silvester«, antwortet Lou.

Oma strahlt und fragt, ob Jutta dann auch zu Besuch kommen werde.

Ich frage sie, wer Jutta sei.

Sie fängt einen Satz an, dann einen zweiten. »Jutta ist doch die … vom Rathaus. Ihr Mann …« Es strengt sie an. Mitten im Satz stoppt sie, schließt die Augen.

Ob es diese Menschen tatsächlich gab in ihrem Leben, die Menschen, von denen sie erzählt? Oder ob sie bloß Teil einer neuen Realität sind, die Oma sich selbst erschaffen hat?

Lou meint, wir sollten das Fenster öffnen, um später hinausschauen zu können und damit Oma die Lichter des Feuerwerks an der Zimmerdecke verfolgen könne, wenn sie wolle. Damit sie dabei sei, nicht ausgeschlossen von der Welt. Dann öffnet sie das Fenster. Die kühle Luft fühlt sich gut an – nach Leben. Es wird immer kälter im Zimmer. Ich hole Oma eine zweite Decke, setze mich neben sie auf die Bettkante. In der Ferne grölen ein paar Betrunkene, ein paar Raketen zischen über den schwarzen Himmel.

Mitternacht. Es saust und funkelt, von überall her dringt ein Knallen und Krachen zu uns. Oma liegt still im Bett, die Augen geöffnet, bewegt sich nicht.

»Ob sie Angst hat?«, fragt Lou. Ich taste unter den Decken nach Omas Hand. Still drückt sie zu, kraftvoll. Als würde sie mich meinen.

Dann schließt sie wieder die Augen.

Ich stehe auf, stelle mich hinter Lou ans Fenster, lege meinen Arm um ihre Taille, flüstere ihr »Frohes neues Jahr« ins Ohr. Sie erwidert nichts, schaut nur schweigend in die Dunkelheit.

Arm in Arm liegen wir im Bett, Lou ganz eng an mich gekuschelt. »Schön mit den Sternen«, sagt sie, »damit kann man sich so gut wegträumen.«

»Ja«, antworte ich, nehme sie noch fester in den Arm, frage sie, ob sie den Hund an der Zimmerdecke sehe, die Frau mit dem großen Hut, die Schlange. Dabei werde ich immer müder, zwischendurch fallen mir die Augen zu. Lou ist hellwach, erzählt etwas, ich kann ihr kaum noch folgen. Irgendwann schweigt auch sie. Schon fast war ich eingedöst, als sie sich plötzlich aufsetzt und sagt: »Niklas, ich kann nicht einschlafen bei der Stille.«

Ich öffne die Augen, schaue sie an und betrachte die Linie, die von ihr zu mir verläuft, sie lässt sich wahrnehmen, beinahe kommt es mir vor, als sei sie wirklich da, nicht nur eine Imagination. Wie ein dünner Faden, der zwischen unsere Augen gespannt ist.

»Möchtest du Musik hören?«, frage ich.

»Nein, erzählst du mir bitte was?«

Heute bin ich zu müde, mein Gehirn ist schon ganz langsam. Neben mir auf dem Nachttischschränkchen liegt Noras Ausgabe von »Alice im Wunderland«. Es ist ihr

Lieblingsbuch, vermutlich hat sie es hier vergessen. Ständig trägt sie es mit sich herum, früher schon, schon vor dem Unfall. Ich weiß nicht, warum sie das tut, ob sie es immer wieder liest oder es ihr nur Halt gibt, wenn sie die Geschichte bei sich hat. Sie müsste sie schon längst auswendig kennen.

»Ich könnte dir aus dem Buch vorlesen«, schlage ich vor.

Und dann, plötzlich, verändert sich Lous Blick. Sie starrt auf das Cover, setzt sich ganz aufrecht hin, sagt: »Nein, nicht dieses Buch, nur dieses nicht, ich mag es nicht.«

»Warum denn nicht?«

»Ich mag es einfach nicht, habe da immer das Gefühl, ich sei Alice oder umgekehrt, das macht mir Angst.«

Wie sie das wohl meint?

»Tut mir leid, Lou, ich bin zu müde heute, zu müde, um eine Geschichte zu erfinden.«

Sie schweigt, ihr Blick ist nach unten gerichtet, mit den Händen fährt sie immerzu über das Bettlaken. Dann fragt sie leise, ob sie meinen Laptop anstellen dürfe.

»Na klar.«

Sofort springt sie auf, holt das Notebook vom Schrank, kommt damit zurück ins Bett. Auf YouTube sucht sie ein Hörspiel heraus, ihr rechter Zeigefinger kriecht dabei langsam über das Touchpad und sieht aus wie eine Raupe. »Stört dich das?«, fragt sie dann. »Ich brauche das zum Einschlafen …«

Ich schüttle den Kopf.

Ob ich ihr nicht reiche? Ob sie sich nicht wohl mit mir fühlt, weil sie nicht einfach so – ohne Ton, ohne Geschichte – bei mir schlafen kann?

Sie krabbelt über meinen Körper, stellt den Laptop auf den Nachttisch und gibt mir einen Kuss. Zu einer Geschichte über kleine Kinder, die einen Kriminalfall lösen, schlafe ich ein.

12

Vor meinen Augen blaues Licht. Im Hintergrund Omas Rufe. »Helfen Sie mir, lassen Sie mich hier raus!«

Wie damals: Schreie und das Licht der Polizeisirenen. Ich wachte nur kurz auf, noch im Auto, hörte, wie die Tür aufgebrochen wurde. Metallstücke neben mir, das viele Blut, Schreie von außen oder innen, es ließ sich nicht festmachen. Und alles gehüllt in bläuliches Licht.

Ich bin hier, zu Hause, nicht damals in dem zerquetschten Auto, sage ich zu mir, immer wieder, um herauszukommen aus den Erinnerungen.

Lou liegt tief schlafend neben mir. Das blaue Licht ist nur das des Laptops, der neben mir auf dem Nachttischschränkchen blinkt.

Leise stehe ich auf und gehe auf Zehenspitzen aus dem Zimmer.

»Oma, alles gut, ich bin doch da.«

Sie brüllt mich an, dass sie hier eingesperrt sei und nach Hause wolle. Ich versuche, sie in den Rollstuhl zu setzen, doch sie schlägt um sich, strampelt mit den Beinen, schreit immer lauter um Hilfe, als würde ich ihr wehtun, als hätte sie Angst um ihr Leben.

»Ist alles okay?«, fragt Lou. Ich habe gar nicht bemerkt, dass sie ins Zimmer gekommen ist.

»Sie hat Angst vor mir …«, antworte ich leise und setze mich vor Omas Bett auf den Boden. Jetzt schreit sie nicht mehr, schaut nur Lou an, fragt sie, ob sie ihr helfen könne. Dabei duzt sie sie.

»Hilfst du mir? Hilf mir bitte!«

»Na klar, Frau Maier«, antwortet Lou und geht zu ihr, nimmt ihre Hand. »Schauen Sie mal, wie schön es draußen ist.«

Der Rollladen ist noch geschlossen.

»Es ist ein ganz schöner Neujahrstag heute.«

Oma wird ruhiger, singt ein Lied, das ich nicht kenne, hält noch immer Lous Hand. Auch mich lässt sie wieder an sich heran.

Nach dem Frühstück schlägt Lou vor, dass wir im Wald spazieren gehen könnten.

Wir fahren durch die noch verschlafene Stadt. Ein paar müde und erschöpft aussehende Menschen kommen uns entgegen – vermutlich auf dem Weg nach Hause, die Folgen der Silvesternacht noch sichtbar. Mein Fahrrad schließen wir an einem Straßenschild an und gehen zu Fuß weiter.

Im Wald nur vereinzelt Menschen mit ihren Hunden, ein paar wenige Radfahrer. Wir laufen nebeneinanderher, bei jedem Schritt ein Krachen, über uns das Rauschen der Zweige im Wind.

»Denkst du, das neue Jahr könnte unseres werden?«, frage ich.

Ohne zu antworten nimmt Lou meine Hand. Zwischen den Baumkronen scheint das Tageslicht hell und gleißend auf uns herunter. Lous Augen leuchten. Um uns herum weiß- und schwarzstämmige Birken, riesige Buchen. Helle, flackernde Punkte am Himmel.

Wir laufen weiter, nun bergauf. Es ist anstrengend, meine Beine tun weh. Das Licht wird heller, der Wald weniger dicht. Lou stellt sich auf eine Anhöhe, lehnt sich nach vorn, schaut auf die Stadt unter uns.

»Pass auf!«, rufe ich. Sie schweigt, lehnt sich noch weiter nach vorn, lacht leise.

»Komm bitte da weg, Lou.« Ich habe Angst um sie. Erst nach einer Weile macht sie einen Schritt nach hinten und schaut mich an. Sofort gehe ich auf sie zu, nehme sie fest in den Arm und gebe ihr einen Kuss auf die Stirn. Dann flüstere ich ihr ins Ohr, dass es wunderschön sei mit ihr, ich aber bald wieder nach Hause müsse wegen Oma.

Wir gehen noch ein paar Schritte, bevor wir umdrehen. Lou betrachtet jeden Baum, jeden Grashalm, blickt konzentriert zu Boden.

»Früher wollte ich immer im Wald leben, bei den Tieren. Jetzt eigentlich auch noch«, sagt sie irgendwann.

»Wie Mowgli?«

»Ja, so ähnlich. Weißt du, wir könnten uns ein Baumhaus bauen, in den Kronen der Bäume wohnen, bei den Tieren bleiben.«

Ich nicke, lege meinen Arm um sie und küsse sie auf die Wange. Dann erzähle ich, dass Mama am dritten Januar Geburtstag gehabt hätte, dass ich mich fürchte vor diesem Tag und vor den Erinnerungen.

Lou sagt: »Das kenne ich, diese Angst vor den Erinnerungen.«

Vor welchen Erinnerungen?, möchte ich fragen. Wovor genau? Und: Fühlt es sich bei dir so an wie bei mir? Ich stelle sie nicht, all diese Fragen, weil ich es ihr versprochen habe. Für einen Moment schweigen wir beide, dann erzähle ich von Nora, von unserem Streit und den Sorgen, die ich mir um sie mache.

»Warum?«, fragt Lou.

»Wie, warum?«

»Warum hast du Angst um Nora?«

»Weil sie immer dünner wird. Es fällt ihr schwer seit dem Unfall. Aber sie muss ja etwas essen.«

»Wieso muss sie das?«

Sie scheint es ernst zu meinen.

»Na, müssen wir doch alle.«

Lou pflückt im Gehen ein paar Grashalme ab und wickelt sie um ihre Finger. Dann sagt sie leise, ohne dabei ihre Hände aus den Augen zu lassen: »Ich denke nicht, dass wir das alle müssen. Wenn sie nicht möchte … Es ist doch ihre Entscheidung, oder? Ist das nicht die wirkliche Freiheit? Einfach selbst entscheiden zu können?«

»Auch wenn sie sterben würde?«

Lou nickt, zieht die Grashalme fester um ihre Finger, bis es anfängt zu bluten.

»Tut das nicht weh?«

»Doch«, antwortet sie, »aber ich möchte es gerade so.«

Dabei rennt sie ein paar Schritte nach vorn, dreht sich um, läuft rückwärts, lässt ihre Arme schwingen, bewegt sie neben ihrem Körper, macht große Kreise. Glücklich sieht sie aus in diesem Moment und unbeschwert. Ich möchte mir das Bild einprägen, um es immer wieder betrachten zu können: Lou in langen Reihen brauner Erde. Ocker, Sepia, Senf, nach oben hin Grün.

Später fängt es an zu regnen. Lou mit Tropfen auf der Stirn und leuchtenden Augen von dem Licht, das durch die Bäume scheint.

Auf dem Rückweg möchte Lou fahren, ich setze mich auf die Stange. Es ist wacklig, dennoch fühle ich mich sicher – weil sie bei mir ist. Ich flüstere ihr zu, dass ich mich auf das neue Jahr freue, auf das neue Jahr mit ihr. Neujahr, was für ein schönes Wort das ist. Alles neu, alles anders. Besser vielleicht.

Wir küssen uns im Treppenhaus, Lou fragt, ob ich noch mit hochkommen wolle. Es ist schon Mittag, eigentlich müsste ich nach Hause, um Oma Essen zu machen. Aber kurz noch, nur kurz.

Die Katze liegt eingekugelt auf dem Sofa, schaut für einen Moment gelangweilt und schläfrig auf, bevor sie ihren Kopf wieder ablegt. Ohne etwas zu sagen, hockt Lou sich auf den Boden und reißt Blätter aus ihrem Notizbuch.

»Was machst du da?«

Sie antwortet nicht, faltet nur schweigend Papierflugzeuge aus den Heftseiten. Dann reicht sie mir ein paar der herausgerissenen Blätter und ruft: »Komm, mach mit!«

Die Papiere sind bemalt, teilweise beschrieben. Lous Bilder, ihre Schrift. Ich schaue ihre Zeichnungen an, lese einzelne Stellen.

»Nein, nicht lesen!«, sagt sie laut.

Also falte auch ich. Dann gehen wir auf den Balkon und lassen die Flugzeuge auf die Menschen segeln. Ein paar Passanten recken ihre Köpfe nach oben, ein Kind sammelt die Papiere ein, seine Mutter schlägt sie ihm aus der Hand. Sie fallen auf den Boden, werden zertreten. Bald darauf sind sie nur noch dreckige, zertrampelte Papierfetzen.

»Aber was ist denn jetzt mit deinen Zeichnungen?«, frage ich.

»Das ist egal. Ich möchte nichts mehr konservieren, sondern alles loslassen, vergessen«, sagt sie, lehnt sich an die Balkontür und schaut vor sich hin. Ganz nah steht sie neben mir, ein letztes Flugzeug noch immer in der Hand.

»Aber die Geschichte für mich, deine Geschichte, den Anfang, den hast du nicht weggeworfen, oder?«

Sie schüttelt den Kopf, lacht ein bisschen und sagt: »Nein, das geht ja nicht, die Geschichte ist ja noch nicht fertig.«

Wie unmittelbar und nah es sich mit Lou anfühlt, trotz allem. Wenn ich bei ihr bin, möchte ich so ehrlich sein wie sonst nie im Leben, so ehrlich, dass mir übel wird. Ich möchte all ihre Gedanken kennen, ihr von meinen erzählen, sie so vieles fragen, wissen, wie sie als Kind ausgesehen hat. Ich sage es ihr.

Ohne auf meine Worte zu reagieren, geht sie zurück in ihr Wohnzimmer und nuschelt dabei vor sich hin, dass sie noch ein bisschen zeichnen müsse.

Ich nicke, lege mich zu der Katze aufs Sofa, meine Hand auf ihrem Fell. Warm und weich ist es. Für einen Moment schließe ich die Augen.

Mist, schon fast drei. Ich muss los, wollte nicht einschlafen. Lou steht mit dem Rücken zu mir an der Balkontür und schaut nach draußen.

»Magst du auch was trinken?«, frage ich. Sie antwortet nicht, scheint mich nicht zu bemerken, auch dann nicht, als ich uns beiden ein Glas Saft einschenke und ihr eins davon hinhalte. Sie nimmt es nicht, schweigt noch immer, schaut mich nicht einmal an.

»Hey, Lou!«, sage ich, lege meinen Arm um sie und bemerke dabei, dass sie etwas festhält.

Fuck, sie hat ein Messer in der Hand, ihre Finger ganz fest um den Griff geklammert, als wollte sie damit zustechen. Augenblicklich lasse ich die Gläser fallen, stolpere gegen die Küchenanrichte, halte mich daran fest.

»Lou!«, brülle ich. Erst jetzt dreht sie sich um, starrt mich an. Ihre Augen funkeln. Ihre Hand noch immer um den hölzernen Griff gekrallt.

»Was soll das denn? Gib das Messer her!«

Sie reagiert nicht.

»Scheiße Lou, gib mir das Messer!«

»Lassen Sie mich in Ruhe!«

Ich greife nach ihrer Hand, nehme ihr das Messer weg. Sie wehrt sich nicht, lässt es zu, sackt zusammen. Ihre Augen verändern sich, werden dunkler als sonst, fast schwarz sind sie plötzlich, die Pupillen kaum noch zu erkennen. Beinahe wirkt es, als sei etwas Böses in sie hineingefallen. Ich kann nichts anderes tun, als sie anzustarren. Irgendwo habe ich gelesen, dass man Hunden nicht in die Augen schauen soll, weil das auf sie bedrohlich wirkt. Ob das auch für Menschen gilt? Scheiße, warum erkennt sie mich denn nicht?

Sie legt ihren Kopf auf den Knien ab, schreit nochmal: »Lassen Sie mich in Ruhe!« Ihre Stimme voller Panik.

»Lou, ich bin's doch«, rufe ich, berühre sie an den Oberarmen, drücke fest zu, schüttle sie ein bisschen, weil ich nicht weiß, was ich sonst tun soll. Sie hebt ihren Kopf in meine Richtung, schaut mich aber nicht an. Wie die Katze aus der Nachbarschaft sieht sie aus, wenn sie vor dem Hauseingang in der Sonne sitzt, sich emotionslos übers Fell leckt und nur ab und zu, fast beiläufig, die vor ihr liegende tote Maus zwischen ihren Pfoten hin und her schiebt.

Nach einer Weile treffen sich unsere Blicke, lang und tief sind sie. Ihre Pupillen sind wieder zu erkennen, zu Beginn noch klein, ihre Augen scharf und stechend, dann wird ihr Blick langsam ruhiger, die Pupillen weiten sich. Auch ihr Körper findet aus seiner Starre heraus. Erst jetzt setze ich mich neben sie.

»Lou …?«, frage ich, weil ich wissen möchte, ob sie wieder sie selbst ist.

Sie reagiert nicht, und auch ich sage nichts mehr, bleibe nur schweigend neben ihr sitzen, weil ich nicht weiß, was ich sonst tun soll, was das alles zu bedeuten hat, was ihr helfen könnte. Ich habe Angst – um sie und um mich –, bin überfordert, mache mir Sorgen, alles vermischt sich, es gelingt mir noch nicht einmal, meine Gedanken zu sortieren. Am liebsten würde ich einfach gehen, doch ich kann sie so nicht alleinlassen.

Nach einer Weile stehe ich auf, um eine zu rauchen. Noch immer starrt Lou vor sich hin. Scheiße, was ist denn bloß los mit ihr? Auf dem Balkon zünde ich mir eine Zigarette an, lasse Lou dabei nicht aus den Augen, erschrecke ein bisschen, als sie irgendwann aufsteht und durchs Zimmer läuft. Die Wintersonne scheint hell in den Raum und lässt die Konturen verschwimmen. Ich sehe nur Lous Umrisse, dennoch kann ich erkennen, dass ihre Bewegungen seltsam unkoordiniert sind.

Von draußen rufe ich: »Was war denn da gerade los?«

»Was meinst du?«

Ich gehe zu ihr. Sie wirkt, als wisse sie es wirklich nicht. Hektisch läuft sie hin und her, knetet an ihrem Körper herum, zieht ihre Unterlippe zwischen die Zähne, bis Blut über ihr Kinn läuft. Dabei lacht sie immer wieder, es klingt unecht und aufgesetzt.

Nach einer Weile sagt sie leise: »Ich weiß nicht.« Ihre Wangen rot, ihre Augen weit aufgerissen.

»Lou, da stimmt doch was nicht, jetzt sag mir doch einfach, was los ist.«

»Du hast doch gesagt, dass du mir Zeit lassen und bis dahin nichts fragen wirst.«

»Ja, aber nicht, wenn du plötzlich mit einem Messer vor mir stehst und mich nicht erkennst. Ich kann das so nicht. Mir ist das alles zu viel. Ich muss jetzt gehen. Tut mir leid«, sage ich, ohne dass ich es gewollt hätte. Die Worte kommen aus meinem Mund, ich kann sie nicht steuern, spüre nur, dass ein Teil von mir weg möchte, es mir zu viel wird. Sie macht mir Angst, überfordert mich, ich schaffe es nicht mehr.

Lou sagt nichts, steht nur wie erstarrt im Zimmer.

»Es tut mir leid, Lou«, sage ich nochmal. Und: »Ich bin da, wenn du erzählen möchtest.«

Dann gehe ich. Vor ihrer Tür sacke ich zusammen, atme ein paarmal tief ein und aus, bevor ich aufstehe und die Treppe hinunterlaufe. Dabei drücke ich meine Wange gegen die Wand, weil ich mich selbst nicht ertrage – allein und ohne Lou. Meine Haut reißt auf, über den Putz verläuft eine Linie aus meinem Blut.

Beim Betreten der Straße dringen Lichtstrahlen durch den Nebel – direkt in meine Augen. Gleißendes Licht, viel zu hell. Ich renne los, ohne mich umzuschauen. Immer schneller werde ich. Die kalten Fassaden der Häuser starren bedrohlich auf mich herunter. Ich komme mir eingeengt vor, muss weg, brauche Platz.

Zu Hause habe ich das Gefühl, keine Luft mehr zu bekommen. Es ist, als sei eine Schnur um meinen Hals gespannt. Ich spüre meinen Körper kaum noch vor Erschöpfung, lege mich im Wohnzimmer auf den Boden, vor Omas Rollstuhl. Sie schläft, bemerkt mich nicht.

Lou
betrachtet das schwarze Fell der Katze, streichelt darüber und erinnert sich dabei, wie sie als Kind imaginäre Linien durch ihre Wahrnehmungen gezogen hat. Immer mehr Linien, bis die Bilder vor ihr nur noch aus geometrischen Formen bestanden. Hier ein Dreieck, da ein Quadrat. Dann hat sie sich eine oder mehrere der Formen herausgesucht, sie aus ihrer Umgebung genommen und sich hineingeträumt: in die Farben, Muster, Formen, den Ast eines Baumes, ein Stück Erde oder Himmel, das Fell des Hundes, den es nie gab. Er war nicht wirklich da, existierte nicht, aber als Kind rief sie ihn, wenn sie ihn brauchte, legte ihren Kopf auf sein Fell und strich mit den Händen hindurch. Er war schwarz und groß, kaum kleiner als sie. Leo, so hieß er, weil er stark wie ein Löwe war, weil er sie beschützte, wenn sie es brauchte. Sie bastelte ihm ein Halsband aus Papier und malte es rot an, darauf gelbe Blumen. Und so, wie sie Leo auch später noch manchmal rief, zieht sie heute noch Linien durch ihre Welt, zerlegt sie, sucht sich einen Teil davon aus und kriecht für einen Moment hinein – weil es sich besser ertragen lässt, wenn man sich auf ein Fragment konzentriert und alles andere zur Seite schiebt, an eine Stelle im Kopf, die sich verschließen lässt, zumindest für den Moment.

Sie hört in sich hinein. Von irgendwoher ein Schrei, dessen Richtung sie nicht ausmachen kann. Schlafen, nur ein bisschen schlafen, sagt sie sich immer wieder, ihre Augen geschlossen, ihr Körper zusammengerollt. Doch es gelingt ihr nicht, die Rufe in ihrem Innern werden immer lauter. Nur sie kann sie hören.

Langsam steht sie auf, schaut aus dem Fenster und lässt Bilder in sich entstehen, die nichts weiter sind als vertrocknete Neujahrsblätter.

13

Am Abend rufe ich Nora an. Sie erzählt, dass sie mit Britta ans Meer gefahren sei über Silvester. Im Hintergrund ist das Rauschen der Wellen zu hören.

»Schön, das freut mich«, sage ich, möchte aber nur über Lou reden, über das Messer und darüber, dass ich – trotz allem – wieder zu ihr möchte, schon jetzt. Beim Erzählen fällt mir auf, dass meine Sätze seltsam gestelzt wirken, ohne dass ich eine Erklärung dafür habe.

»Ach Scheiße, Niklas, gut, dass du gegangen bist. Halt dich fern von ihr, ja? Die ist verrückt. Nicht, dass sie dir oder Oma noch etwas antut. Und selbst wenn nicht: Ich glaube nicht, dass sie gut für dich ist. Ich hab da echt kein gutes Gefühl.«

Sie spricht immer weiter, und bei jedem ihrer Worte werde ich wütender. Nun mischt auch sie sich ein, nun will auch sie mir sagen, was richtig ist und was falsch. Lächerlich komme ich mir vor, weil ich es überhaupt angesprochen habe, obwohl ich doch hätte wissen müssen, dass Nora nicht das sagen würde, was ich hören möchte. Und erst jetzt wird mir bewusst, wie bedrohlich Lous Verhalten von außen betrachtet wirken muss. Aber sie kennen sie ja alle nicht, sie wissen alle nicht, wie sie wirklich ist.

»Lass mich in Ruhe, Nora!«, schreie ich. »Du hast doch keine Ahnung! Hör auf, dich jetzt auch noch einzumischen, ich lasse dich doch auch dein Ding machen, nerve dich doch auch nicht, auch nicht wegen des Essens. Und jetzt willst du mir sagen, was ich zu tun habe? Mann, ich wollte nur darüber reden, nicht irgendwelche Ratschläge von dir bekommen, die ohnehin nur wehtun. Das hast du doch selbst immer gesagt. Und ich spüre, dass Lou ein guter Mensch ist, das weiß ich einfach.«

Für einen Moment ist es vollkommen still, nur die Wellen rauschen, sonst nichts, kein einziges Wort, kein einziges Geräusch.

»Nora?«, frage ich leise. Ohne etwas zu erwidern, legt sie auf.

Ach Mann, Nora, ich brauche dich doch.

Oma weigert sich, ihr Brot zu essen. Ich versuche es immer wieder, schneide es in kleine Stücke, die ich ihr mit der Gabel vor den Mund halte. Sie öffnet ihn nicht. Irgendwann schlägt sie meine Hand weg, schreit mich an: »Lassen Sie mich, lassen Sie mich!« Ein bisschen wie Lou mit dem Messer in der Hand und diesen dunklen Augen.

Ich gehe raus, setze mich im Flur auf den Boden, lehne meinen Rücken an die raue Wand, bleibe einfach hier sitzen, bis sie nicht mehr schreit, bis alles still ist.

Wenn zumindest Oma … Sie hatte ihr Leben. Und es ist ja ohnehin nur noch ein Dahinvegetieren für sie. Wenn zumindest sie nicht mehr da wäre … Dann müsste auch ich nicht mehr sein, dann gäbe es keinen Grund mehr, ohne Lou und ohne Oma. Schon wieder diese Gedanken, ich bemühe mich, sie wegzuschieben, sie an einer Stelle irgendwo am Rande meines Gehirns vor mir selbst zu verstecken. Aber sie ploppen immer wieder auf, haben sich längst selbstständig gemacht.

Oma schläft so tief, dass ich es kaum schaffe, sie aufzuwecken. Vom Rollstuhl aus hieve ich sie ins Bett, wechsle ihr dort die Windel, ohne dass sie etwas davon mitbekommt. Aber sie lebt noch, sie lebt einfach immer weiter.

Das Handyklingeln reißt mich aus dem Schlaf. Ich schrecke hoch, aber mein Kopf ist noch nicht in der Realität angekommen, spielt mir noch immer die Bilder aus meinem Traum zu: Lous Hände, wie sie das Messer umklammern. Sie kommt auf mich zu, fängt an, meinen Körper aufzuschneiden. Ein langer Schnitt über meine Brust, meinen Bauch, von oben nach unten. Es tut nicht weh, blutet nicht. Sie sieht schön aus, während sie schneidet. Dann holt sie meine Organe, all mein Inneres aus mir heraus und legt es neben sich auf den Boden. Und als ich ganz befreit bin von mir selbst, stellt sie sich in meinen Körper, in die freien Stellen, bis ich ganz und gar sie bin und sie ganz und gar ich ist.

Sie ist es. Scheiße, warum ruft sie denn an?

»Lou?«

»Hallo Niklas, ich wollte nur fragen, ob wir uns heute sehen können«, sagt sie, als sei nichts gewesen, als sei alles gut, nichts vorgefallen.

»Lou, ich hab dir doch gesagt, dass es mir zu viel wird, du hast mir echt Angst gemacht.«

»Hmm«, macht sie, dann Schweigen. Aber sie möchte noch etwas sagen, das spüre ich – sogar durch das Telefon hindurch ist diese Verbindung da.

»Tut mir leid, Niklas, was genau war denn? Ich … Ich erinnere mich nicht mehr so richtig.«

Oma ruft im Hintergrund nach mir. Ich schließe die Schlafzimmertür, um ihre Schreie nicht hören zu müssen.

»Häh? Du hattest ein Messer in der Hand und hast mich gesiezt. Als würdest du mich nicht kennen. Das musst du doch wissen.«

»Manchmal erinnere ich mich nicht so gut«, sagt sie nur. Ganz leise.

»Wie? Aber das war doch erst gestern, du musst dich doch erinnern.«

Sie schweigt, es ist unangenehm, ich drücke das Handy an mein Ohr, um näher bei ihr zu sein.

»Lou? Ist alles okay?«

Erst nach einer Weile sagt sie in die Stille hinein: »Tut mir leid, Niklas!« Dann legt sie auf, ohne mir die Möglichkeit zu geben, mich zu verabschieden, noch etwas zu erwidern oder ihr all die Fragen zu stellen, die sich an meinem Hirn festkrallen. Nein, sie legt auf, einfach so.

Ich stehe auf, trete mit dem Fuß gegen das Bettgestell, schlage meine Hand an die Wand, immer wieder, bis meine Knöchel blau anlaufen. Wenn ich doch nur wegkönnte, wenn ich doch nur davonrennen könnte, irgendwohin, weg von dieser ganzen Scheiße!

Der Tag verläuft gleichförmig, Minuten ziehen sich zu Stunden, die Zeit scheint beinahe stillzustehen. Mein Körper macht Oma Essen, wechselt ihr die Windel, füttert sie, mein Kopf ist nur bei Lou. Es lässt mich nicht los, immerzu frage ich mich, was in ihr vorgeht. Immer wieder dieselben Fragen, auf die ich keine Antworten finde: Warum das Messer, warum diese dunklen Augen, warum ihre Narben. Am Abend stelle ich mich ans Fenster, um mir zumindest einreden zu können, noch dazuzugehören, noch Teil des Lebens zu sein, das sich außerhalb dieses

Hauses abspielt. Ruhig ist es draußen. Ist das die Ruhe vor dem Sturm? Im Radio sagten sie, dass er kommen werde, der Sturm. Der Sturm und das Gewitter. Nichts davon ist zu sehen. Auch keine Menschen sind unterwegs, kaum Autos. Eine gespannte Stille liegt über der Stadt. Als hielte sie den Atem an. Ob ich das auch könnte? Einfach aufhören zu atmen? Ich versuche es, am Fenster stehend. Es gelingt mir nicht.

Erste Wolkengebirge sind hinter den Häusern zu sehen, ein paar Blätter wehen die Straße entlang, die Bäume biegen sich im Wind, eine bläuliche Plastiktüte taumelt über den schwarzen Asphalt. Bei den Nachbarn fällt eine Mülltonne mit einem lauten Knall auf die Straße. Nicht rausgehen bei dem Unwetter, haben sie im Radio gesagt. Ich gehe raus. Vielleicht wird ein Ast auf mich fallen oder ein Blitz mich treffen. Irgendetwas. Damit es aufhört. Wenn Lou nicht bei mir ist, möchte ich nur noch, dass es endet.

Schon kurz nachdem ich aus der Tür getreten bin, fängt es an zu regnen. Nach wenigen Schritten bin ich nass, die Kälte dringt durch, der Wind zieht an meiner Kleidung und meinen Haaren. Es ist laut um mich herum, das Zischen des Sturms. Ich stelle mich unter einen Baum und warte: auf den Blitz, den fallenden Ast. Aber kein Blitz, kein Ast, der fällt. Das Unwetter verschwindet einfach, der Wind zieht vorbei, als hätte es ihn nie gegeben, und lässt mich hier allein. Ohne Lou. Und noch immer in diesem Leben.

Lou
nimmt die Katze auf den Arm und geht mit ihr durch die Wohnung. Wenn sie doch nur wüsste, was los war in diesem Moment, was genau sie getan hat, was er getan hat. Nichts ist schlimmer als verlorene Zeit, wenn alles im Nebel liegt, alles unklar ist, verschwommen. Sie würde

es nicht erklären können, Niklas nur immer wieder enttäuschen. Es ist ihr unangenehm, ihn nicht erkannt zu haben, noch nicht einmal ansatzweise zu wissen, was genau vorgefallen ist. Sie kennt diese Situationen zu gut, und sie weiß, wie es sich anfühlt: bedrohlich, verbunden mit Scham und der Angst vor Fragen.

»Sagt schon, wer von euch war es? Sagt es mir! Was habt ihr denn gemacht? Und warum hört ihr nicht auf mit der Scheiße?« Sie wartet auf eine Antwort, legt sich mit der Katze auf den Boden, spürt ihren Puls, ihr Herz, ihre Lungen. Irgendwann muss doch der Punkt kommen, an dem ihr nicht mehr kalt ist, sie keinen Hunger mehr hat, keinen Durst und keine Angst, an dem sie nichts mehr spürt, gar nichts, an dem ihr nichts mehr wehtut. Irgendwann muss es doch auch mal gut sein. Aber er kommt nicht, der Punkt, und nichts ist gut.

»Warum redet ihr denn nicht mit mir? Ich hasse euch alle!«, ruft Lou in den Raum. In den Raum, in dem niemand ist außer der Katze.

14

Dritter Januar. Mamas Geburtstag. Oma erzähle ich es nicht. Wir sitzen am Wohnzimmertisch, ich denke an Mama und habe das Bedürfnis, ihr etwas zu schenken, etwas Besonderes zu tun an diesem Tag. Ich wünschte, sie wäre hier, Nora und ich könnten ihr Frühstück ans Bett bringen, wie wir es früher oft getan haben. Ich wünschte, sie wären alle noch bei mir.

Nora geht nicht ans Telefon, jetzt nicht, vorhin nicht, nach dem Aufstehen nicht. Fuck! Ich gehe raus. Doch auch auf der Straße sind die Erinnerungen zu nah. Es ist, als seien sie direkt vor meine Augen getackert. Egal wo ich hinschaue, sie sind überall. Das einzig Gute ist, dass ich heute weniger an Lou denke. Zumindest ihr Fehlen tut heute weniger weh.

Am liebsten würde ich Blumen für Mama pflücken, wie früher. Im Sommer sind wir rausgefahren mit unseren Fahrrädern, haben auf Wiesen bunte Wildblumen, manchmal auch Kräuter gepflückt. Im Frühjahr Bärlauch. Aber es blüht nichts. Deshalb gehe ich in einen Blumenladen um die Ecke. Die Namen der Pflanzen kenne ich nicht. Ich zeige auf die, von denen ich denke, dass sie Mama gefallen würden. »Eine davon, eine davon …«

»Das passt aber nicht zusammen«, sagt die Floristin entschieden.

Wie sie sich immer alle einmischen. Es nervt mich. Ich nöle sie an, dass mir egal sei, ob es passe, dass ich es so haben wolle.

Sie zieht ihre Augenbrauen zusammen, wirft mir einen skeptischen Blick zu. Dann bindet sie die Blumen zu einem großen, bunten Strauß und wickelt grünes Papier darum.

Vor dem Geschäft setze ich mich auf den Bordstein, die Blumen lege ich auf meinen Schoß, halte sie fest, knibble unten an den Stängeln herum, ziehe ein paar grünliche Fäden ab und überlege, was ich jetzt tun soll. Noch immer fürchte ich mich davor, das Grab zu sehen, aber ich möchte bei ihr sein. Nur heute. Zumindest heute. Auch wegen der Blumen. Und weil ich ihr vielleicht etwas sagen möchte.

Langsam gehe ich los. Mein Rücken schmerzt, meine Bewegungen sind unkoordiniert. Das Tor zum Friedhof quietscht, als ich es öffne. Vereinzelt stehen Menschen vor den Gräbern, stellen Lichter darauf ab. Ob ich den richtigen Gang finden werde? Ich weiß nur, dass man nach links gehen muss, um zu ihrem Grab zu kommen. Einmal biege ich falsch ab, laufe wieder zurück, probiere den nächsten Weg. Überall Grabsteine. Und das war es dann. Am Ende ein hässlicher Klotz aus Stein, Asche auf Asche und das Warum mit ins Grab. Erde darauf und dann vergessen.

Da steht er: der Stein, den wir ausgesucht hatten. Kein Marmor, nichts Poliertes. Eher wie ein kleiner Felsen sieht er aus, nicht so gerade zugeschnitten wie die meisten hier, sondern rundlich, natürlich. Ein kleiner, starker Felsen. »Marianne und Klaus Jansen«. Ohne Daten. Wir dachten, dass es schöner sei ohne Zahlen. Nicht so eingeteilt, das Ende nicht so deutlich vor Augen. »Keine Ahnung«, haben wir immer wieder gesagt. Und: »Es wäre ihnen egal gewesen.« Sind ja nur Worte, Zahlen. Und es hilft ja alles nicht, die Zeichen auf diesem verfickten Stein machen es auch nicht besser.

Meine Beine werden immer schwerer. Ich setze mich vor das Grab und fahre mit meinen Händen über die Pflanzen. Viel Grün, vereinzelt ein paar weiße Blumen. Mist, ich habe keine Vase für den Strauß, habe nicht daran gedacht.

»Für dich Mama, herzlichen Glückwunsch«, flüstere ich ihr zu und komme mir albern vor dabei. Ich lache über mich selbst, weil die Unsicherheit so groß ist. Nichts kann ich dagegen tun, es ist wie ein Reflex, ein Automatismus. Aber nur kurz lache ich, dann fange ich an zu weinen.

Alles bricht aus mir heraus. Ich habe versucht, es zu verdrängen, musste funktionieren wegen Oma, war so überfordert zu Beginn, dass ich es nicht zulassen konnte. Erst jetzt geht es wieder – wegen Lou. Ich weine immer weiter, kann es nicht steuern, habe das Gefühl, meinen Körper nicht mehr bewegen zu können. Es ist, als sei er eingefroren. So gerne würde ich Lou anrufen und sie fragen, ob sie zu mir kommen wolle, bei mir sein. Ich wünschte, sie würde mir über den Rücken streicheln wie Mama früher, wenn ich krank war, mich zudecken mit ihrem Körper und mir etwas erzählen. Ihre Stimme möchte ich hören oder Mamas. Aber keine Stimme. Niemand ist da.

Es regnet. Das Papier des Blumenstraußes ist schon zerfleddert. Ich packe ihn aus, zerknülle das Papier in meiner Hand, lege die Blumen vor den kleinen Felsen und flüstere: »Hab euch sehr lieb.«

Auf dem Nachhauseweg wird der Boden unter mir immer weicher. Es kommt mir vor, als würden meine Füße in Schlamm versinken, als könnte ich meine Beine nicht mehr anheben, als würde ich eintauchen in die Erde unter mir. Wie Mama und Papa. Unter die Erde und fertig.

Nora ruft nicht zurück, ich warte den ganzen Abend, schreibe ihr eine SMS: »Bitte melde dich, Nora!« Irgendwann schlafe ich vor Erschöpfung ein, kurz darauf wecken mich Omas Rufe.

»Was ist denn!«, brülle ich sie an.

Sie schreit, schlägt um sich.

Bis in den Morgen hinein bleibe ich an ihrem Bett sitzen. Dann, endlich, schläft sie ein. Sofort stehe ich auf und gehe in den Garten, mein Körper steif und gerädert, in meiner Brust ein Zittern, meine Augen tränen.

Wieder rufe ich Nora an, und obwohl ihre Begrüßung seltsam kalt klingt, freue ich mich, ihre Stimme zu hören.

»Ach Mann, Nora, warum hast du denn gestern nicht angerufen?«

»Ich hatte keine Lust, mit dir zu reden, weil du mich so doof angemacht hast am Telefon. Du hast mich doch selbst gefragt wegen deiner verrückten Lou. Und dann schreist du mich plötzlich an, das geht gar nicht. Und ich brauchte den Tag für mich. Britta und ich sind klettern gegangen, um uns abzulenken. Ich wollte mich nicht erinnern, Weihnachten war schon so schlimm für mich.«

»Ja, tut mir leid, ich war so überfordert, mir wurde alles zu viel. Aber ich hab dich gebraucht gestern.«

Am liebsten würde ich immer weiter mit ihr reden, ihr alles erzählen, aber sie unterbricht mich, sagt, dass sie mit ihrer Lerngruppe an der Uni verabredet sei, eigentlich schon dort sein müsse.

»Okay«, antworte ich und lege auf.

Mir ist kalt, das Licht wirkt kränklich. Ich lege mich auf den Rasen und warte auf irgendetwas.

Lou
öffnet die Balkontür, setzt sich auf den Boden, schneidet Bilder aus einer Zeitung aus und klebt sie in ihr Notizheft. Manchmal, wenn die Sonne aufgeht, gibt es einen Augenblick lang nur hell und dunkel. Das sind die wahren Momente, die sich nach Wirklichkeit anfühlen. In genau diesem Moment steht sie auf und isst ein Käsebrot, stehend am Fenster. Der Schnee reflektiert die Sonnenstrahlen.

Ich ekle mich so sehr vor uns selbst, hört Lou, und mit einem Mal spürt sie ihn nicht mehr, den Körper. Sie legt sich hin, auf den Boden ihres Wohnzimmers, wie paralysiert. Die Stille sickert in sie hinein. Ihr Hirn wie gefaltete Stoffbahnen im Schrank. Draußen vor dem Fenster werden die Straßen professionell gesäubert. Die Geräusche der Reinigungsfahrzeuge bohren sich in ihren Kopf und verschwinden wieder – genau wie die Hoffnung, die sie hatte: die Hoffnung, dass sie es schaffen könnte und dadurch auch all die Erinnerungen verschwinden würden. Nun kommt sie sich lächerlich vor bei dem Gedanken. Nein, diese Hoffnung beruhte lediglich auf der naiven Vorstellung, dass Hoffnung stärker sein könnte als Wahrheit, dass es gut werden würde, wenn man nur fest daran glaubt. Doch die Wahrheit ist, dass sich die Erinnerungen festkrallen in Lous Denken.

In ihrem Kopf ist es unruhig. Sie steht auf, schaut aus dem Fenster auf die Straße, die still im Nebel liegt, und bemüht sich, die Stimmen auszublenden. Aber sie sind zu laut, ihr Weinen und ihre Schreie werden zu dominant in Lous Kopf.

»Lasst mich doch mal, man lebt doch ohnehin nur dem Tod entgegen«, ruft sie in den leeren Raum.

15

Es ist alles so unerträglich: dieses Zimmer, die Wohnung, Omas Rufe, die dunklen Möbel, die verblassten Gardinen, das dreckige Geschirr in der Küche.

Ich bin schrecklich müde. In den Nächten ist sie immer wach, schon seit Tagen. Ständig ruft sie nach mir, nach ihrer Mutter, der Polizei. Sie fühlt sich bedroht, eingesperrt. In den wenigen Momenten, in denen sie keine Angst hat, reagiert sie nicht mehr auf mich, faltet nur ihre Taschentücher, dreht die Bettdecke zu einer Rolle, zeichnet mit ihren Händen Linien in die Luft, streckt die Arme nach oben, als wollte sie nach etwas greifen, was über ihr schwebt – nach dem Tod womöglich oder einer Person, die nicht mehr lebt. Vielleicht sieht sie auch nur etwas an der Zimmerdecke. Es kommt mir vor, als sei nur noch ihr Körper da, als würde sie sich darin verpuppen und nicht mehr herauskommen wollen. Sie schrumpft sich von den Rändern weg, ganz verklebt sieht sie schon aus, ist nur noch Hülle, nichts mehr sonst. Aber sie lebt, immer weiter.

Lou meldet sich nicht. Seit Tagen schon keine einzige Nachricht von ihr, kein Anruf, nichts. »Nichts ist realer als das Nichts.« Ja, er ist richtig, der Satz, zumindest fühlt es sich so an. Es lässt sich spüren, das Nichts. Als Leere in meinem Körper, meinem Kopf.

Ich lege mich aufs Sofa, schalte den Fernseher ein, mitten am Tag. Nicht, um zuzuschauen, sondern weil der Bildschirm das Zimmer in ein bläuliches Licht hüllt, was mich tröstet. Irgendeine Castingshow läuft, ich habe keine Ahnung, worum es geht, was die Regeln sind, ein paar Frauen kreischen.

Dann ein Klopfen. Und noch eines. Hastig drehe ich meinen Kopf zum Fenster hinter mir und sehe Lou, wie sie hereinschaut. Ihre Augen – sie fühlen sich nach Zuhause an. Sofort springe ich auf, öffne das Fenster. Ernst sieht sie aus, obwohl ihr Mund zu einem Lächeln geformt ist. Ich schaue sie an, sage kein Wort. Auch Lou schweigt, hält aber meinem Blick stand, ohne dabei mit den Beinen zu zappeln, an ihren Armen herumzukneten oder ihre Finger zu verknoten, wie sie es sonst oft tut. Nein, sie steht ganz ruhig vor mir, sieht mir tief in die Augen. Vermutlich sollte ich sie wegschicken, etwas stimmt nicht mit ihr, das ist mir bewusst, und vielleicht hat Nora recht, vielleicht ist da etwas Gefährliches in ihr oder zumindest etwas, das mir nicht guttut. Doch es ist nur mein Verstand, der mir diese Gedanken zuspielt, nur mein Denken, nicht mein Fühlen, und die Angst, die ich in ihrer Wohnung noch hatte, ist nicht mehr als eine verschwommene Erinnerung. Lou ist da, und mit einem Mal ist alles gut. Lou ist da, und mit einem Mal ist alles entschieden.

»Hi, magst du reinkommen?«, frage ich, ohne meine Worte infrage zu stellen.

Sie nickt.

Sofort renne ich zur Tür, umarme sie, küsse sie, immer weiter. »Du hast mir schrecklich gefehlt.«

»Du mir auch, Niklas. Und es tut mir leid.«

»Komm doch rein«, sage ich, sie läuft mir nach. Wir setzen uns an den Küchentisch, ich schaue ihr in die Augen. Ihre Augen – wie Inseln aus Heimat, mit einem Haus und einem Kamin für kalte Nächte. Ich sage es ihr.

Ob sie jetzt erzählen wird? Ob sie deshalb hier ist?

»Erzählst du mir jetzt endlich, was los ist?«, frage ich.

Sie sagt, dass sie die Geschichte für mich fast fertig gezeichnet habe, dass sie manches nicht erzählen könne, aber zumindest anfangen wolle.

»Okay, dann fang an.«

Sie beginnt Sätze, die sie nicht beendet, einzelne Worte. Dann: »Ich finde den Anfang nicht, Niklas. Morgen, ja? Kann ich morgen erzählen? Und jetzt einfach ein bisschen bei dir sein? Und mein Buch bekommst du auch noch, versprochen.«

Ich nicke.

»Tut mir leid, Niklas.«

Dass sie sich nicht entschuldigen müsse, sage ich, und dass ich nur wissen wolle, was los sei, ob es ihr gutgehe, ich ihr helfen könne.

Sie antwortet nicht, sagt kein einziges Wort. Schweigend sitzen wir uns gegenüber, irgendwann stehe ich auf und nehme sie in den Arm, weil ich ihre Nähe brauche in diesem Moment und weil sie so traurig aussieht wie selten zuvor.

»Es tut mir leid, Niklas, ich möchte nicht so sein, sondern ganz anders. Ich wünschte, ich könnte es.«

Ich streiche ihr über die Arme, nehme ihre Hand. Mit Filzstift hat sie etwas darauf geschrieben. »Ich bin nicht ich.« Die Schrift ist nur ganz schwach zu erkennen.

»Wie meinst du das?«, frage ich, ihre Hand haltend.

»Ist nicht wichtig, das war nur so«, antwortet sie und wendet ihren Blick von mir ab.

Scheiße, sie redet noch immer nicht mit mir, weicht meinen Fragen nach wie vor aus.

»Was genau tut dir denn leid?«

»Zu vieles.«

»Und was am meisten?«

»Dass ich mich nicht gegen meine eigene Geburt gewehrt habe.«

Ich frage nicht nach.

Nebeneinander legen wir uns aufs Bett. Zunächst wahren wir noch den Abstand zwischen uns, nur unsere Arme berühren sich ganz leicht. Doch dann, nach einer Weile, rutscht Lou näher an mich heran. Ich nehme sie in den Arm, sie legt ihren Kopf auf meine Brust. So gerne würde ich sie küssen, ihre Haut spüren, mit ihr schlafen, aber sie rührt sich nicht, wirkt traurig und abwesend.

»Was ist denn los?«, frage ich.

»Nichts. Aber manchmal denke ich über das Leben nach, und dann fühlt es sich so vergeudet an und so, als sei alles irgendwie unwichtig – alles unwichtig, weil man die eine Sache nicht schafft, das nicht hinkriegt, was wirklich relevant ist.«

Was sie damit meine, frage ich.

Sie antwortet nicht, erzählt nur etwas vom Leben und dem Ende.

Draußen dämmert es, die Lichter der Autos werfen Schatten an die Decke, sie wandern von links nach rechts. Wir folgen ihnen mit unseren Blicken, und ich wünsche mir, mit Lou in einem dieser Autos zu sitzen, mit ihr an einen anderen Ort zu fahren, weg von Oma, weg von den Erinnerungen.

»Mir wird gerade alles zu viel«, sage ich dann und erzähle von dem Streit mit Nora und dass ich es kaum noch schaffe mit Oma.

»Ja, mir auch, mir ist auch alles zu viel. Und es geht einfach immer weiter, obwohl es aufhören sollte«, sagt sie, hebt ihren Kopf von meiner Brust und schaut mich an. Es fällt mir schwer, ihren Gesichtsausdruck zu deuten, ihre Lippen sind schmaler als sonst, ihr Mund wie eine feine Linie, wie gezeichnet, sie öffnet ihn kaum beim Sprechen, auch ihre Augen sind wie erstarrt. Wieder möchte ich sie fragen, nach gestern und heute und was genau sie meine.

Doch sie kommt mir zuvor: »Ich glaube, dass es besser wäre, gar nicht zu existieren. Das ist ja sowieso alles so absurd. Aber ich möchte nicht allein sterben, sondern mit dir. Hand in Hand. Meine Hand in deiner, es müsste so aussehen, als wären unsere Hände ein einziges Gebilde. Und dann springen. Aber nicht gefunden werden danach, sondern irgendwann eins werden mit der Erde, dem Wald, der Welt. Das fände ich schön, vor allem, weil es jetzt ja auch gute Erinnerungen gibt. Dank dir. Daran würde ich denken, wenn ich springen würde, wenn wir springen würden. An unsere schönen Momente. Damit zumindest der Tod sich gut anfühlt.«

Ich weiß nicht, was ich darauf antworten soll, deshalb schweige ich. Es erschreckt mich, mit welcher Ernsthaftigkeit sie spricht. Eindringlich und so, als hätte sie das alles schon geplant, als stünde es schon fest, als habe sie nur auf die Person gewartet, mit der zusammen sie springen kann.

Sie unterbricht meine Gedanken: »Das Leben und diese ganze Welt, die Menschen, das ist alles so grotesk. Und man tut sich ja ohnehin immer nur gegenseitig weh. Ich will das alles nicht mehr, ich will nur, dass es aufhört.«

Zumindest theoretisch weiß ich, was sie meint.

»Und, was denkst du?« Sie spricht diese Worte ganz leise aus – fast so, als seien sie ein Geheimnis, als müssten wir flüstern, damit uns niemand zuhört.

»Ja, wenn sterben, dann mit dir. Und eins werden mit der Welt fände ich auch schön. Aber ich kann nicht. Wegen Oma. Ich kann sie nicht alleinlassen.«

Lou schaut an die Decke, verfolgt mit ihrem Blick die Schatten der Lichter von draußen.

»Und wenn deine Oma irgendwann nicht mehr da ist? Dann ginge es doch, oder?«

»Ja, dann ginge es«, antworte ich, und für einen Moment habe ich Angst um Lou, doch dann rufe ich mir wieder in Erinnerung, wie oft sie schon über das eigene Sterben gesprochen hat, als sei es eine Belanglosigkeit. Vermutlich ist es jetzt genauso, vermutlich meint sie das alles ohnehin nicht ernst.

»Versprichst du es mir, Niklas?«

»Ich weiß nicht. Es ist so schön mit dir. Das ist doch auch gut, oder?«

Sie nickt, hält inne, scheint zu überlegen, dann flüstert sie: »Ja, aber ich glaube, es ist besser, es gerade dann zu beenden, wenn es schön ist. Am Ende sollte es schön sein.« Wie poetisch ihre Worte klingen. Als seien all ihre Sätze Melodien.

»Lass uns doch einfach schauen, was kommt. Ich habe das Gefühl, dass wir das alles zusammen schaffen können … Aber ja, wenn sterben, dann mit dir«, sage ich noch einmal und gebe ihr einen Kuss auf die Stirn.

Lou entspannt sich in meinem Arm. »Weißt du, ich möchte vor nichts und niemandem mehr Angst haben, das habe ich mir vorgenommen. Vor dem Tod habe ich schon jetzt keine Angst mehr – vor allem nicht, wenn ich mit dir gehen kann«, flüstert sie mir ins Ohr.

Ich frage sie, vor wem und wovor sie sich denn fürchte.

Sie antwortet nicht, schaut nur weiter den Lichtern zu.

Irgendwann steht sie auf. Wir küssen uns zum Abschied, sagen aber nichts, weil uns bewusst ist, dass zu diesem Moment keine Worte gehören. Sie würden nur stören.

Lou

liegt auf dem Dielenboden ihrer Wohnung, fährt mit den Händen darüber und spürt, wie die Gedanken in ihrem Kopf nach und nach ruhiger werden, der geschmolzene Schnee daraus verschwindet. Ja, alles ist plötzlich ruhiger, weil es entschieden ist, weil es aufhören wird. Und nun muss sie nur noch warten. Nur noch warten und es aushalten.

»Das schaffen wir, oder?«, fragt sie in den leeren Raum. Dann ein Nicken in ihrem Kopf.

Sie schließt die Augen, spürt das Messer in ihrer Hand. Zwischen Daumen und Zeigefinger liegt es.

»Einfach nur warten«, wiederholt sie immer wieder – für sich selbst, in ihren Kopf – und fühlt sich erleichtert dabei.

16

»Magst du zu mir kommen?«, frage ich. »Ich kann hier gerade nicht weg wegen Oma, es geht ihr so schlecht heute.«

Lou antwortet, dass sie keine Zeit habe, noch etwas erledigen müsse.

»Aber ich dachte, du wolltest erzählen? Oder zumindest anfangen?«

Sie sagt kein Wort. Natürlich nicht. Seit Tagen vertröstet sie mich. Aus morgen wurde übermorgen, aus übermorgen würde nächste Woche werden.

»Kommst du trotzdem? Heute Abend vielleicht? Bitte, Lou, es ist so schlimm mit Oma …«, sage ich und ärgere mich im selben Moment über meine Aufdringlichkeit. Aber ich brauche sie, ich brauche jemanden, der bei mir ist. Und Lou fehlt mir, sobald sie nicht mehr bei mir ist.

»Okay«, antwortet sie und legt auf.

Am Abend steht sie in der Tür, eine Flasche Wein und einen Pizzakarton in den Händen. Wir setzen uns aufs Bett.

»Erzählst du mir jetzt von früher?«

Für einen Moment hält sie inne, doch dann, endlich, fängt sie an. Endlich werde ich alles erfahren, endlich verstehen. Sie erzählt, dass sie nicht allein gewesen sei seit ihrer Geburt. Sie seien zu zweit gewesen, zwei gleichaltrige Mädchen, die sich im Garten zwischen den Himbeersträuchern vor den Blicken der Erwachsenen versteckten, Geheimnisse austauschten und ihre Handflächen ganz fest aneinanderhielten, um zu sehen, ob sie immer noch genau gleich groß waren. Sie erzählt fast nur mit ihren Augen, ihren Händen und ihrem Körper, benutzt kaum Worte. Es sieht schön aus, wenn sie spricht. Aber es ist nur eine Geschichte.

»Nein Lou, ehrlich jetzt, ich möchte wissen, was los ist, nicht nur irgendeine Geschichte hören, die du dir ausgedacht hast.«

Sie steht vom Bett auf, läuft durchs Zimmer, sagt: »Ich habe das nicht erfunden. Und ich möchte nichts Unnötiges sagen. Deshalb kann ich auch nicht einfach irgendwie, irgendwo anfangen, ohne die Worte zu kennen, die ich sagen möchte. Ich überlege noch, ja? Und mein Buch ist bald fertig.«

Es hat keinen Sinn. Sie möchte nicht erzählen. Ob es an mir liegt? Ob sie mir nicht vertraut? Ob sie es anderen Menschen erzählen würde?

Wortlos steht sie auf und geht aus dem Raum. Ich laufe ihr nach. Im Wohnzimmer holt sie eine CD aus dem Regal und fragt: »Darf ich die anstellen?«

Ich nicke. Klassische Musik, Cellosonaten von Schostakowitsch. Sie setzt sich aufs Sofa, stellt ihre Beine breit auseinander, und fängt an, das Stück mitzuspielen – auf einem imaginären Instrument. Die Arme, die Hände, die Finger wuseln durch die Luft, als würden sie sich erinnern, als hätten sie ein eigenes Gedächtnis. Mit dem rechten Arm führt sie den Bogen, mit der linken Hand berührt sie die nicht vorhandenen Saiten. Es sieht schön aus, wie sie in die

Luft greift, ihre Finger zur Melodie bewegt. Stundenlang könnte ich ihr dabei zusehen, doch nach ein paar Minuten hört sie auf, von jetzt auf gleich.

»Spielst du Cello?«, frage ich.

»Ja, früher.«

»Und jetzt nicht mehr?«

»Nein.«

So gerne wüsste ich, warum sie damit aufgehört hat, so gerne würde ich sie danach fragen. Doch da ich schon jetzt weiß, dass sie mir nicht antworten würde, schaue ich sie nur schweigend an.

Vom Flur aus dringen Omas Rufe zu uns: »Hilfe, Polizei! Ich werde überfallen. Helfen Sie mir!« Sie sieht Gestalten in ihrem Zimmer, schon seit einigen Tagen.

»Alles gut, Oma, alles gut«, rufe ich. Lou gibt mir einen Kuss und fragt, ob alles okay sei. Ich nicke, obwohl es nicht stimmt. Nein, nichts ist in Ordnung, gar nichts.

»Ich muss noch was erledigen, ja?«, sagt sie dann und verabschiedet sich. Wieder nicke ich.

Als sie weg ist, lege ich mich ins Bett, drehe mich zur Seite und drücke das Kissen auf mein Ohr, um Omas Schreie nicht mehr hören zu müssen. Ein Kissen auf meinen Kopf, ein Kissen auf ihren Kopf. Ich müsste es nur festhalten. Irgendwann wird sie einschlafen, irgendwann schläft sie immer ein.

Sie ruft gar nicht. Ich schaue auf mein Handy. Es ist kurz nach zehn und sie ruft nicht. Ewig ist es her, dass ich so lange geschlafen habe.

Hastig stehe ich auf und gehe zu ihr. Im Türrahmen halte ich inne. Es ist dunkel im Zimmer, der Rollladen noch geschlossen. Und es ist still, viel zu still. Spätestens gegen sieben ruft sie sonst. Jeden Morgen. Immer. Nur heute nicht. Ich stelle das Licht an, blinzle. Oma liegt im Bett wie immer. Sofort wende ich meinen Blick wieder von ihr ab, weil ich mich davor fürchte, sie anzuschauen, davor, dass sie tot sein könnte. Sie ist immer noch da, die Angst vor dem Tod, zumindest vor dem Tod anderer, die Angst davor, dem Tod zu nah zu sein und diese leblosen Körper sehen zu müssen, die nichts sind als Hüllen. Ich zittere, traue mich nicht, irgendetwas zu tun, mich zu bewegen. Als könnte man alles stoppen, wenn man sich selbst nicht bewegt. Alles anhalten: den Körper und die Welt gleich mit.

Fuck, wenn sie jetzt tot ist? Gerade jetzt, nachdem ich diesen Gedanken hatte, mir das Kissen auf ihrem Kopf vorgestellt habe, mit diesem Bild vor Augen eingeschlafen bin.

»Oma?«, rufe ich in den Raum.

Wieder – weil sie nicht reagiert: »Oma, sag doch was bitte. Oma!« Immer lauter schreie ich. Nichts rührt sich. Meine Beine können mich nicht mehr halten, ich setze mich auf den Boden, lehne mich an die Wand, hole mein Handy aus der Tasche und rufe Nora an. Sie geht nicht ans Telefon. »Nora, ich glaube, Oma ist tot«, schreibe ich, starre auf den Satz, lösche ihn wieder.

Für einen Moment bleibe ich sitzen, dann gehe ich langsam zu ihr, vorsichtig, auf Zehenspitzen. Mein Herz rast, ich spüre das Pochen unter meiner Haut, in meinem Hals. Sie liegt im Bett und sieht aus, als schlafe sie. Ich nehme ihre Hand. Ganz kalt ist sie, ihr Gesicht ruhig und starr. Augen und Mund geöffnet.

Scheiße, was soll ich denn jetzt machen? Ich drücke meine Finger an ihren Hals, versuche, ihren Puls zu ertasten, spüre aber nichts. Dann ziehe ich die Bettdecke von ihr, hebe ihr Pyjamaoberteil hoch, drücke meine Hand auf ihr Herz, taste den Brustkorb ab. Nichts, nur ein kalter, leerer Körper.

»Oma!«, rufe ich immer wieder in der Hoffnung, dass sie davon aufwachen wird. Aber sie wacht nicht auf. Wieder taste ich nach ihrem Puls, am Handgelenk, am Hals, an ihrer Brust. Nichts. Ich schüttle ihren Körper, hebe ihre Arme an. Scheiße, das ist alles meine Schuld – weil ich diesen Gedanken hatte und weil sie nur meinetwegen gestürzt ist, weil ich mich nicht gut genug gekümmert habe.

»Oma!«, schreie ich noch ein letztes Mal.

Dann schließe ich für einen Moment die Augen, und als ich sie wieder öffne, erschrecke ich fast vor diesem toten Körper. Es ist, als hätte er sich verwandelt in den paar Sekunden, in denen ich meine Lider geschlossen hielt. Weiß und kalt und steif ist er jetzt, die Haut blass, fast durchsichtig. Ich taumle nach hinten, setze mich auf den Boden und rufe Lou an, weil ich nicht weiß, was ich sonst tun soll und weil ich ihre Stimme hören möchte. Sie sagt, dass sie kommen werde. Sofort gehe ich raus, stelle mich vor die Haustür, um auf sie zu warten, zünde mir eine Zigarette an und laufe hektisch hin und her. Von Weitem sehe ich sie in die Straße einbiegen. Ich renne auf sie zu, umarme sie, möchte sie nie wieder loslassen.

»Bitte halt mich fest«, flüstere ich ihr ins Ohr. Sie drückt ihre Arme fest an meinen Körper, eine Weile bleiben wir so stehen, dann gehen wir ins Haus.

Lou setzt sich zu Oma auf die Bettkante, nimmt ihre Hand und erzählt vom Meer, während ich im Türrahmen stehen bleibe und ihr dabei zusehe. Ihre Stimme ist ruhig. Es hört sich intim an, beinahe kommt es mir vor, als müsste ich aus dem Zimmer gehen, die beiden allein lassen, um sie und den Moment nicht zu stören. Immer wieder fährt Lou mit der Hand über Omas dünne Haut, ganz leicht nur, streichelt sie und erzählt davon, dass das Meer ein guter Ort sei, dass es wild sein könne und sanft, dass Oma sich dort hinträumen könne, jetzt, nach ihrem Tod.

»Es wird gut sein, das spüre ich«, sagt sie.

Ich stelle mich hinter sie, möchte Oma die Augen schließen, weil ich es so kenne aus Filmen und Büchern.

»Was machst du da?«, fragt Lou.

»Ihr die Augen schließen. Das macht man doch so, oder?«

Zärtlich schiebt sie meine Hand zur Seite, lächelt ein bisschen: »Aber was, wenn sie lieber sehend gehen möchte? Ich würde es gerne mitbekommen wollen, sehen wollen, was um mich herum passiert.«

Sie hat recht. Wir schließen ihr nicht die Augen, schauen sie nur an.

»Danke!«, flüstere ich Lou ins Ohr, und dann bleiben wir einfach schweigend nebeneinander stehen. Zwischendurch schaut sie mich an, und es ist, als würde sie mich mit ihren Blicken umarmen. Ihr Körper so nah an meinem fühlt sich nach Geborgenheit an.

Erst nach einer Weile frage ich: »Was soll ich denn jetzt machen? Was macht man denn da? Ich muss doch jetzt jemanden anrufen, irgendetwas tun.«

»Ist doch egal«, antwortet Lou, »sie ist doch jetzt tot. Für sie macht es keinen Unterschied. Und wir können jetzt doch auch sterben, Niklas. Du hast es mir versprochen. Komm, lass uns springen!« Sie schaut mich erwartungsvoll an.

Scheiße, meinte sie das wirklich ernst? Ganz starr steht sie vor mir, ihr Gesicht ohne jede Mimik.

»Meinst du das wirklich ernst?«, frage ich.

»Ja. Das ist doch unsere Geschichte. Du hattest es doch auch gesagt.« Nun wirkt sie verzweifelt.

»Hmm«, mache ich und setze mich auf den Boden. »Aber ernsthaft jetzt? Willst du das wirklich tun?«

»Ja«, erwidert sie – und ihre Antwort kommt so schnell, so ohne Zögern, dass es mir Angst macht.

»Mann, ich kann das jetzt nicht, Lou. Ich muss mich jetzt erstmal um das alles hier kümmern, ich kann sie doch nicht einfach hier liegen lassen. Lass uns doch später nochmal reden.«

Es wirkt, als hätten meine Worte sie erschreckt. Sie schaut mich schweigend an, bewegt sich nicht mehr. Ihre Pupillen sind riesig, ihre Augen hell, da ist ein Schimmern in ihnen.

Nach einer Weile sagt sie leise: »Das mit deiner Oma tut mir leid.« Dann gibt sie mir einen Kuss auf den Mund, mit spröden Lippen, ganz kurz nur, aber trotzdem warm, vertraut und nah, und dreht sich weg.

Bevor sie aus der Tür tritt, frage ich, ob ich sie anrufen könne, wenn ich hier alles geregelt habe, ob wir dann einfach nochmal in Ruhe reden könnten.

Sie nickt.

Dann geht sie.

Regungslos bleibe ich sitzen, es ist, als hinge mein Körper wie ein Magnet am Boden. »Tut mir leid, Oma!«, rufe ich in den Raum. Es tut mir leid, dass sie meinetwegen gestürzt ist, dass ich sie alleingelassen habe, manchmal wütend wurde, sie angeschrien habe, dass ich diesen Gedanken mit dem Kissen hatte. Es tut mir leid, und ich wünschte, ich könnte es rückgängig machen. All das erzähle ich ihr, noch immer auf dem Boden sitzend.

Sie fehlt mir schon jetzt, wie sie dort liegt, in diesem Bett, ganz klein nur noch, schon fast verschwunden. Wo ist sie denn jetzt, diese Erleichterung, auf die ich gehofft hatte?

Ich rufe Holger an.

»Mein Beileid«, sagt er, noch in der Tür stehend. Jaja. Zu Oma sagt er nichts, kein einziges Wort, kein Abschied, kein »Auf Wiedersehen«, kein »Alles Gute«. Er schließt ihr nur die Lider, drapiert ihre Arme auf dem Bauch. Es sieht aus, als würde er ihren Körper zusammenfalten. Lieblos, ruppig, in Eile. Routiniert stellt er den Tod fest, notiert irgendetwas und geht.

Dann die Bestatter. Auch sie wieder: »Mein Beileid.« Nur Lou nicht. Nur sie hat es nicht gesagt.

Beschäftigt sehen sie aus. Beim Hereinkommen sagen sie etwas zu mir, das ich nicht verstehe. Es wirkt, als wollten sie den Tod diskret beseitigen – wie sie den Körper in die Kiste packen, ins Auto tragen, ganz professionell.

Ich habe mich nicht verabschiedet, ihr nichts mehr gesagt. Kein einziges Wort in die Kiste hinein. Weil es mir unpassend erschien vor diesen Männern.

Dann ist sie weg. Einfach so. Scheiße, ich bin völlig allein in diesem verfickten Haus. Es ist noch dasselbe wie vorhin, dennoch wirkt es mit einem Mal anders. Vielleicht liegt es am Tod, der in der Luft hängt, an Omas Fehlen oder an dieser unerträglichen Stille, die sich über die Räume gelegt hat. Ja, die meisten Menschen wissen gar nicht, wie still die Welt sein kann.

Ich habe keine Ahnung, was ich machen soll, deshalb laufe ich ziellos durch die Wohnung. In der Küche werfe ich Geschirr auf den Boden. Weinen kann ich nicht.

Von der Küche aus gehe ich ins Wohnzimmer, vom Wohnzimmer aus ins Bad, den Flur wieder zurück. Ich muss mich bewegen, aber möchte nicht draußen sein, will niemanden sehen, von niemandem gesehen werden. Für mich sein möchte ich, aber mit Bewegung und Geräuschen, mit irgendetwas, das sich nach Leben anfühlt.

Nach einer Weile bin ich erschöpft. Da ist das Bedürfnis in mir, mit jemandem zu reden, mit Lou oder Nora, doch ich finde mein Handy nicht. Scheiße, im Schlafzimmer. Es muss in Omas Schlafzimmer sein, im einzigen Raum, den ich nicht mehr betreten möchte.

Der Hase sitzt ruhig auf dem Bett, seine Augen in meine Richtung gedreht, als schaue er mich an. Bilder von Oma tauchen auf: ihr Strahlen, ihre Hände, wie sie die Ohren des Hasen übereinander falteten, ihre Stimme, die sagte, dass er »Schatzi« heißen solle, ihre Hand auf meinem Haar. Ich lege mich in ihr Bett, drücke mein Gesicht auf ihr Kissen. Es riecht nach ihr, nicht nach Ammoniak, nicht nach der Scheiße in ihrer Windel, sondern nach ihr. Oma früher, Oma wie sie war. Und dann bleibe ich einfach liegen, ohne jemanden anzurufen. Morgen wieder.

Lou

schaut in den Spiegel, sieht eine fremde Person, die sie anstarrt, auf der Stirn ein Fragezeichen, mit Lippenstift darauf gemalt. Sie zeichnet es mit dem Finger nach, dann wischt sie mit der flachen Hand darüber, verschmiert das Bild und schlägt den Spiegel kaputt. Er zersplittert in viele Teile. Lous Hand blutet. Sie lässt das Blut auf den Boden tropfen und zeichnet das Ende ihrer Geschichte. Es steht fest, nun kann sie erzählen. Für Niklas.

Nie wieder wird sie zu ihm gehen, es nicht immer wieder versuchen. Sie hat es entschieden, die Sinnlosigkeit eingesehen. Er wird gewinnen, stärker sein. Er war es immer.

Sie hat es nicht geschafft, gestern nicht, heute nicht, und morgen würde es ihr auch nicht gelingen. Ob sie sich nur eingeredet hat, stark genug zu sein? Oder war es nur die lächerliche Hoffnung, dass es dadurch endlich aufhören könnte, weniger wehtun? Vielleicht war es auch nur – ganz banal – das Bedürfnis nach Rache? Sie weiß es nicht. Und nun spielt es keine Rolle mehr, weil es entschieden ist. Nie mehr wird sie sich verstellen müssen, nie mehr so tun müssen, als sei alles in Ordnung und daran jedes Mal scheitern. Von nun an würde sie nicht mehr versagen, keine Angst mehr haben müssen.

Wie sehr sie sich gewünscht hat, Niklas würde mit ihr gehen, bei ihr sein am Ende. Aber sie versteht ihn, spürt keinen Groll, keine Wut. Vielmehr ist sie ihm dankbar, weil er ihr geholfen hat, ihr eigenes Ich zu sehen und sie dadurch hat erkennen lassen, dass es nicht um seinen Tod geht, sondern darum, frei zu sein, selbst – und nur für sich – zu entscheiden. Dann eben ihr Tod und nicht seiner, damit es endlich aufhören wird, damit die Erstarrung weichen wird und das Gefühl, ausgeliefert zu sein. Und vielleicht wird sie ohnehin erst im Tod beginnen können, die Stücke zusammenzusetzen zu einem richtigen, einem vollständigen Ich.

Da keine andere Hand da ist, geht sie allein zum Sterben nach draußen.

Zwischen den Fichten und den Netzen von Spinnen, unter den dichten Zweigen sitzt sie. Ein guter Platz, ein sicherer Ort, überschaubar. Weiter hinten ein Reh, äsend, setzt einen Huf nach vorn, ganz bedächtig und bei sich, hält den Kopf dicht am Boden, ringsherum alles ruhig.

Lous Augen wach. Für einen Moment schließt sie sie – weil es blendet, die Sonne fällt.

17

Der Nebel hüllt die Welt in eine unerträgliche Stille. Heute ist er dichter als sonst, eine einzige Fläche. Kein Haus, kein Mensch, kein Baum ist zu sehen, nichts, woran die Augen sich festklammern könnten. Und ich stehe hier, mitten im Grau, im Garten, der kaum mehr zu erkennen ist.

Vor ein paar Stunden bin ich eingeschlafen, bald darauf wieder aufgewacht in meinem Schweiß. In meinem Traum lagen Mama, Papa und Oma nebeneinander in einem Grab. Ich wollte sie ansehen, mich dazulegen, bei ihnen sein, aber meine Hände waren zu groß für meinen Körper, so groß, dass ich mit ihnen meine Umgebung zerbrach. Es gelang mir nicht, mich zu bewegen, ohne dabei etwas kaputtzuschlagen. Mit einem Mal stand Lou vor mir. Ich griff nach ihr mit meinen riesigen Händen, doch als ich sie berührte, zersplitterte sie in mehrere Teile, in viele kleine Scherben, die auf meine tote Familie fielen. Mama, Papa und Oma in einem riesigen Berg aus Glasscherben. Lous Gesicht war darin zu erkennen. Ich bekam panische Angst, und beim Aufwachen war es, als würde ich keine Luft mehr bekommen. Zu real fühlte er sich an, der Traum, zu bedrohlich.

Wieder sehe ich die Scherben vor mir, Lou in Scherben, Splittern. Ach fuck, ich verstehe es jetzt. Plötzlich, durch diesen beschissenen Traum, fügt sich alles zusammen, ergibt alles Sinn. Ich hätte schon früher versuchen sollen, sie zu sehen, sie richtig zu sehen. Von innen und außen. Mit allem, was zu ihr gehört, mit allen Teilen, allen Splittern. Erst jetzt begreife ich und fürchte mich davor, dass mein Erkennen zu spät kommt.

Eine bedrohliche Stille, der Nebel wie eine Kuppel. Im Außen ist alles ruhig, nur in meinem Innern nicht, mein Herz rast. Ich renne in die Wohnung, rufe Lou an. Ihr Handy ist aus. Es war noch nie aus, sie stellt es nicht ab.

Sofort renne ich los, ohne Jacke, nur Schuhe ziehe ich an. Mein Schweiß stinkt nach Zwiebeln und ranziger Butter. Mir ist kalt, ich habe noch meine Jogginghose vom Schlafen an und ein altes, zerrissenes T-Shirt. Immer schneller renne ich, nach einer Weile bin ich außer Atem. Blitze zucken vor meinen Augen, ich habe schrecklichen Durst. Um nicht ohnmächtig zu werden, halte ich mich an einer Straßenlaterne fest.

Ein paarmal atme ich tief ein und aus, bevor ich weiterlaufe, so schnell ich kann. Scheiße, es darf nicht zu spät sein. Ich renne die Treppen hoch zu ihrer Wohnung, dabei nehme ich mehrere Stufen auf einmal. Ohne zu klingeln oder anzuklopfen, schließe ich die Tür auf. Sie lässt sich schwer öffnen, irgendetwas steckt unter ihr fest. Es knirscht und kracht. Glasscherben! Hinter der Tür ist der Boden voll davon. Alles voller Splitter. Sie bilden einen Gang. Ich gehe ihm nach, laufe auf den Scherben, höre und spüre sie unter meinen Schuhen.

Der Gang führt ins Schlafzimmer, auch hier ist der Spiegel eingeschlagen. An manchen Stellen Blutstropfen, kleine und große. Ich bin mir nicht sicher, ob sie sich absichtlich geschnitten hat oder es nur zufällig passiert ist. Die Symbolik ist mir klar, ergibt Sinn – so wie alles Sinn ergibt, was sie tut, wie all ihre Worte. Plötzlich ergibt alles einen Sinn.

»Ich verstehe dich jetzt!«, schreie ich laut in den Raum. »Ich verstehe dich doch!« Wieder und wieder schreie ich den Satz und hoffe so sehr, dass er nicht zu spät kommen wird.

Auch das Bett ist voller Scherben. Darauf ein schwarzes Notizbuch und der Bergkristall. Ich schiebe die Scherben zur Seite, schneide mir dabei in die Hand. Das Blut tropft auf die Matratze in großen, dunkelrot schimmernden Kugeln, meine Finger sind taub, vermutlich habe ich einen Nerv verletzt. Hastig greife ich nach dem Notizbuch. Mein Blut färbt es am Rand rot ein. Dazu ein paar Blutflecken, die schon getrocknet sind. Mein Blut auf ihrem, der Gedanke fühlt sich tröstlich an.

Lous Zeichnungen: schwarze, feine Linien, keine Farben, die Figuren fast schon schemenhaft, nur Andeutungen. Zwischendurch kurze Texte, ihre schöne, schwungvolle Schrift, riesige Buchstaben. Es ist ihre Geschichte. Und es ist unsere Geschichte.

Ich fange an zu lesen, überblättere einzelne Seiten, ganze Abschnitte – weil ich das Ende kennen muss, weil ich wissen möchte, wie es ausgeht. Und vor allem: wo sie jetzt ist, ob sie noch lebt.

Ich sehe den Missbrauch, die Körper, ihren Vater, das kleine Mädchen, mir wird übel.

Schnell blättere ich über unser Kennenlernen hinweg, weiter und weiter, bis zum Ende. Auf der letzten Seite ist Lou zu sehen, Lou auf einem großen, massiven Felsen. Dann der Sprung. Nur in diesem letzten Bild ist ein bisschen Farbe. Grün an den Bäumen. Scheiße, Lou, warum hast du denn nichts gesagt?

»Ich liebe dich doch!«, will ich rufen, aber ertrage den Schmerz nicht. Das Blut läuft aus meiner Hand, es sticht in meinem Bauch, mir wird schwindelig. Schnell ziehe ich den Bezug von Lous Kissen ab und wickle ihn um meine verletzte Hand, bevor ich zusammensacke.

Für einen Moment bleibe ich mit geschlossenen Augen liegen in der Hoffnung, dass das alles nur ein Traum ist. Doch als ich meine Lider wieder öffne, bin ich noch immer in ihrer Wohnung, spüre den Schmerz in der Hand. Oma ist tot, Lou ist tot. Und ich bin schuld.

Wieder lese ich unsere Geschichte. Alles hat sie erklärt: die Momente, in denen sie mich nicht erkannte, weil eine der Persönlichkeiten, mit denen sie sich ihren Körper teilen musste, die Kontrolle übernommen hat. Im Kopf nichts als Splitter, ihr Ich aufgespalten in kindliche Anteile und ältere, in wütende und ängstliche, in vorsichtige und unerschrockene. Sie mussten sich abwechseln, um es ertragen zu können. Alles fragmentiert. In ihrem Buch erzählt sie von den Bildern und Erinnerungen, die sie manchmal überrollten, von den Momenten, in denen sie plötzlich bestimmte Dinge hörte, sah oder spürte, die sie – von jetzt auf gleich – zurückführten in Situationen von damals. Ihren Vater hat sie gezeichnet und das Messer, mit dem sie ihn töten wollte in all den Jahren, um am Ende – ein einziges Mal – stärker zu sein als er.

Dann schreibt sie im Präsens weiter, dass sie mich liebt, aber nicht gut für mich ist, dass sie nun endlich sterben kann, weil es jetzt, dank mir, auch gute Erinnerungen gibt, an die sie denken wird vor ihrem Tod. Sie hat sie gezeichnet, die guten Erinnerungen: uns beide im Wald, unser Spiegelbild, die Sterne an der Zimmerdecke, ihren Körper auf meinem, einen Kuss auf die Stirn, die Katze zwischen uns auf dem Sofa. Die Bilder tauchen vor meinen

Augen auf, und bei dem Gedanken, dass sie schon jetzt nichts als Erinnerungen sind, die nun nach und nach verblassen werden, breitet sich von meinem Magen kommend eine unerträgliche Leere in meinem Körper aus.

Auf der letzten Seite schreibt sie: »Es ist alles gut, wie es ist, weil ich nun endlich keine Angst mehr haben und die Schmerzen nicht mehr aushalten muss, weil der geschmolzene Schnee aus meinem Kopf herauslaufen wird wie Blut aus einem toten Körper. Sei bitte nicht traurig, Niklas, alles ist gut.« Darunter ein letzter Satz, dessen Sinn ich nicht begreife.

Scheiße, Lou, nichts ist gut, gar nichts. Ich hätte dir doch helfen können. Oder ich hätte ihn töten können. Oder was auch immer. Warum hast du denn nichts gesagt? Ich weiß nicht, was ich denke, was ich in den Raum schreie. Es lässt sich nicht mehr unterscheiden, ich höre und sehe nichts mehr.

Immer wieder rufe ich: »Ich liebe dich doch!«

Dann nehme ich das Notizbuch unter den Arm, den Kristall stecke ich in meine Hosentasche. Die Katze ist nicht da. Alles um mich herum dreht sich, meine Augen voller Tränen, ich gehe zur Tür hinaus, renne die Treppe hinunter.

Draußen ist es hell, der Nebel ist beinahe verschwunden. Schnell renne ich los, im Zickzack durch die Menschen, die mir entgegenkommen. Alles rast an mir vorbei, wirbelt um mich herum.

Zu Hause lege ich mich in Omas Bett. Lous Fehlen tut schrecklich weh. Scheiße, ich hätte mit ihr springen sollen, sie nicht alleinlassen dürfen. Ja, gute Erinnerungen … mit ihr, nur ihretwegen. Und jetzt? Jetzt kann auch ich gehen – um dieses Leben nicht mehr ertragen zu müssen und die ganze Scheiße. Zu viele Menschen, die mir fehlen.

Wie Stücke, die aus meinem Körper herausgeschnitten werden, nach und nach, alles zerlöchert.

Wenn ich doch nur früher versucht hätte, Lou zu verstehen, sie zu sehen, nicht nur an mich gedacht hätte mit meiner Überforderung. Oder wenn ich zumindest mit ihr gesprungen wäre.

Und Nora? Nur sie ist noch da, nur sie wäre dann noch da. Aber sie wird es schaffen. Sie hat Britta und ist stärker als ich. Meine kleine, starke Schwester.

Es sticht in meinem Körper, der Kopf wie mit Wasser gefüllt. Auf dem Handy suche ich nach Lous Vater. »Baumgartner Anwalt Konstanz«. Da ist er. Ein schmieriges Lächeln, Anzug und Krawatte, ganz geschniegelt sieht er aus, strahlt in die Kamera.

»Du Arschloch!«, brülle ich. Immer wieder schreie ich das Foto an, bis meine Stimme versagt und es im Hals beginnt wehzutun. Dann schaue ich nach, wo seine Kanzlei ist, und schlage das Handy gegen die Bettkante. Das Display zerspringt, alles wird schwarz.

Der letzte Satz aus Lous Buch geht mir nicht mehr aus dem Kopf. Immerzu denke ich über seine Bedeutung nach und frage mich, ob er richtig ist, der Satz. Ich möchte es nicht, ich möchte, dass Lou falsch lag, damit ich mir zumindest einreden kann, eine Wahl zu haben, noch frei über mich selbst, mein Denken und Handeln entscheiden zu können. Aber dem ist nicht so, es ist mir bewusst. Nein, ich habe keine Wahl, es gibt keine Entscheidung, die ich zu treffen habe, es steht fest, ist längst entschieden. Alles Nachdenken hat keinen Sinn mehr, ich weiß, was ich zu tun habe, ohne dass ich es beeinflussen könnte. Ich muss ihn töten, das tun, was Lou selbst nicht schaffen konnte. Für sie und um wiedergutzumachen, dass ich sie nicht gesehen habe. Ich stelle es nicht infrage.

In der Nacht gehe ich zurück in ihre Wohnung. Ich muss es mit ihrem Messer tun, weil sie es so wollte. Es ist dunkel und kalt. Ohne das Licht anzustellen, reiße ich die Schublade aus dem Küchenschrank. Das Besteck fällt auf den Boden, auf meine Füße. Und da, da ist es. Sogar in der Dunkelheit erkenne ich es sofort. Ich stecke es ein und gehe Richtung Innenstadt. Auf dem Weg kommt es mir vor, als würde mein Denken aus mir heraustreten. Mein Körper funktioniert, ohne dass ich ihn steuern kann. Angst habe ich nicht, weil ich nichts mehr zu verlieren habe.

Ende

Es ist früh am Morgen, die Sonne ist noch nicht aufgegangen. Kaum Menschen sind unterwegs. In meinem Innern alles wie betäubt, gleichzeitig bin ich hellwach und klar. Seit Stunden sitze ich hier, den geöffneten Rucksack zwischen meinen Beinen, das Messer darin, meine Hand um den Griff gelegt. Ich bin bereit, muss nur warten. Immerzu schaue ich von links nach rechts.

Da kommt er. Ein kräftiger Mann, in Anzug und Krawatte, dasselbe schmierige Lächeln wie auf dem Foto im Internet. Selbstgefällig und mit großen Schritten nähert er sich der Kanzlei, bevor er einen Schlüssel aus seiner Aktentasche holt.

Sofort springe ich auf, laufe los, leise, nähere mich ihm von hinten. Meine Beine bewegen sich wie von selbst, ein Automatismus. Ich habe es mir vorgestellt, es in Gedanken mehrfach durchgespielt, mein Körper setzt es um – mit einer Leichtigkeit, die mich beinahe erschreckt. Du Arschloch, schreie ich still in meinen Kopf, bevor ich das Messer von hinten in seinen Rücken steche. Es geht schwer, ich muss Kraft aufwenden, aber ich sehe schon das Blut und wie der Körper zusammensackt.

Er sagt nichts, schreit nicht, fällt einfach nach vorn. Das Blut läuft aus seinem Körper und sieht aus wie ein dunkler, schimmernder See. Ich dachte, dass Blut schneller fließen, schneller verlaufen würde, wie Wasserfarben.

Meine Hände zittern, die Geräusche der äußeren Welt höre ich nicht mehr, in mir drin ist es ganz ruhig, fast friedlich. Ich lege mich hin, direkt neben das Blut und den toten, schwammigen Körper.

Und dann, mit einem Mal, sehe ich Lou vor mir. Zwischen langen Reihen brauner Erde steht sie. Oben das Grün des Waldes. Sie entfernt sich immer weiter. Die Farben verlaufen. Ocker, Sepia, Senf. Und sie dazwischen. Ganz klein nur noch, schaut sie mich an. In Gedanken spreche ich zu ihr: Weißt du noch … weißt du noch, wie wir darüber sprachen, im Wald leben zu wollen, bei den Tieren. Inmitten von Pflanzen, Pilzen, Vögeln, zugedeckt von den Dächern der Bäume. Weißt du das noch?

Sie ist schon zu weit weg, ich sehe sie nur noch schemenhaft, bilde mir ein, ein Nicken zu erkennen.

»Es war schön mit dir«, sage ich leise und höre die Polizeisirenen immer näherkommen, spüre, wie sich jemand auf mich kniet und mich zu Boden drückt.

Ich konnte mich nicht von ihr verabschieden. Das ist das Schlimmste.

Niemand kann über sein eigenes Ende bestimmen, selbst dann nicht, wenn es bewusst gewählt ist. Lautet der letzte Satz aus Lous Buch.